도적 떼

도적 떼
Die Räuber

프리드리히 폰 실러 희곡 김인순 옮김

DIE RÄUBER
by FRIEDRICH VON SCHILLER (1780)

이 책은 실로 꿰매어 제본하는 정통적인 사철 방식으로 만들어졌습니다.
사철 방식으로 제본된 책은 오랫동안 보관해도 손상되지 않습니다.

약이 치유하지 못하는 것은 쇠가 치유하고,
쇠가 치유하지 못하는 것은 불이 치유한다.

히포크라테스

등장인물	9
제1막	11
제2막	63
제3막	125
제4막	151
제5막	205
역자 해설 자유와 반항	243
프리드리히 폰 실러 연보	249

등장인물

막시밀리안 폰 모어 백작
카를
프란츠 ─ 백작의 아들들
아말리아 폰 에델라이히
슈피겔베르크
슈바이처
그림
라츠만
슈프테를레 ─ 무뢰한들, 나중에 도적 떼가 됨
롤러
코진스키
슈바르츠
헤르만   어느 귀족의 사생아
다니엘   모어 백작의 하인
모저 목사
신부(神父)
도적 떼
그 밖의 인물들

사건의 장소는 독일이며, 약 2년에 걸쳐 일어난다.

제1막

제1장

프랑켄. 모어 성(城)의 홀.
프란츠와 모어 백작.

프란츠 아버님, 어디 편찮으십니까? 안색이 몹시 창백해 보이십니다.

모어 백작 괜찮다, 애야. 그런데 나한테 할 이야기가 무엇이냐?

프란츠 편지가 왔습니다. 라이프치히의 우리 통신원한테 온 편지입니다.

모어 백작 (몹시 궁금해하며) 내 아들 카를에 대한 소식이냐?

프란츠 으흠! 으흠! 사실 그렇습니다. 그런데 저는 걱정이 앞섭니다……. 글쎄…… 아버님 건강이 어떤지……. 아버님, 정말 괜찮으십니까?

모어 백작 물을 만난 고기처럼 기운이 팔팔 난다! 내 아들 소식이 왔단 말이지? 그런데 어째서 이리 내 걱정을 하느냐? 벌써 두 번이나 묻지 않았느냐.

프란츠 아버님 몸이 불편하시면, 아니, 행여 조금이라도 불편하실 것 같은 기미가 보이면 나중에 적절히 때를 보아서 말씀드리겠습니다. (반 혼자말로) 바스러질 것 같은 노인네한테 이런 소식을 전할 수는 없지.

모어 백작 맙소사! 대체 무슨 소식이란 말이냐?

프란츠 먼저 저 혼자 잠시 옆으로 비켜서서 타락한 형님을 위해 동정의 눈물을 흘리게 해주십시오. 어찌 되었든 형님은 아버님의 아들이니, 제가 영원히 입을 다물어야 할 것입니다. 또한 저한테는 형님이시니, 그 치욕을 영원히 덮어 두어야 마땅할 것입니다. 하지만 아버님의 말씀에 순종하는 것은 제가 첫 번째로 따라야 할 슬픈 의무입니다. 그러니 부디 저를 용서해 주십시오.

모어 백작 오, 카를! 카를! 네 행실이 이 아비의 마음을 얼마나 괴롭히는지 아느냐! 단 한 번만이라도 좋은 소식을 듣는다면, 내 명이 십 년은 길어지고 다시 젊은이처럼 기운이 샘솟으련만! 그런데 아! 들려오는 소식마다 내 명을 재촉하는구나!

프란츠 그러시다면 아버님의 건강이 우선입니다. 잘못하다가는 저희 모두 오늘 아버님의 관 앞에서 머리카락을 쥐어뜯으며 통곡하겠습니다.

모어 백작 잠깐 기다리거라! 아직은 좀 더 두고 지켜보자. 카를이 하는 대로 내버려 두어라! (의자에 앉는다) 조상님들의 죄업에 대한 대가를 이제 삼 대, 사 대에서 치르는 게야. 차라리 카를이 그 업보를 마저 치르도록 내버려 두어라.

프란츠 (호주머니에서 편지를 꺼낸다) 아버님도 우리 통신원을 잘 아시잖습니까! 자, 보십시오! 그자가 거짓말쟁이, 뱃속 시커먼 사악한 거짓말쟁이라고 말할 수만 있다면, 제 오른손 손가락이라도 내놓겠습니다……. 마음을 단단히 잡수십시오! 아버님께서 직접 이 편지를 읽으시도록 하지 않는 것을 부디 용서해 주십시오. 아버님께서 모든 것을 다 아실 필요는 없습니다.

모어 백작 하나도 빼놓지 말고 읽어라. 애야, 그러면 내가 직접 읽는 수고를 덜어 주는 것이다.

프란츠 (편지를 읽는다) 〈5월 1일 라이프치히에서. 친애하는 벗이여, 자네 형님의 운명에 대해 알아낸 것을 조금도 감추지 말고 전부 알려 달라는 자네의 굳은 당부만 없었다면, 내 죄 없는 붓끝이 자네에게 이렇듯 무자비한 폭군 노릇은 결코 하지 않았을 걸세. 지금까지 자네에게서 받은 수많은 편지로 보아, 이런 소식이 형님을 아끼는 자네 마음을 얼마나 깊이 다치게 할 것인지 내 충분히 짐작하고도 남네. 그런 하잘것없는 비열한 인간을 위해서〉(모어 백작, 얼굴을 두 손에 묻는다) 이런, 아버님! 이것은 겨우 시작에 불과합니다. 〈비열한 인간을 위해서 눈물을 쏟는 자네 모습이 눈에 선하다네.〉 아, 물론 눈물을 흘렸지요. 이 동정 어린 뺨을 타고서 눈물이 폭포수처럼 쏟아졌지요. 〈또한 자네의 그토록 독실하고 연로하신 부친께서 대경실색하여〉 이런, 맙소사! 아버님, 아직 무슨 내용인지도 전혀 모르시면서 벌써 이러시면 어떡합니까?

모어 백작 계속, 계속 읽어라!

프란츠 〈대경실색하여 비틀비틀 주저앉으시고, 그 입에서 처음으로 더듬더듬 아버지라는 말을 듣던 날들을 저주하시는 모습도 눈에 보이는 것만 같네. 내가 모든 것을 알아낼 수는 없었고, 또 내가 알아낸 약간의 것 가운데서도 일부만을 자네한테 전해 주는 바일세. 자네 형님은 이제 추악함의 화신이 된 듯하네. 자네 형님의 천재성이 나보다 뛰어난 것도 아닌데, 자네 형님이 지금 어느 경지까지 이르렀는지 나로서는 도저히 알 길이 없다네. 어제 한밤중에 자네 형님은 사만 두카텐의 빚을 지고서〉 아버님, 용돈치고는 상당히 많은데요! 〈그동안 방탕한 삶에 끌어들인 다른 일곱 명과 함께 법의 품 안에서 벗어나기로 큰 결심을 했네! 그 전에 이곳의 어느 부유한 은행가의 따님을 능멸했으며, 그 아가씨의 애인인 지체 높은 착실한 젊은이와 결투를 벌여 치명상을 입혔다네.〉 아버님! 이런 맙소사, 아버님! 괜찮으십니까?

모어 백작 이제 됐다. 얘야, 그만 읽어라!

프란츠 제가 아버님을 지켜 드리겠습니다. 〈자네 형님에게 지명 수배령이 내렸다네. 피해자들이 불길같이 배상을 요구하고, 현상금까지 걸렸네. 이제 모어라는 이름은……〉 안 되겠습니다. 제 불쌍한 입술이 결단코 아버지를 돌아가시게 해서는 안 됩니다. (편지를 갈기갈기 찢는다) 아버님, 믿지 마십시오! 단 한마디도 믿지 마십시오.

모어 백작 (비통하게 눈물을 흘린다) 우리 가문의 이름이! 우리 훌륭한 가문의 이름이!

프란츠 (아버지의 목을 껴안는다) 형님이 수치스럽습니다! 정말 수치스럽습니다. 형님은 어릴 때부터 계집애들의 뒤꽁무니를 쫓아다니고, 불량배들이나 비렁뱅이들과 어울려 산과 들을 쏘다니고, 악인이 감옥을 피하듯 교회만 보면 도망쳤지요. 그리고 우리들이 집에서 경건하게 기도를 하고 성스러운 설교 집을 읽으며 신앙심을 돈독히 하는 동안, 형님은 아버지를 졸라 얻은 돈을 아무 거지에게나 던져 주었습니다. 그때 이미 제가 언젠가는 이런 날이 오리라고 예감하지 않았습니까? 또 형님이 잘못을 회개하는 토비아[1]의 이야기보다는 율리우스 카이사르와 알렉산더 마그누스[2] 같은 무지몽매한 이교도들의 모험담을 즐겨 읽을 때도, 저는 언젠가 이런 날이 오리라고 예감하지 않았습니까? 그래서 저는 형님이 우리 모두를 불행과 치욕 속으로 몰아넣을 것이라고 아버님께 수없이 예언하였습니다! 제가 형님을 사랑하는 마음이 항상 자식으로서의 제 도리를 가로막았기 때문이었지요. 아, 차라리 형님이 모어라는 이름을 갖지 않았더라면! 그리고 제 마음이 형님을 위해서 이렇듯 따뜻하게 고동치지 않는다면 얼마나 좋겠습니까! 형님을 향한 이 불경스러운 사랑을 떨쳐 버릴 수 없는 탓에, 저는 하느님의 심판을 한 번 더 받게 될 것입니다.

모어 백작 아, 내 희망! 내 황금빛 꿈!

---

1 구역 성서의 「토비트서 The Book of Tobit」(또는 「토비아서」)에 나오는 인물.
2 마케도니아의 알렉산드로스 대왕 Alexandros the Great을 가리킨다.

프란츠 저는 그 말씀이 무슨 뜻인지 잘 압니다. 제가 방금 말씀드린 것이 바로 그 말 아닙니까. 이 아이 안에서 불꽃처럼 타올라 이 세상의 모든 숭고하고 아름다운 자극을 섬세하게 받아들이는 열렬한 기개, 자신의 영혼을 눈빛에 그대로 드러내는 솔직함, 다른 사람들의 고통을 보고 함께 눈물을 흘리며 괴로워하는 다감한 마음, 수백 년 묵은 떡갈나무 꼭대기까지 기어오르고 웅덩이나 말뚝, 급류를 과감하게 뛰어넘는 사나이다운 용기, 어린애 같은 야심, 절대로 꺾이지 않는 고집, 아버지의 응석받이 아들 안에서 자라나는 이런 온갖 아름답고 빛나는 덕성들이 훗날 언젠가 의리 있는 친구, 뛰어난 시민, 영웅, 위대한 그야말로 위대한 사나이 대장부를 만들어 내리라고 아버님은 입버릇처럼 말씀하였습니다. 그런데 이제 보십시오, 아버님! 그 불꽃같은 기개가 번성하고 꽃을 피워서 근사한 열매를 맺지 않았습니까. 그리고 솔직함은 멋지게도 파렴치함으로 발전하였고, 다감한 마음은 매춘부들에게 쉽게 유혹당하고 요부들의 손아귀에서 벗어나지 못하는 결과를 낳았습니다! 또 그 불타던 천재성은 어떻게 되었는지 보십시오! 생명의 기름을 불과 육 년 만에 모조리 태워 버리는 바람에 이제 형님은 몸뚱이만 살아서 헤매고 있습니다. 사람들이 찾아와 뭐라고 뻔뻔하게 말하는지 아십니까. 계집 좋아하더니 꼴좋다고 말합니다. 아! 대도둑 카르투슈[3]나 하워드[4]의 영웅적 행위를 무색하

---

3 Louis Dominique Cartouche(1693~1721). 프랑스의 악명 높았던 강도 살인범. 대도적단을 이끄는 두목이었으며, 1721년 체포되어 처형당했다.

게 만드는 계획을 짜고 실행에 옮기는 그 대담무쌍한 두뇌를 한번 보십시오! 젊은 나이에 벌써 이 지경인데, 이런 화려한 싹이 완전히 무르익으면 어찌 될 것 같습니까? 숲의 성스러운 정적에 묻혀 살면서 여행에 지친 나그네들의 짐을 반이나 덜어 주는 무리들 있잖습니까. 아마 아버님께서는 그런 무리들을 선두 지휘하는 형님의 모습을 보게 되는 기쁨을 누리실지도 모릅니다. 아니면 눈을 감으시기 전에, 형님이 하늘과 땅 사이에 세운 기념비에 참배하실 수 있을지도 모르지요. 아, 아버님, 아버님, 아버님. 아마 아버님의 성씨를 새로 갈아야 하지 않을까요. 그렇지 않으면 거리의 행상인들이나 불량배들이 라이프치히 장터의 교수대에 높이 걸린 형님의 화상을 보고 와, 아버님에게 손가락질을 할 것입니다.

모어 백작 너도 그럴 것이냐? 프란츠 너마저? 아, 내 자식들! 너희들이 어떻게 내 가슴에 못을 박는단 말이냐!

프란츠 자 보십시오, 아버님. 저도 농담을 할 수 있답니다. 하지만 제 농담은 전갈의 독침이라고 할 수 있지요. 이 멋대가리 없는 평범한 인간, 냉정하고 무뚝뚝한 프란츠, 그리고 형님이 아버님의 무릎에 앉아 있거나 아버님의 뺨을 꼬집을 때, 아버님이 그런 형님과 비교하며 저한테 붙여 주신 많은 별명들…… 이 다재다능한 아이의 명성이 온 세상을 뒤흔들 때, 저 녀석은 한 번도 제 한계를 넘어 보지 못한 채 죽어 문

---

4 Zachary Howard. 1651년 처형당했다고 전해지는 영국의 도적. 문학 속에 등장했던 환상의 인물로 추정된다.

드러져 세상에서 흔적 없이 잊혀질 거라고 아버님은 말씀하셨습니다. 아! 하늘이시여, 두 손 모아 감사드리나이다! 냉정하고 멋대가리 없고 무뚝뚝한 프란츠가 형님 같은 인간이 아닌 것에 정말 감사드리나이다!

모어 백작 애야, 나를 용서해 다오. 제 계획에 속아 넘어간 아비에게 너무 화내지 말아라. 카를 때문에 내 눈물을 흘리게 하신 하느님께서 프란츠 너를 통해 그 눈물을 닦아 주실 게다.

프란츠 그렇습니다, 아버님. 제가 아버님의 눈물을 닦아 드리겠습니다. 아버님의 아들 프란츠가 아버님의 목숨을 기필코 지키기 위해서 목숨을 바칠 것입니다. 아버님의 목숨은 제가 언제나 자문을 구하는 조언자이고, 제가 모든 것을 비추어 보는 거울입니다. 아버님의 소중한 목숨을 위해서라면, 그 어떤 의무라도 기꺼이 던져 버리겠습니다. 아버님, 제 말을 믿으시지요?

모어 백작 내 아들아, 너는 커다란 의무를 짊어지고 있다. 네가 나를 위해 지금까지 한 일과 또한 앞으로 할 일에 대해 신의 가호가 있기를 빈다!

프란츠 그렇다면 저한테 말씀해 주십시오. 만약 아버님께서 형님을 아버님의 아들이라 부를 수 없게 되더라도 행복하시겠습니까?

모어 백작 그만, 오 그만 하거라! 산파가 처음 그 아이를 안겨 주었을 때, 나는 그 아이를 하늘 높이 치켜들고서 이 세상에 나만큼 행복한 사람이 또 어디 있겠냐고 크게 외쳤다.

프란츠 그러셨는데, 지금 과연 어떻게 되었습니까? 아무리 비천한 농군일지라도 그런 자식만 두지 않았다면, 아버님은 부러우실 겁니다. 그런 자식이 있는 한, 평생 근심 걱정 끊어질 날이 없습니다. 게다가 그 근심 걱정은 형님과 함께 점점 자라나서, 결국에는 아버님의 명을 재촉할 겁니다.

모어 백작 아! 그 녀석이 나를 팔순 노인네로 만들었구나.

프란츠 그렇다면…… 차라리 부자지간의 연을 끊는 것이 어떻겠습니까?

모어 백작 (펄쩍 뛴다) 프란츠, 프란츠! 그게 무슨 말이냐?

프란츠 아버님이 이토록 상심하시는 것은 형님에 대한 사랑 때문이 아닙니까? 그 마음만 접어 버리시면, 형님은 아버님한테 존재하지 않는 것이나 다름없습니다. 그런 저주받고 천벌받을 사랑만 아니라면 형님은 죽은 목숨이지요. 아예 태어나지 않은 것입니다. 아버지와 아들 사이를 이어 주는 것은 살과 피가 아니라 마음입니다. 아버님이 아무리 살을 떼어 내어 만드셨다 하더라도 더 이상 사랑하지 않는다면, 그런 흉측한 종자는 아버님의 아들이 아닐 것입니다. 형님은 아버님에게 지금까지 아버님의 눈동자 같은 존재였지요. 그러나 네 눈이 죄를 지으면 그 눈을 뽑아 버리라고 성서에 쓰여 있습니다. 두 눈을 가지고 지옥에 가느니 차라리 한 눈만으로 천당에 가는 편이 낫습니다. 아버지와 아들이 함께 지옥에 떨어지느니 차라리 자식 없이 천당에 오르는 편이 낫습니다. 하느님의 말씀이 그러하지 않습니까!

모어 백작 지금 나더러 내 아들을 저주하라는 말이냐?

프란츠 그 말이 아닙니다! 아니지요! 아버님의 아들을 저주하라는 말이 아닙니다. 하지만 아버님에게서 생명을 받은 아들이 아버님의 목숨을 재촉하려고 온갖 짓을 자행하는데 뭐라고 하시겠습니까?

모어 백작 오, 백번 천번 맞는 말이구나! 이것은 하느님이 내게 내리시는 심판이다. 하느님이 그 녀석을 빌려서 내게 벌을 내리시는 게야!

프란츠 보십시오. 아버님이 애지중지하신 그 아들이 아버님에게 어떻게 하고 있습니까? 아버님의 애정을 빌미 삼아 아버님의 목을 조르고, 아버님의 사랑을 빌미 삼아 아버님을 무덤 속으로 밀어 넣고 있습니다. 아버님의 인생을 끝장내기 위해서 아버님의 자애로운 마음까지도 농락하였습니다. 아버님만 계시지 않는다면, 아버님의 재산을 손아귀에 넣고서 제 마음대로 휘두를 것입니다. 가로막고 있는 둑이 사라지면, 형님의 욕망은 더 걷잡을 수 없이 사납게 날뛸 것입니다. 형님의 입장이 되어 한번 생각해 보십시오! 아버님과 제가 땅속에 묻히기만을 얼마나 학수고대하겠습니까? 우리 두 사람이야말로 그 방탕한 생활을 완강하게 가로막고 있는 걸림돌이지요. 이것이 사랑에 대한 보답입니까? 아버님의 자애로운 보살핌에 대해 자식으로서 할 도리란 말입니까? 한순간의 음탕한 욕정을 위해 아버님의 목숨을 십 년이나 희생하고, 칠백 년 동안이나 한 점 부끄러움도 없었던 조상들의 명예를 단 일 분간의 환락을 위해 내동댕이치는데도, 아버님의 자식이라고 하시겠습니까? 대답해 보십시오!

그래도 아버님의 자식인가 말입니다.

모어 백작 참으로 고약한 아들이도다! 아, 그래도 내 아들인 것을! 내 아들인 것을!

프란츠 자신을 낳아 주신 아버지를 하루빨리 무덤 속으로 밀어 넣고 싶어 온갖 궁리를 다하는데도, 참으로 소중하고 사랑스러운 아들입니다. 아버님은 아직도 모르시겠습니까! 아직도 진실을 깨닫지 못하신단 말입니까! 하지만 아버님의 너그러움은 형님의 방탕함을 더욱 부채질할 뿐입니다! 아버님이 이렇게 감싸고도시면, 형님은 자신이 더욱 옳은 줄 알 것입니다. 아버님은 물론 형님의 저주를 거두어 주시겠지만, 그 저주는 다른 사람 아닌 바로 아버님에게로 떨어질 것입니다.

모어 백작 옳은 말이다! 참으로 옳은 말이구나! 모든 것이 내, 내 잘못이다!

프란츠 환락의 잔에 취했다가도 고통을 겪고서 개과천선한 사람은 많이 있었습니다. 그리고 무절제한 생활에 으레 뒤따르는 육체적 고통은 바로 하느님의 뜻을 알려 주는 것이 아니던가요? 인간이 잔인한 사랑을 통해서 하느님의 뜻을 왜곡해야겠습니까? 아버지가 자신에게 맡겨진 자식이라는 담보를 영원히 파멸시켜야겠습니까? 아버님, 한번 생각해 보십시오. 그 아들을 차라리 얼마 동안 비참하게 지내도록 내버려 두면, 혹시 마음을 고쳐먹고 좋은 사람이 되지 않을까요? 비참한 시련을 겪으면서도 끝내 배우지 못하고 불한당으로 남아 있는 경우에는, 드높은 지혜의 충고를 저버리고서 아들을 응석받이로 키운 아버지의 잘못입니다. 어떡하시겠습니까, 아버님?

모어 백작 앞으로는 더 이상 도와주지 않겠다고 그 아이에게 편지를 쓰마.

프란츠 지극히 옳고 현명하신 처사입니다.

모어 백작 그리고 다시는 내 눈앞에 나타나지 말라고 해야겠다.

프란츠 그러면 분명 좋은 효과가 있을 겁니다.

모어 백작 (자애롭게) 그 아이가 달라질 때까지만 말이다.

프란츠 좋습니다, 좋아요. 하지만 형님이 거짓 탈을 쓰고 나타나, 아버님의 동정심을 사기 위해 울고불고 매달리며 온갖 사탕발림을 늘어놓을 수도 있습니다. 그러다 아버님이 용서해 주시면, 그 다음날로 다시 도망쳐 매춘부의 품에 안겨 아버님의 나약한 마음을 비웃으면 어떡합니까? 아버님, 그런 일이 있어서는 안 됩니다! 형님은 양심에 조금도 거리낄 것이 없는 날, 자진해서 돌아와야 합니다.

모어 백작 당장 이 자리에서 그렇게 편지를 쓰마.

프란츠 잠깐 기다리십시오! 아버님, 한 말씀만 더 드리겠습니다. 아버님의 노기가 너무 심한 말을 붓끝에 불러내어, 형님 마음이 갈가리 찢어지는 일이 벌어지지 않을까 걱정됩니다. 게다가 아버님이 친히 편지를 쓰시는 경우에는, 형님이 그것을 용서의 표시로 받아들일 우려도 있지 않겠습니까? 그러니 편지 쓰는 일은 저한테 맡겨 주시는 편이 나을 듯싶습니다.

모어 백작 애야, 그럼 네가 쓰도록 해라. 아! 어차피 그런 편지를 쓰다 보면 내 마음만 찢어질 것이다! 네가 쓰거라.

프란츠 (얼른) 그러면 결정하신 것이지요?

모어 백작 내가 밤이면 밤마다 잠을 이루지 못하고서 피눈물을 흘린다고 쓰거라. 그렇다고 내 아들을 너무 절망에 빠뜨리지는 말아라!

프란츠 아버님, 침대에 좀 누우시는 게 어떻겠습니까? 몹시 피곤해 보이십니다.

모어 백작 그리고 이 아비의 마음에 대해서도 꼭 알려 주어라. 한 번 더 말하지만, 내 아들을 너무 절망에 빠뜨리지는 말아라. (슬픈 얼굴로 퇴장한다)

프란츠 (모어 백작의 뒷모습을 지켜보며 웃는다) 노인장, 마음 푹 놓으시지. 다시는 그 인간을 품에 안아 보는 일이 없을 테니까. 그 인간에게로 가는 길은 지옥의 하늘처럼 꽉 막혀 있다고. 노인장이 정말 스스로 원하는지 깨닫기도 전에, 그 인간은 벌써 노인장의 품에서 떨어져 나갔어. 내가 아버지 마음에서 아들 하나 떼어 놓지 못한다면, 그야말로 형편없는 등신 아니겠어. 그 인간이 아무리 단단한 쇠줄로 노인장에게 매달리려고 들어도 소용없을걸. 내가 저주를 걸어서 절대로 뛰어넘을 수 없는 마법의 원을 노인장 주위에다 그어 놓았거든. 프란츠에게 행운을! 귀염둥이 자식이 사라지고, 숲이 더 밝아졌도다. 이 종이 조각들을 잘 주워야지. 혹시라도 누가 내 필적을 알아보면 큰일이지! (찢어진 편지 조각들을 주워 모은다) 저 노인네는 머지않아 원통한 마음을 이기지 못하고서 눈을 감게 될걸. 그러면 그녀가 설사 목숨을 반이나 걸고 매달리더라도, 기필코 그녀의 마음속에서 카를이라는 인간을 떼어 놓아야 해.

나한테는 충분히 대자연에게 화를 낼 권리가 있어. 맹세코, 그 권리를 행사하고 말 테다! 내가 왜 어머니 뱃속에서 장남으로 태어나지 않았단 말인가? 그리고 왜 외아들로 태어나지 못했단 말인가? 무엇 때문에 자연은 나한테 이런 추한 몰골을 떠맡겼는가? 하필이면 무엇 때문에 나한테? 마치 자연이 나를 만들면서 실수한 것 같지 않은가. 어째서 하필이면 이런 라플란드 사람의 코를 붙여 주었고, 또 어째서 하필이면 이런 무어인의 입에다가 호텐토트의 눈을 주었단 말인가? 온갖 인종의 흉측한 점들만을 뭉뚱그려서 나를 빚어 낸 것 같지 않은가. 빌어먹을! 저 인간한테는 그것을 주고 나한테는 주지 않을 권한을 누가 자연에게 부여했단 말인가? 태어나기도 전에 자연에게 아부하거나 자신이 만들어지기도 전에 자연을 모욕할 수라도 있단 말이냐? 어째서 자연이 이렇듯 불공평하게 일한단 말이냐? 아니, 아니다! 자연에게 부당하게 굴어서는 안 된다. 자연은 우리에게 창의력을 주고는, 이 세상이라는 거대한 대양 기슭에 불쌍하게 맨 몸으로 우리를 내동댕이쳤어. 헤엄칠 수 있는 놈은 헤엄쳐 살아나고, 어설픈 놈은 그대로 빠져 죽으라는 게지! 자연은 나한테 아무것도 주지 않았어. 내가 무엇이 되는가는 순전히 나한테 달린 문제라고. 누구든 가장 위대한 자가 될 수도 있고 가장 하찮은 자가 될 수도 있어. 요구는 요구에, 충동은 충동에, 힘은 힘에 부딪쳐 망하는 법이라고. 권리는 힘 있는 자의 몫이고, 우리 힘의 한계가 바로 우리의 율법이지.

이 세상이 원활하게 돌아가도록 하기 위해서, 물론 우리가 맺은 공동의 계약이란 것이 있지. 명성! 아무렴, 이것을 잘만 굴릴 줄 알면 노련하게 엄청난 이득을 취할 수 있는 풍성한 자산이 된다고. 양심! 그렇고말고! 벚나무에서 참새들을 쫓아낼 때 제법 쓸모 있는 허수아비 같은 것이고, 파산한 인간이 임시방편으로 위기를 모면하기 위해 멋들어지게 쓰는 어음 같은 것 아니겠어!

사실은 똑똑한 인간들이 자기들 뱃속 편하게 지내려고 멍청한 놈들을 꼼짝 못하게 하고 우매한 놈들을 기죽이는 데 사용하는 참으로 뛰어난 수단들이지! 말할 것도 없이 참으로 기발한 수단들이고말고! 농부들이 머리를 짜내어, 토끼들이 넘어오지 못하도록 들판에 울타리를 세워 놓는 꼴이라니까. 물론 토끼들은 한 마리도, 결단코 한 마리도 넘어오지 못하지! 그런데 높으신 나리께서는 가라말을 타고 훌쩍 울타리를 뛰어넘어 잘 익은 곡식 밭을 우아하게 내달린단 말씀이야.

토끼만 불쌍하지! 이 세상에서 토끼로 살아야 한다면, 참으로 딱한 일이지. 하지만 높으신 나리에게는 토끼가 필요한 법이라고!

그러니 기운차게 울타리를 뛰어넘어야 하지 않겠어! 결코 두려움을 모르는 자는 천지가 무서워 벌벌 떠는 자만큼이나 막강한 법이라고. 요즈음 마음대로 줄이고 늘일 수 있는 죔쇠를 바지에 다는 것이 유행인데, 이런 최신 유행을 좇아서 양심도 불어나는 몸매에 따라 자유자재로 조절할 수 있는 것으로 새로 맞추어야 할 것 같아. 어떻게 하면 그런 양심을 맞출 수 있을까? 양복장이를 찾아가야 하지 않을까! 나는 이른바 혈육의 정에 대해 이러쿵저러쿵 떠드는 온갖 소리를 들었어. 아마 착실한 가장이 그런 말들을 듣게 되면 없던 걱정도 생겨날걸. 이게 네 형이다! 이 말은, 너하고 한 가마에서 구워졌으니 너한테 더없이 소중한 존재라는 뜻이지. 하지만 이거야말로 몸뚱이가 가까이 있으니 정신도 조화를 이룰 테고, 고향이 같으니 느낌도 같을 것이고, 같은 음식을 먹으니 성향도 비슷할 거라는 식의 억지 논리, 우스꽝스러운 추론이 아니겠어. 어디 그뿐인가. 이 사람이 네 아버지다! 이 사람이 너에게 생명을 주었고, 너는 이 사람의 피이고 살이다. 그러니 이 사람은 너한테 더없이 거룩한 존재이다. 이것 또한 얼마나 교활한 논리인가! 도대체 무엇 때문에 나를 만들었느냐고 묻고 싶을 뿐이다. 아직 자아도 갖추지 못했던 나를 사랑해서 만든 것은 정녕 아닐 것이다. 나를 만들기 전에 나라는 놈을 미리 알았단 말인가? 아니면 나를 어떻게 만들 것인지 미리 생각해 두었던 말인가? 과연 나를 원해서 만들었고, 또 내가 어떤 인간이 될지 미리 알았단 말인가? 나는 그런 모든 일에 대해 눈곱만큼도 알고 싶지 않다. 그러다가는 나를 만든 것들을 응징하고 싶어질 것이다! 나를 사내로 태어나게 해주어서 고맙다고 치하라도 하란 말인가. 내가 설사 계집으로 태어났더라도 불평할 수 없었듯이, 사내로 태어난 것도 고마워할 일은 아니다. 내 자아를 존중하지 않은 사랑을 과연 인정할 수 있을까? 아직 생겨나지도 않은 나를 존중할 수 있었단 말이냐? 도대체 거룩한 점이 어디에 있단 말인가? 혹시 내가 만들어진 행위 자체에 있을 것인가? 그것이 동물적인 욕망을 충족시키기 위한 동물적인 과정 이상의 것이라도 된단 말인가! 아니면 피할 수 없는 운명에 지나지 않는 그 행위의 결과에 있단 말인가? 피와 살만 섞이지 않았다면 기꺼이 그 결과에서 벗어나고 싶은 마음뿐이다. 노인네가 나를 사랑해 주는 대가로, 노인네에게 다정한 말이라도 건네란 말인가? 그것은 늙은이의 허영심이고, 자신이 만들어 낸 것이면 아무리 흉물스러워도 흐뭇해하는 예술가의 나약한 단점 같은 것이다. 그러니 잘 보아라. 그것은 우리들의 두려움을 악용하여, 거룩한 것인 양 연막을 치려는 술수일 뿐이다. 내가 어린아이처럼 그런 것에 흔들릴 것 같으냐?

그러니 기운을 내라! 용감하게 행동을 개시해라! 내가 지배자가 되지 못하도록 앞을 가로막는 것은 무엇이든 때려 부숴라. 고깝게 보이는 것은 무엇이든 인정사정없이 빼앗는 지배자가 되어야 한다. (퇴장한다)

제2장

작센 변경의 어느 주막.
카를 폰 모어는 책을 읽는 데 열중해 있고,
슈피겔베르크는 탁자에서 술을 마신다.

카를 (책을 옆으로 밀어 놓으며) 플루타르크 영웅들의 이야기를 읽다 보면, 엉터리 글쟁이들이 설치는 요즘 세상에 정말 구역질이 치민다니까.

슈피겔베르크 (카를 앞에 술잔을 하나 놓아 주고 자신도 술을 마신다) 차라리 요세푸스[1]를 읽으라고.

카를 프로메테우스의 활활 타오르던 불길은 꺼져 버리고, 사람들은 이제 극장에서 사용하는 석송(石松)[2] 가루 불꽃으로 만족하고 있어. 담뱃불조차 붙이기 어려운 그 불 말일세. 저들은 쥐새끼들처럼 헤라클레스의 몽둥이에 달라붙어 기어 다니고, 두개골의 골수를 빼내어 불알 속에 무엇이 들어 있

---
1 Flavius Josephus(37~100). 유대의 역사학자.
2 과거 무대에서 번갯불을 만들어 낼 때 이용되었다.

었는지 연구한다네. 어느 프랑스 성직자는 알렉산드로스 대왕이 겁쟁이였다고 설교하고, 어느 폐병쟁이 대학교수는 한마디 할 때마다 암모니아수 병을 코끝에 갖다 대는 주제에 힘에 대해 강의를 펼친다네. 애새끼 하나 만들면서 녹초가 되어 나가떨어지는 녀석들이 한니발의 전술을 이러쿵저러쿵 헐뜯는가 하면, 아직 머리에 피도 안 마른 녀석들이 잘난 척하고 싶어 어디선가 주워들은 칸나이 대전의 문구들을 논하고 스키피오의 승리를 놓고 말싸움을 벌인다네.

슈피겔베르크 참으로 따분한 일들일세.

카를 전쟁터에서 흘린 땀의 대가로, 그들은 겨우 중고등학교에서 명맥을 유지하고, 그 불후의 이름은 간신히 책을 매는 끈에 끌려 다니고 있어. 헛되이 흘린 피의 값비싼 대가는 뉘른베르크 잡상인들이 과자를 싸주는 데 이용되고, 아니면 운이 좋아 잘 풀리는 경우에는 프랑스 비극 작가들의 손길에 의해 허황되게 부풀려져 줄로 조종당하는 신세가 되었어. 하하하…….

슈피겔베르크 (술을 마시며) 요세푸스를 읽으라니까. 꼭 한번 읽어보게나.

카를 퉤퉤! 정말 아무짝에도 쓸모없는 거세된 세상일세. 기껏해야 지난날의 행적이나 되새기고, 이러쿵저러쿵 토를 달아 고대 영웅들을 욕보이고 처량한 연극으로 만들어 난도질하고 있어. 허리의 힘이 완전히 빠져 버려서, 맥주 만드는 효모의 힘이라도 빌려 종족을 보존하도록 도와주어야 할 지경일세.

슈피겔베르크 차(茶)의 힘을 빌려야 할걸. 이보게 차 말일세!

카를 조야한 인습들로 건강한 자연의 숨통을 막아 버리고는, 혹시라도 건강을 해칠까 무서워 술 한잔 비울 용기도 없는 인간들이라네. 높으신 나리 앞에서 자신들의 이익을 대변해 주면 구두닦이에게도 굽실거리면서, 겁낼 것 없는 가련한 사람은 마구 짓밟는다네. 점심 한 끼 먹여 주었다고 우상처럼 떠받드는가 하면, 경매에 부친 깃털 이불 하나 때문에 서로를 독살하고 싶어 하지. 교회에 열심히 나가지 않는 사두개파를 욕하면서, 자신은 제단 앞에서 유대인처럼 이자를 따진다네. 긴 옷자락을 활짝 펼쳐 보이고 싶어 무릎을 꿇고, 가발이 어떤 모양인지 보고 싶어 신부에게서 눈을 떼지 않네. 거위가 피를 흘리고 죽는 것만 보아도 기절하는 주제에, 경쟁자가 파산하는 것을 보고서는 좋아라 손뼉을 친다네. 내가 제발 하루만 참아 달라고 간절히 매달렸는데도 소용이 없었다네! 아무리 개처럼 굽실거리고 애원하고 맹세하고 눈물을 흘려도 소용이 없었다니까! (두 발을 쿵쿵 구른다) 빌어먹을!

슈피겔베르크 그것도 겨우 시시하게 몇 천 두카텐 때문이라니…….

카를 아니, 그런 생각은 하고 싶지 않네. 내 몸뚱이를 죔쇠로 옭아매고, 내 의지를 법으로 꽁꽁 묶어야 할 걸세. 법은 독수리처럼 하늘을 날 수 있는 것을 달팽이처럼 땅을 기어다니게 만드는 걸세. 법은 아직껏 위대한 남자를 만들어 낸 적이 없지만, 자유는 거대한 것과 엄청난 것의 싹을 틔운다네.

저들은 폭군의 뱃가죽 속에 진을 치고 앉아서 위장의 기분을 맞추고 방귀에 휩쓸려 꼼짝도 못한다네. 아아! 헤르만[3]의 정신은 아직도 재 속에서 꺼지지 않고 타오르는가! 나와 뜻을 같이하는 사나이들의 무리를 이끌 수만 있다면, 독일을 공화국으로 만들 수 있을 텐데. 로마와 스파르타를 수녀원처럼 보이게 할 대공화국으로! (단검을 탁자 위에 던지며 자리에서 일어난다)

슈피겔베르크 (벌떡 일어선다) 만세! 만만세! 자네 말을 들으니 마침 좋은 생각이 떠오르네. 모어, 내가 오랫동안 무슨 생각을 품어 왔는지, 자네한테만 슬쩍 귀띔해 줌세. 자네가 바로 적격자일세. 자 마시게, 동지. 어서 마시게……. 만약에 우리가 유대인이 되어 왕국을 다시 일으킨다면 어떻겠나?

카를 (크게 소리 내어 웃는다) 이런! 이제 알겠네, 알겠어. 이발사가 자네 것을 벌써 잘라 버렸으니, 할례를 폐지하자는 것 아닌가?

슈피겔베르크 자네 것이나 자르라고, 이 날건달아! 내 것은 신비하게도 벌써 오래 전에 잘려 있었단 말일세. 하지만 어떤가, 제법 쓸 만하고 교활한 계획이 아닌가? 우선 사방 천지에 격문을 띄워서, 돼지고기 먹지 않는 인간들을 모조리 팔레스타인으로 불러 모으는 걸세. 거기에서 내가 적당히 서류를 꾸며, 헤롯왕이 우리의 대조상이었다고 증명하는 게야. 그런 식으로 힘을 되찾아 다시 예루살렘을 건설하게 되

---

3 Hermann der Cherusker(BC 17~AD 21). 로마 군단을 물리치고 게르만 민족을 해방시킨 고대 독일의 민족 영웅.

면, 승리의 함성이 천지를 가를 걸세. 쇠뿔도 단김에 빼라고, 터키 사람들을 즉시 아시아에서 몰아내고, 레바논삼나무로 배를 만들어서 온 국민이 옛 레이스와 버클을 팔아 큰돈벌이를 하는 거야. 그러는 동안에…….

카를 (미소를 지으며 슈피겔베르크의 손을 잡는다) 이보게, 친구! 그런 바보 같은 소리는 이제 그만 하게.

슈피겔베르크 (어이없는 표정으로) 이런! 자네야말로 집 나간 탕자 행세를 하려는 것은 아니겠지! 윤년을 맞이하여 법원의 말단 서기 세 명이 강제 집행장에 써넣은 것보다 더 많은 칼자국을 사람들 얼굴에 낸 자네가 아니던가! 죽어 나자빠졌던 개새끼 사건을 한번 더 읊어볼까? 그래, 어떤가! 자네가 아무리 목석 같은 인간이라도, 그때 자네 자신의 모습을 다시 눈앞에 떠올리면, 틀림없이 혈관 속에 불길이 활활 타오를 걸세. 관청의 나리들이 자네 맹견의 다리를 총으로 쏘았고, 자네는 그에 대한 보복으로 온 시내에 육식을 금한다는 방을 써 붙이지 않았던가! 사람들은 자네의 방을 보고 입을 비죽였지만, 자네는 그 즉시 L.시의 고기를 모조리 사들였어. 그래서 불과 여덟 시간 만에, 인근 어디에서도 뜯어 먹을 만한 뼈다귀 하나 구경할 수 없었고 생선 값이 오르기 시작했지. 시청과 시민들이 보복하려고 머리를 짜내는 가운데, 우리들 천칠백 명이 늠름하게 거리로 나서지 않았는가. 자네가 맨 앞장을 섰고, 백정, 양복장이, 행상인, 주막 주인, 이발사, 모든 동업 조합원들이 그 뒤를 따랐어. 우리 젊은이들의 털끝 하나만 건드려도 시내를 쑥밭으로 만들어

버리겠다고 큰소리쳤지. 그런데도 일은 허사로 돌아갔고, 우리는 빈손으로 물러설 수밖에 없었어. 자네는 시내의 의사란 의사는 모조리 불러들여서, 개를 위해 처방전을 쓰는 사람에게 삼 두카텐을 주겠다고 제안했네. 우리는 의사 나리들이 체면 때문에 거절할 경우를 대비해서 강제 수단까지 마련해 두었는데 전혀 그럴 필요가 없었어. 의사 나리들이 서로 삼 두카텐을 차지하기 위해 치고받고 싸우는 바람에, 결국 흥정에 부쳐 삼 바첸으로 그 값이 떨어졌지. 처방전이 한 시간 만에 열두 개나 쏟아져 들어왔는데도, 그 짐승은 곧 죽어 나자빠지고 말았어.

카를 정말 추잡한 인간들이었어!

슈피겔베르크 그러고 나서 개의 장례식을 참으로 성대하게 치르지 않았던가. 개를 위해서 노래도 엄청나게 많이 불렀어. 그러다 밤이 이슥해진 후, 우리들 천여 명은 각자 양손에 등불과 단검을 들고, 종소리 방울 소리 요란하게 울리며 시내를 행진하였네. 결국 개를 매장하고서 날 밝을 때까지 잔치를 벌였지. 자네는 진심으로 조의를 표한 조문객들에게 사의를 표하고, 고기를 반값에 팔도록 했어. 맹세코, 그때 우리는 항복한 성채의 수비대처럼 자네를 우러러보았네.

카를 자네는 그런 일을 떠벌리는 게 부끄럽지도 않은가? 그 따위 장난질을 부끄럽게 여길 만한 수치심도 없단 말인가?

슈피겔베르크 이런, 왜 이러는가! 자네는 이제 옛날의 모어가 아닐세. 자네가 술병을 들고서 그 구두쇠 영감을 조롱하며, 〈자, 닥치는 대로 돈을 긁어모으시게나. 나는 그 대신 실컷 술을 마시려네.〉 이렇게 수천 번도 더 말하지 않았던가. 아직도 그걸 기억하는가? 어이, 아직도 기억하느냔 말일세. 이런 불쌍한 엉터리 허풍선이 보게나! 그때는 사나이 대장부인 양 큰소리치고 고상하게 굴더니만.

카를 이런 빌어먹을, 어째서 그 일을 다시 상기시킨단 말인가! 그런 말을 한 나 자신이 저주스러울 뿐일세! 하지만 전부 술기운 때문이었어. 내 혀가 떠벌리는 말을 내 마음은 듣지 못했네.

슈피겔베르크 (머리를 설레설레 젓는다) 아니, 아니, 아닐세! 자네 말은 사실이 아닐세. 그럴 리가 없어! 이보게, 친구. 그 말이 설마 진심은 아니겠지. 이보게, 지금 잠깐 처지가 어렵다고 그런 생각을 하는 겐가? 이것 보게, 내 어린 시절의 이야기를 하나 들려줌세. 우리 집 옆에 너비가 적어도 여덟 피트에 이르는 도랑이 하나 있었는데, 우리 사내 녀석들은 곧잘 그걸 뛰어넘는 내기를 했었다네! 하지만 어림도 없는 일이었어. 풍덩! 도랑에 빠지면, 깔깔 웃으며 놀려대는 소리와 함께 눈 뭉치가 억수로 날아왔다네. 그런데 우리 이웃에는 사냥꾼이 사슬에 매 놓은 개가 한 마리 있었네. 그 개새끼가 어찌나 물어뜯기를 좋아했는지, 한번은 별 생각 없이 옆을 지나가는 계집아이들의 치맛자락을 번개처럼 달려들어 물어뜯은 일도 있었다니까. 기회가 생길 때마다 그놈을 놀려대는 것이 얼마나 재미있었는지 아는가. 그놈이 나를 노려보면서 덤비고 싶어 환장하는 모습을 보면, 얼마나 신이 나는지 웃다가 숨이 넘어갈 정도였다네. 그러다 어떻게 되었냐고? 한번은 내가 다시 그 개를 실컷 놀리고서 개의 옆구리를 돌멩이로 한 대 세게 강타했더니, 그 개가 그만 분을 참지 못하고서 쇠사슬을 끊고 나한테 달려들지 뭔가. 나는 천둥번개처럼 줄행랑을 쳤다네. 그런데 이런 맙소사! 그 빌어먹을 도랑이 앞을 떡 가로막는 게야. 그러니 어떡하겠나? 개는 으르렁거리며 바싹 뒤쫓아 왔고, 에라 모르겠다, 눈을 질끈 감고 내달렸지 뭔가. 그랬더니 도랑을 거뜬히 뛰어넘은 게야. 그래서 내 목숨을 건지지 않았겠나. 그렇지 않았으면 그 야수한테 갈가리 찢겨 죽었을 걸세.

카를 그래서 어쨌다는 겐가?

슈피겔베르크 어려운 처지에 몰리면 오히려 힘이 생겨난다는 말을 하려는 것일세. 그래서 나는 아무리 위기에 몰려도 절대로 겁먹지 않네. 위험에 처할수록 용기가 자라나고. 궁지에 몰릴수록 힘이 샘솟는다네. 운명이 내 앞길을 가로막는 걸 보면, 나를 큰 인물로 만들려는 것이 분명하네.

카를 (화를 내며) 도대체 우리가 무엇 때문에 용기가 더 필요하단 말인가? 언제는 용기가 없었단 말인가……

슈피겔베르크 그런가? 그렇다면 자네의 재능을 그대로 썩혀 버릴 생각인가? 자네의 보물을 그대로 묻어 둘 셈이냐고? 자네가 라이프치히에서 벌인 장난질이 인간적인 익살의 한계라고 생각하는가? 이제 우리 함께 넓은 세상으로 나가 보세. 파리나 런던 어떤가! 그런 곳에서는 성실하게 곧이곧대로 이름을 대며 인사했다가는 따귀 맞기 십상이라고 하네. 거기서 크게 한판 일을 벌이면, 참으로 신나지 않겠는가. 아마 자네 눈이 휘둥그레지고 입이 다물어지지 않을 걸세! 두고 보게. 필적을 위조하고 노름판에서 술수를 부리고 자물쇠를 따고 가방 속의 것을 슬쩍하는 기술들은 전부 이 슈피겔베르크가 알려 줄 걸세. 손가락이 멀쩡한데도 굶어죽겠다는 놈들은 모조리 교수대에 목을 매달아야 한다고.

카를 (멍하니) 뭐라고? 자네가 그런 짓들을 했단 말인가?

슈피겔베르크 자네가 나를 못 믿는 모양인데, 잠깐 기다리게. 먼저 분위기가 무르익어야 하네. 지금 부글부글 끓어오르는 내 지혜가 반짝 빛을 발하면, 자네는 기적을 보게 될 걸세. 아마 자네 머리통 속의 뇌가 빙글빙글 돌걸. (흥분하여 벌떡 일어난다) 내 마음이 밝아지도다! 내 영혼 안에서 위대한 생각들이 깨어나도다! 내 창조적인 머리통 안에서 웅대한 계획들이 끓어오르도다! 저주받은 잠 귀신이 (앞머리를 두드리며) 지금껏 내 힘을 쇠사슬로 꽁꽁 묶어 놓고 내 시야를 뒤덮고 가로막았구나. 이제 나는 잠에서 깨어나, 내가 어떤 사람이며 앞으로 어떤 사람이 되어야 할지 느끼도다!

카를 자네는 바보야. 자네의 골통 속에서 술이 허풍을 치고 있는 거라고.

슈피겔베르크 (더욱 흥분하여) 슈피겔베르크, 그대는 요술을 부릴 줄 압니까, 세상 사람들은 물을 것이다. 슈피겔베르크, 그대가 장군이 되지 않았다니 참으로 애석한 일일세, 왕은 말할 것이다. 그랬더라면 오스트리아인들을 단숨에 풍비박산 냈을 텐데. 저분이 의학을 공부하지 않은 것은 참으로 무책임한 일이라고 의사들이 한탄하는 소리가 귀에 들려올 것이다. 그랬더라면 갑상선 종양의 새 치료제를 발견했을 텐테. 아, 원통하다! 저분이 경제학을 전공하지 않았다니, 그랬더라면 돌로 금화를 만들어 냈을 텐데. 내각의 재무부 장관들이 이렇게 탄식할 것이다. 동서양을 막론하고 슈피겔베르크의 이름이 널리 자자할 것이다. 너희들 겁쟁이들이 두꺼비처럼 진흙 속에 고개를 처박고 있는 동안에, 슈피겔베르크는 날개를 활짝 펴고서 그 이름 길이길이 남을 신전을 향해 높이 날아갈 것이다.

카를 자네의 앞날에 행운이 있기를 비네! 치욕의 기둥을 타고 명성의 절정에까지 실컷 올라가 보게나. 나는 우리 아버지 숲의 그늘에서 아말리아의 품에 안겨 고결한 기쁨을 맛보려네. 이미 지난주에 아버님께 용서를 비는 편지를 보냈네. 사소한 일들까지 하나도 빼놓지 않고 전부 소상히 말씀드렸어. 정직한 곳에서는 언제나 동정과 도움이 따르게 마련일세. 모리츠, 그러면 우리 여기에서 작별인사를 나누도록 하세. 오늘을 마지막으로, 우리는 다시 만나지 못할 걸세. 역마차가 도착했으니, 우리 아버님의 용서하시는 글도 이미 성 안에 도착하지 않았겠나.

슈바이처, 그림, 롤러, 슈프테를레, 라츠만이 등장한다.

롤러 자네들도 사람들이 우리 행방을 추적하고 있는 사실을 아는가?
그림 그러면 우리가 지금 안전하지 않단 말이야?

카를 새삼 놀랄 일도 아니지 않은가. 우리 마음대로 되는 일이 아닐세! 자네들 슈바르츠를 보지 못했나? 나한테 온 편지를 갖고 있다고 하지 않던가?

롤러 아까부터 자네를 찾는 모양이던데. 그렇게 보였어.

카를 슈바르츠 지금 어디에 있는가? 어디, 어디에 있지? (슈바르츠를 급히 찾아 나서려 한다)

롤러 여기서 기다리게! 그 친구더러 이곳으로 오라고 말해 두었어. 그런데 자네 떨고 있잖은가?

카를 떨긴 누가 떤단 말인가? 친구들! 바로 그 편지가 왔네. 나와 함께 기뻐해 주게나! 세상에서 가장 행복한 내가 무엇 때문에 떨겠는가?

슈바르츠, 등장한다.

카를 (슈바르츠를 향해 성큼 달려간다) 이보게! 이보게! 편지! 편지 이리 주게!

슈바르츠 (편지를 카를에게 건네주고, 카를은 서둘러 편지를 뜯는다) 무슨 일인가? 왜 자네 얼굴이 백짓장처럼 하얗게 질리는가?

카를 내 동생의 필적일세!

슈바르츠 슈피겔베르크는 저기서 뭘 하는 게야?

그림 저 녀석은 정신이 나갔어. 무도 병에 걸린 꼬락서니를 하고 있잖아.

슈프테를레 머릿속이 빙빙 도는 모양이지. 시라도 한 수 짓고 있는 모양일세.

라츠만 슈피겔베르크! 어이, 슈피겔베르크! 저 짐승 같은 놈이 아무 소리도 안 들리나 본데.

그림 (슈피겔베르크를 잡아 흔든다) 이보게, 지금 꿈을 꾸고 있는 겐가? 아니면…….

슈피겔베르크 (그때까지 주막 한구석에서 웅대한 계획을 구상하는 사람처럼 손짓 몸짓을 하다가 별안간 벌떡 뛰쳐 일어난다) 돈이냐 목숨이냐! (슈바이처의 멱살을 움켜쥔다. 슈바이처는 여유 있게 그를 벽에 내동댕이친다. 카를이 편지를 바닥에 떨어뜨리고 밖으로 뛰쳐나간다. 모두들 깜짝 놀란다)

롤러 (카를을 향해 외친다) 모어! 어디 가는 겐가? 뭘 하려는 게야?

그림 저 친구가 왜 저러는지? 무슨 일이야? 얼굴이 송장처럼 흙빛이잖아.

슈바이처 뭔가 근사한 소식인 모양일세! 무슨 내용인지 한번 보자고.

롤러 (편지를 주워 들어 읽는다) 〈불행한 형님!〉 이거 처음부터 재미있게 시작하는데. 〈저는 먼저 짧게 형님의 바람이 허사로 돌아간 사실을 알릴 수밖에 없습니다. 그런 추악한 짓을 저질렀으니 당연히 그 대가를 치러야 한다고 아버님께서 말씀하셨습니다. 또한 이곳 탑의 지하실에서 머리카락이 독수리의 깃털처럼 자라고 손톱이 새의 발톱처럼 자랄 때까지, 빵하고 물만으로 연명할 각오가 아니라면, 아버님 발치에 엎드려 용서를 구할 생각은 아예 하지도 말라고 말씀하십니다. 이것은 아버님 입으로 직접 하신 말씀이며, 이것으로 편지를 끝내라고 분부하십니다. 그럼 언제까지나 안녕히 계십시오. 형님을 불쌍히 여기는 프란츠 폰 모어.〉

슈바이처 고것 참, 깜찍한 동생이구먼! 세상에! 이 건달 이름이 프란츠라고?

슈피겔베르크 (슬며시 옆으로 다가온다) 빵하고 물이라고 했는가? 참으로 근사한 삶이구먼! 나는 자네들을 위해 좀 다른 것을 생각해 두었네! 결국 자네들 모두를 생각하는 사람은 나밖에 없다고 내가 말하지 않던가?

슈바이처 저 양 대가리가 뭐라고 떠드는 게야? 그 멍청한 머리로 우리 모두를 위해 뭘 생각한다는 게야?

슈피겔베르크 이런 겁쟁이, 등신, 굼뜬 놈들 같으니라고! 그렇게도 큰일을 해볼 배포가 없단 말인가!

롤러 그래, 자네 말이 옳다고 치세. 하지만 이 빌어먹을 상황에서 우리를 도대체 어떻게 끌어내겠단 말인가? 정말 가능한 일인가?

슈피겔베르크 (거만하게 껄껄 웃는다) 이 가련한 멍텅구리야! 여기에서 벗어난다고? 하하하! 여기에서 벗어난단 말이지? 네 녀석의 손톱만한 골통에서 더 나은 생각이 나오겠냐? 그러면 네 녀석은 만족한단 말이냐? 이 슈피겔베르크가 겨우 그딴 짓이나 벌이려 한다면, 개자식이지. 이 자리에서 분명히 말하는데, 내가 자네들을 영웅으로, 남작 나리로, 제후로, 신으로 만들어 주겠다 이 말씀이야!

라츠만 그거 단번에 욕심이 좀 심하지 않은가! 그러려면 아주 위험한 일일 텐데, 우리 모가지가 성하게 남아 있을까.

슈피겔베르크 자네는 용기만 있으면 된다고. 지혜라면, 내가 전적으로 혼자 떠맡겠어. 자, 슈바이처, 용기를 내라고! 롤러, 그림, 라츠만, 슈프테를레, 용기! 용기를 내란 말일세!

슈바이처 용기라고? 용기야 얼마든지 있지. 맨발로 지옥 한복판을 걸어다닐 수도 있다니까.

슈프테를레 가련한 죄인을 놓고 휑한 교수대 아래에서 사탄과 싸움이라도 벌일 만큼 용기야 넘치지.

슈피겔베르크 그거 참, 듣던 중 반가운 소리구먼! 자네들에게 용기가 있다면 한 사람 이리 나와서, 모든 것을 얻을 수는 없지만 아직 잃어버릴 것은 있다고 말해 보게나!

슈바르츠 지당한 말일세. 내가 아직 얻을 수 있는 것을 얻으려 하지 않는다면, 그게 바로 잃어버리는 것이 아니고 무엇이겠는가!

라츠만 제기랄, 맞는 말이야. 내가 잃고 싶지 않은 것을 얻으려 든다면, 얻을 게 꽤 되지 않겠나!

슈프테를레 지금 내가 빌려서 몸에 걸치고 있는 것을 잃게 된다면, 내일은 어쨌든 잃어버리려야 더 이상 잃어버릴 것도 없을 걸세.

슈피겔베르크 그렇다면 좋아! (좌중 한가운데로 나서서 맹세하듯) 독일 영웅의 피가 한 방울이라도 혈관 속을 흐르는 자는 모두 함께 가세! 보헤미아 숲 속에 진을 치고 도적단을 결성하는 걸세. 뭘 그리 입 벌리고들 쳐다보는가? 그 알량한 용기가 그새 증발해 버렸는가?

롤러 물론 우뚝 솟은 교수대를 무시한 건달이 자네가 처음은 아니겠지. 하기야 우리에게 무슨 다른 뾰족한 수가 있겠는가?

슈피겔베르크 다른 수라니? 뭐라고? 자네들한테는 지금 다른 선택의 여지가 전혀 없단 말일세! 아니면 최후의 심판의 날을 알리는 나팔소리가 울려 퍼질 때까지, 감방에 쪼그리고 앉아서 불평을 늘어놓겠다는 말인가? 겨우 말라비틀어진 빵 한 조각 얻어먹으려고 뼈 빠지게 삽질하고 곡괭이질하겠는가? 몇 푼 동냥 받으려고 남의 집 창문 밑에서 장타령을 부르겠는가? 아니면 병졸이라도 되겠다는 것인가? 자네들 상판을 보고서 과연 병졸로 받아 줄 것인지도 의문스럽지만, 설사 받아 준다 할지라도 성미 고약한 하사관 밑에서 연옥의 유황불 맛을 미리 볼지 누가 알겠는가? 우렁찬 북소리에 맞춰 행진을 하겠는가 아니면 갤리선의 노예가 되어 커다란 쇳덩이를 질질 끌고 다니겠는가? 이보게들, 하나씩 골라잡게나. 이 정도면 충분히 골라잡을 만큼 많지 않나!

롤러 슈피겔베르크의 말이 과히 틀린 것도 아닐세. 나도 이런 궁리 저런 궁리 해보았지만, 결국 결론은 하나밖에 없더라고. 어딘가 자리 잡고 앉아서, 문고판 책이나 연감 같은 것을 대충 엮어 내고, 요즈음 유행하는 것에 대해 적당히 비평을 써서 잔돈푼을 벌어야 하지 않을까 생각했다네.

슈프테를레 이런 염병할! 네놈들이 내 생각을 그대로 흉내 낸 것 아니야. 독실한 신도가 되어서 주일마다 설교를 펼치면 어떨까 생각한 놈은 바로 나라고.

그림 그거 아주 좋은 생각일세! 그러다 잘 안 되면 무신론자가 되는 거야! 사대 복음사가들이 거짓말했다고 한 방 먹이고, 형리들에게 우리 책을 불태우게 하자고. 그러면 아마 우리 책이 날개 돋친 듯 팔려 나갈 걸세.

라츠만 아니면 매독 퇴치 운동에 나서는 게야. 나는 현관 문 위에 〈매독을 퇴치하자〉고 써 붙이고는 수은으로 집을 한 채 지은 의사를 알고 있어.[4]

슈바이처 (자리에서 일어나 슈피겔베르크에게 손을 내밀어 악수를 청한다) 모리츠, 자네는 위대한 사람일세! 아니면 봉사 문고리 잡았는지도 모르지만.

슈바르츠 다들 훌륭한 계획이고 점잖은 직업들일세! 높으신 분들도 우리를 지지해 줄 걸세! 이제 우리가 계집이나 뚜쟁이가 되든지 아니면 우리의 동정(童貞)을 시장에 내다 파는 일만이 남았네.

슈피겔베르크 빌어먹을, 시시한 소리들 집어치우게! 자네들이 뛰어난 사람이 되지 말라는 법이 어디 있겠는가? 내 계획은 자네들을 최고의 자리로 끌어 주려는 것일세. 자네들 이름과 명성을 길이길이 남게 해주겠단 말이다. 이런 가련한 인간들아! 포부는 원래 크게 가져야 하는 법일세! 불멸의 달콤함, 죽은 후에도 길이 남을 명성을 생각하란 말일세.

롤러 그리고 성실한 시민들의 명단 윗자리를 차지한단 말이

---

4 당시에는 매독이 성행했으며, 수은이 매독 치료에 이용되었다. 의사들 가운데는 매독에 걸린 부유한 사람들을 치료하고 많은 돈을 번 사람들이 있었는데, 그것을 풍자하는 말이다.

지! 슈피겔베르크, 성실한 사람을 악당으로 만드는 데에서 만큼은 자네 말솜씨를 따라갈 사람이 없을 게야. 그런데 모어가 지금 어디에 있는지, 누구 아는 사람 있는가?

슈피겔베르크 자네, 지금 성실하다고 말했는가? 그렇다면 자네가 지금보다 성실하지 못한 사람이 될 거라는 뜻인가? 도대체 성실하다는 말이 무슨 뜻인가? 돈 많은 구두쇠들에게서 단잠을 방해하는 근심 걱정의 삼분의 일을 덜어 주고, 여기저기 막혀 있는 돈이 잘 유통되도록 도와주고, 재물을 공평하게 골고루 나누어 주고, 한마디로 말해서 옛날의 황금시대를 다시 불러오고, 하느님에게 빌붙어 사는 것들을 쫓아내고, 전쟁이나 흑사병이나 의사들의 손길에서 벗어나게 하고, 소중한 시간을 아끼게 하는 것. 이것이 바로 성실한 것이고, 하느님의 섭리를 품위 있게 따르는 길일세. 그리고 고기 한 입 뜯어먹을 때마다, 멋지게 술수를 부리고 용맹을 떨치고 밤잠을 설치며 망을 본 결과라고 흐뭇하게 생각하고, 어른 아이 할 것 없이 모든 사람에게 골고루 존경을 받는 것, 이것이 바로 성실한 삶일세.

롤러 그러다 마침내 살아 있는 몸으로 승천하여, 폭풍우와 바람과 까마득한 대조상들이 보냈던 시간의 탐욕스런 위장에 맞서, 해와 달과 모든 별들 아래를 떠돈단 말이지? 하늘을 나는 분별없는 새들조차 고매한 욕망에 이끌려 천상의 음악을 연주하고, 꼬리 달린 천사들이 지극히 신성한 회의를 여는 곳에서? 그렇지 않은가? 그런데 왕과 제후들이 나방과 벌레들에게 잡아먹혀서 주피터의 위엄 어린 새를 맞아들이는 영예를 누린다면, 어쩔 셈인가? 모리츠, 모리츠, 모리츠! 조심하게! 세 발 달린 짐승[5]을 조심하란 말일세!

슈피겔베르크 그래서 겁이 난다는 게냐, 이 겁쟁이 놈아? 세상을 개혁하려다 비록 처형장에서 썩어 갔지만, 천년만년 사람들의 입에 오르내린 뛰어난 천재들이 많지 않았더냐? 그 반면에 출판사가 돈을 아무리 많이 내밀어도, 역사가들이 그 행적을 언급하지 않은 탓에 역사에서 이름이 사라져 버린 왕과 제후들도 적지 않았다. 지나가던 나그네가 바람에 이리저리 흔들거리는 네놈의 모습을 보면, 저 인간도 아주 멍텅구리는 아니었다고 웅얼거리며 망할 놈의 세상이라고 한탄을 할 게다.

슈바이처 (슈피겔베르크의 어깨를 툭툭 친다) 자네 대단하구먼, 슈피겔베르크! 정말 대단하이! 뭐야 빌어먹을, 자네들 왜 그렇게 쭈뼛거리고 서 있는 겐가?

슈바르츠 그럼 우리 한번 타락해 봄세. 여기서 더 무슨 일이 일어나겠는가? 만일의 경우를 대비하여, 여차하면 슬쩍 아케론[6]을 넘게 해줄 약봉지를 항상 지니고 다닐 수 있지 않겠는가. 그곳까지 쫓아올 사람은 아무도 없다고. 아니, 이보게 모리츠! 아주 좋은 제안일세. 내 교리 문답에 그렇게 하라고 쓰여 있네.

슈프테를레 좋아! 나도 같은 생각일세. 슈피겔베르크, 자네 뒤를 따르겠네!

---

5 교수대를 가리킨다.
6 Acheron. 그리스 신화에서 저승으로 이어지는 강.

라츠만 자네는 오르페우스일세. 자네가 야수처럼 울부짖는 내 양심을 잠재웠어. 나를 자네 맘대로 하게나!

그림 모두 찬성한다면, 나도 반대하지 않네. 명심하게. 사이에 쉼표가 없다네![7] 내 머릿속에서 독실한 신도, 돌팔이 의사, 협잡꾼 평론가를 두고 경매가 붙었는데, 제일 많은 것을 제시하는 쪽으로 결정하겠네. 자, 모리츠, 내 손을 잡게나!

롤러 슈바이처, 자네도 마찬가지겠지? (슈피겔베르크에게 오른손을 내민다) 이것으로 내 영혼을 악마한테 팔아먹었네, 슈피겔베르크.

슈피겔베르크 그리고 자네 이름은 별들에게 판 걸세! 영혼이 어디로 간들 무슨 상관이겠는가? 앞서 간 파발꾼들에게서 우리들이 내려간다는 소식을 전해 들으면, 사탄들이 화려하게 차려입고서 눈썹을 덮은 천 년 묵은 그을음을 털어내고 뿔 달린 머리통을 연기 자욱한 유황불 밖으로 내밀어, 우리들이 입성하는 광경을 구경하지 않겠는가? 동지들! (펄쩍 뛴다) 자, 기운을 내게, 동지들! 세상에 이런 황홀한 기쁨이 또 어디 있겠는가? 자, 어서 가세, 동지들!

롤러 서두르지 말게! 서두르지 말라고! 도대체 어디로 간단 말인가? 이보게들, 짐승에게도 머리통이 있는 법일세.

슈피겔베르크 (매섭게) 저 우유부단한 인간이 뭐라고 떠드는 게야? 그럼 머리통도 없는데, 팔다리가 먼저 움직인단 말이야? 동지들, 자 어서 내 뒤를 따르게!

---

7 원문의 중간에 한 번 쉼표를 찍으면, 〈모두 찬성하더라도, 아니 나는 반대일세〉의 뜻이 된다.

롤러 내가 지금 침착하라고 말하지 않나. 자유도 다스리는 사람이 있어야 하는 법일세. 로마하고 스파르타도 제대로 다스리는 우두머리가 없어서 결국 멸망하지 않았는가.

슈피겔베르크 (부드럽게) 그래, 잠깐들 기다리게. 롤러의 말이 옳아. 그야 물론 똑똑한 사람이 두목이 되어야지, 그렇지 않은가? 정략적이고 빈틈없는 사람이어야겠지! 기발한 생각 하나로 자네들이 이렇듯 한 시간 만에 휙 달라진 것을 보면, 아무렴 그렇고말고. 그래, 당연히 두목이 있어야겠지. 이런 생각을 해낸 사람이야말로 똑똑하고 정략적인 두뇌의 소유자가 아니겠나?

롤러 기대해 볼 수는 있는 일인데······ 그렇게 되면 좋을 텐데······. 하지만 그 친구가 과연 받아 줄지 모르겠구먼.

슈피겔베르크 왜 안 받아 주겠나? 이보게, 어서 속 시원히 말하게! 왕관의 책임은 바람을 거슬러 전함을 이끄는 것만큼이나 무거운 법일세. 자, 망설이지 말고 어서 말하게, 롤러. 그 친구가 받아 줄 걸세.

롤러 그 친구가 받아 주지 않는다면, 모든 게 도루묵일세. 모어가 없으면, 우리는 영혼 없는 몸뚱이 신세라고.

슈피겔베르크 (불쾌한 표정으로 외면한다) 이런 멍텅구리 자식!

카를 (격렬한 몸짓으로 등장하여, 혼자 중얼거리며 방 안을 이리저리 오간다) 인간, 인간들! 교활하고 위선적인 악어 같은 종자들! 너희들의 눈은 물이고, 너희들의 심장은 쇳덩이리다! 입을 맞추면서도 가슴속에는 비수를 품고 있는 것들! 사자와 표범도 새끼를 먹여 기르고, 까마귀도 새끼들에게 썩은 고깃덩이를 날라다 주는데, 이럴 수가, 이럴 수가! 나는 철천지원수가 내 심장의 피로 건배를 해도 미소 지을 수 있을 정도로 악의를 참는 데는 이골이 났다. 하지만 핏줄의 사랑이 배신자가 되고, 어버이의 사랑이 복수의 여신으로 화한다면, 사나이 대장부의 침착한 마음에 불이 붙고, 유순한 양이 사나운 호랑이로 변하고, 온 몸의 힘줄이 분노를 이기지 못하고서 터질 듯 부풀지 않겠는가.

롤러 이보게, 모어! 자네 생각은 어떤가? 지하 감방에서 빵하고 물만으로 연명하느니 차라리 도적놈이 되는 게 낫지 않겠나?

카를 왜 내가 사나운 이빨로 사람을 물어뜯는 호랑이로 태어나지 못했단 말인가? 이것이 어버이의 사랑인가? 이것이 사랑에 대한 보답이란 말이냐? 차라리 곰이 되어서, 이 잔혹한 족속들을 물어뜯으라고 북극의 곰들을 몰아세우고 싶구나! 그렇듯 잘못을 뉘우쳤는데도 용서할 수 없다니! 아, 바닷물에 독이라도 풀어서 저들을 독살하고 싶구나! 그렇듯 철석같이 믿고 의지했는데도 가엾게 여길 수 없다니!

롤러 이보게 모어, 내 말 좀 들어 보라니까!

카를 도저히 믿어지지 않아. 이건 꿈이고 착각이라고. 그렇듯 간절하게 애원하고, 비참한 처지를 하소연하고, 눈물을 흘리며 뉘우치지 않았던가. 아마 사나운 야수도 측은하게 여기고, 돌멩이들도 눈물을 흘렸을 것이다! 하지만 내가 이렇게 말한다면, 세상 사람들은 인류에 대한 악의적인 비방이라고 여길 것이다. 그렇지만, 그렇지만…… 아, 온 세상이

쩡쩡 울리도록 반란의 나팔을 불고, 하이에나 같은 도당에게 반대한다는 증거로서 공기와 땅과 바다를 들이밀 수 있다면, 얼마나 좋겠는가!

그림 내 말 좀 듣게! 내 말 좀 들어 보라니까! 지금 제 정신이 아니라서 아무 소리도 들리지 않는 모양이군.

카를 비켜, 저리 비켜라! 네놈도 사람이 아니더냐? 네놈도 계집의 몸에서 나오지 않았더냐? 인간의 탈을 쓴 놈은 모두 내 눈앞에서 썩 사라지거라! 나는 그분을 이루 말할 수 없이 사랑했다! 나만큼 아버지를 사랑한 아들도 없을 것이다. 나는 아버지를 위해서라면 수천 번이라도 목숨을 내던졌을 것이다. (분노를 참지 못하고 두 발을 쿵쿵 구른다) 아, 지금 누가 내 손에 칼을 들려 준다면, 그 독사 같은 족속들에게 따끔한 맛을 보여 주련만! 어떻게 저들의 심장을 겨누고 으스러뜨리고 파괴할 수 있는지 말해 주는 사람이 있다면, 그 사람이야말로 내 친구이고 천사이며 하느님이다. 내 그 사람을 신처럼 떠받들 것이다!

롤러 우리가 바로 그런 친구들이 되어 주려고 하네. 우리 이야기를 좀 들어 보게나!

슈바르츠 우리와 함께 보헤미아의 숲으로 가세! 우리는 도적단을 결성할 생각이네. 그리고 자네가……. (카를, 슈바르츠를 멍하니 바라본다)

슈바이처 자네가 우리의 두목이 되어 주게! 자네가 반드시 우리의 두목이 되어야 하네!

슈피겔베르크 (의자에 털썩 주저앉는다) 이런 비겁한 노예 같은 놈들!

카를 누가 자네들한테 그런 생각을 불어넣었는가? 이봐! (슈바르츠를 거칠게 움켜잡는다) 자네 머리에서 그런 생각이 나올 리는 없어! 누가 그런 생각을 불어넣었지? 그래, 수천 개의 팔을 가진 죽음을 두고 맹세컨대 그렇게 하세! 아니, 그래야 하네! 참으로 우러러 떠받들어야 할 생각일세. 강도와 살인자! 내 영혼이 살아 있는 한, 자네들의 두목이 되겠네!

일동 (떠들썩하게 함성을 지른다) 두목 만세!

슈피겔베르크 (벌떡 뛰쳐 일어나며 혼잣말로) 내가 저놈을 도와주지 않아도 잘될 것 같으냐!

카를 자, 보아라. 지금까지 내 눈을 가리고 있던 구름이 걷히는 것만 같구나! 새장 속으로 돌아가려 하다니, 이런 바보가 또 있을까! 내 영혼은 행위를 갈망하고, 내 숨결은 자유를 갈망한다. 살인자, 강도! 이 말과 더불어 법은 이제 내 발밑으로 굴러 떨어지리라. 내가 인간성에 호소했을 때 사람들은 모른 척하였다. 그러니 앞으로는 나한테서 전혀 동정심이나 인정을 바라지 말라! 나한테는 이제 아버지도 사랑도 존재하지 않으며, 피와 죽음이 과거에 나한테 소중했던 것을 잊도록 가르쳐 줄 것이다! 그래 가세, 우리 함께 가세! 오, 나는 지금부터 끔찍한 재미를 맛보리라! 좋다, 내가 너희들의 두목이다! 너희들 가운데서 가장 난폭하게 불을 지르고 가장 잔인하게 살인하는 자에게 행운이 있으리라. 내 분명히 말하는데, 그런 자는 더없이 후하게 보상을 받을 것이기 때문이다. 모두들 이리 가까이 모여, 목숨이 다하는 그날까지 충성과 복종을 맹세하라! 사나이의 오른손에 걸고 맹세하라.

롤러 (카를에게 손을 내밀며) 우리 목숨이 다하는 그날까지 충성과 복종을 맹세하네!

카를 그렇다면 나도 이 자리에서 사나이의 오른손을 걸고, 목숨이 다하는 그날까지 성실하고 당당하게 자네들의 두목이 될 것을 맹세한다! 누구든 망설이거나 의심하거나 뒤로 물러서는 자가 있으면, 이 팔이 요절을 내고 말 것이다! 내가 맹세를 저버리는 경우에는, 나도 너희들 손에 같은 운명을 맞을 것이다! 모두들 찬성인가? (슈피겔베르크는 분을 참지 못하고서 이리저리 오간다)

일동 (모자를 높이 던지며) 대찬성일세!

카를 좋다, 그러면 이제 떠나자! 불굴의 운명이 우리를 인도할 것이니, 죽음과 위험을 두려워하지 말라. 푹신한 솜이불 속에서든 황량하고 소란스러운 싸움터에서든 들판의 교수대와 환형 차에서든, 누구나 언젠가 한 번은 죽기 마련이다! 이중의 하나가 우리의 운명이 되리라! (일동 퇴장한다)

슈피겔베르크 (퇴장하는 사람들의 뒷모습을 잠시 바라본 후) 네놈의 목록에 빠진 것이 하나 있다. 네놈은 독약을 빠뜨렸어. (퇴장한다)

제3장

모어 성내의 아말리아 방.
프란츠와 아말리아.

프란츠 이렇듯 사람을 못 본 척하기요, 아말리아? 아버님에게 저주받은 사람보다 내가 훨씬 못하다는 말이오?

아말리아 저리 가요! 친아들을 늑대와 괴수들에게 내맡긴 다정하고 자애로운 아버지 말인가요! 그토록 뛰어나고 훌륭한 아들은 모진 고생을 하고 있는데, 아버지라는 사람은 편안히 집에 앉아 맛 좋은 달콤한 포도주를 마시고 폭신한 깃털이불 속에서 호강을 하다니. 당신들은 정말 몰인정한 사람들이에요. 부끄럽지도 않은가요! 이런 무정한 사람들! 당신들은 인류의 수치예요! 단 하나뿐인 아들을!

프란츠 아들이 둘인 줄 아는데요.

아말리아 그래요, 당신 같은 아들을 두다니 자업자득이지요. 죽음을 앞두고서 축 늘어진 손을 뻗어 카를을 찾다가 프란츠의 얼음장처럼 차가운 손을 붙잡고는 몸서리치며 놀랄 거예요. 그런 아버지에게 저주를 받다니, 아, 얼마나 다행인가요. 정말로 다행이고말고요! 참으로 우애 깊고 애정 넘치는 프란츠, 좀 말해 줄래요. 그런 아버지한테 저주를 받으려면 어떻게 해야 하지요?

프란츠 지금 제 정신이 아니군요. 이런, 가엾어라.

아말리아 오, 제발 부탁이에요. 당신은 형님이 가엾지도 않은가요? 아니, 당신은 정말 몰인정한 사람이에요. 당신은 형님을 미워하고 있어요! 당신은 나도 미워하지요?

프란츠 아말리아, 나는 당신을 나 자신처럼 사랑하오!

아말리아 당신이 나를 사랑한다면, 내 부탁을 거절하지 않겠지요?

프란츠 그럼요, 그렇고말고요! 내 목숨을 내놓으라는 것만 아니면, 뭐든 들어드리지요.

아말리아 그렇다면 좋아요! 당신이 가볍게 들어줄 수 있는 부탁이에요. (도도하게) 제발 나를 미워해 줘요! 카를을 그리워하다가도 당신이 나를 미워하지 않는다는 생각이 들면, 너무 부끄러워서 얼굴이 후끈거려요. 나를 미워하겠다고 약속할 수 있지요? 이제 가 보세요. 날 가만히 내버려 두세요. 혼자 있고 싶어요!

프란츠 참으로 사랑스러운 몽상가 아가씨, 당신의 그 부드럽고 다정한 마음씨가 감탄스러울 뿐이오! (아말리아의 가슴을 톡톡 치며) 여기, 바로 여기에 카를이 신처럼 자리 잡고 있었지요. 카를이 당신을 지켜 주고 당신의 꿈을 지배했지요. 당신에게는 삼라만상이 오로지 한 사람에게로 녹아들고, 오로지 한 사람만을 비추고, 오로지 한 사람만의 소리를 들려주었지요.

아말리아 (흥분하여) 그래요, 사실이에요. 당신 같은 야만인에게 맞서기 위해서라도, 그분을 사랑한다고 온 세상 사람들에게 말하겠어요!

프란츠 이렇듯 무정할 수가, 잔인할 수가! 이 지극한 사랑에 겨우 그렇게 보답하다니! 이런 사랑을 잊다니…….

아말리아 (펄쩍 뛴다) 뭐라고요, 나를 잊었다고요?

프란츠 당신이 형님의 손가락에 반지를 끼워 주지 않았습니까? 당신의 변함없는 사랑에 대한 표시로 다이아몬드 반지를 말입니다! 물론 아직 젊다 보니, 매춘부의 꼬임에 넘어갈 수도 있지 않겠어요? 게다가 수중에 달리 지닌 것도 없었으니 누가 그걸 나쁘게 생각하겠습니까? 그리고 그 계집은 그에 대한 대가로 이자까지 붙여서 얼마나 듬뿍 쓰다듬고 어루만져 주었겠습니까?

아말리아 (분개하며) 내 반지를 매춘부에게 주었단 말인가요?

프란츠 이런, 이런! 정말 수치스러운 일이지요. 하지만 그뿐이라면 얼마나 좋겠습니까. 아무리 비싼 것이라도, 반지쯤이야 얼마든지 유대인에게서 다시 찾아올 수 있지요. 어쩌면 반지 세공이 마음에 들지 않았거나 더 아름다운 것으로 바꾸었는지도 모르지요.

아말리아 (흥분하여) 하지만 내 반지를? 내 반지를 말인가요?

프란츠 그렇다니까요, 아말리아! 아, 그런 보석이 내 손가락에 끼워져 있었더라면! 아말리아의 손길이 닿은 반지! 죽음도 내 손가락에서 그 반지를 빼앗아 가지 못했을 텐데. 그렇지 않은가요, 아말리아? 다이아몬드가 값비싸서도, 세공이 아름다워서도 아닙니다. 오로지 사랑하는 마음 때문이지요. 아, 사랑스러운 이여, 눈물을 흘리십니까! 이 아름다운 눈에서 소중한 눈물을 흘리게 한 자는 벌을 받아 마땅합니다. 아, 당신이 모든 사실을 알게 된다면, 그가 어떤 사람인지 진면목을 알게 된다면!

아말리아 이런 못된 인간! 진면목이라니, 그게 무슨 말이지요?

프란츠 그만, 그만 하십시오! 착한 이여, 나한테 묻지 말아요! (혼자말하듯이, 그러나 큰 소리로 말한다) 세상 사람들의 눈에 보이지 않도록, 그런 추잡한 악덕[1] 베일로 가릴 수만 있다면! 그러나 악덕은 소름끼치게도 납덩이처럼 누런 눈두덩이 사이로 모습을 내보이지요. 송장처럼 창백하고 수척한 얼굴에서 자신을 드러내고, 뼈마디를 흉측하게 튀어나오도록 만들지요. 어설픈 목소리로 더듬거리고, 섬뜩하게도 와들와들 떠는 해골로 크게 설교를 펼친답니다. 골수 깊숙이 파고들어서, 젊은이의 건장한 기개를 꺾어 버리지요. 이마와 볼, 입과 온 몸으로부터 치명적인 고름 거품을 뿜어 내어 살을 문드러지게 하고, 혐오스럽고 수치스러운 치욕의 구덩이 속에 둥지를 틀지요. 퉤퉤, 정말 구역질나고 코하고 눈, 귀까지 벌벌 떨린답니다. 아말리아, 당신도 우리 병원에서 사악한 숨결을 내뿜는 비참한 광경을 보지 않았던가요! 차

---

[1] 매독을 가리킨다.

마 눈뜨고 바라볼 수 없어서 눈꺼풀을 내리뜨며 탄식하지 않았던가요! 그 광경을 다시 머릿속에 떠올려 보십시오. 그것이 바로 형님의 모습이지요. 형님의 입맞춤은 페스트나 다름없어서, 당신의 입술에 독을 불어넣을 것입니다!

아말리아 (프란츠를 때리며) 이렇듯 뻔뻔하게 사람을 중상모략하다니!

프란츠 그런 형님이 소름 끼치지 않은가요? 이렇게 말만 들어도 토할 것 같지 않은가요? 한번 직접 가서, 당신의 그 잘나고 똑똑하고 천사 같은 카를을 입 벌리고 바라보시지요! 그 향긋한 숨결을 들이마시고, 목구멍에서 뿜어 나오는 천상의 향기에 푹 파묻혀 보시지요! 그 입김이 슬쩍 스치기만 해도, 썩어 문드러진 짐승 냄새를 맡거나 시체 즐비한 싸움터의 광경을 볼 때처럼 눈앞이 깜깜해지고 어지러울 겁니다.

아말리아 (고개 돌려 외면한다)

프란츠 사랑은 그 얼마나 가슴 설레게 하는가! 포옹은 그 얼마나 황홀하게 하는가! 하지만 병든 겉모습 때문에 인간을 저주하는 것은 부당하지 않을까요? 이솝처럼 초라한 불구자 안에서도 사랑스럽고 위대한 영혼이 진흙 속의 홍옥처럼 빛을 발할 수 있지요. (짓궂게 미소 짓는다) 곪아 터진 입술도 사랑을 말할 수 있지요…….

물론 악덕이 굳건한 성격의 요새를 뒤흔들고, 순결과 미덕이 시든 장미 향기처럼 사라지고, 육신만이 아니라 정신까지 불구자가 되어도 말입니다.

아말리아 (기쁨에 넘쳐 폴짝폴짝 뛴다) 아아, 카를! 이제야 당신을 다시 알아보겠어요! 당신은 조금도 변함없이 옛날 그대로예요! 옛날 그대로고말고요! 모든 것이 다 거짓말이었어요! 이런 나쁜 인간, 카를이 절대로 그렇게 될 리가 없다는 사실을 모르다니. (프란츠, 잠시 깊은 생각에 잠겨 있다가 갑자기 몸을 돌려 방을 나가려 한다) 급히 어딜 가려는 거지요? 스스로 지은 죄가 너무 부끄러워서 도망치려는 건가요?

프란츠 (얼굴을 가린다) 날 내버려 두시오! 그냥 내버려 두시오! 눈물을 흘리도록 이대로 내버려 두시오. 아버님이 너무 하십니다! 그렇듯 뛰어난 아들을 비참하게 내버려 두고 치욕에 내맡기시다니……. 날 내버려 두시오, 아말리아! 아버님 발밑에 무릎 꿇고서 나한테, 제발 나한테 저주를 내려 주십사고 간청드리겠어요. 내 상속권을 거두시고, 나를, 내 피를, 내 목숨을, 내 모든 것을 거두어 주십사고 애원하겠어요.

아말리아 (프란츠의 목을 부둥켜안는다) 내 카를의 동생, 착하고 다정한 프란츠!

프란츠 오, 아말리아! 형님을 향한 당신의 사랑이 그토록 변함없다니, 당신은 정말 사랑스러운 여인이오. 당신의 사랑을 감히 가혹하게 시험해 본 나를 용서해 주시오! 당신은 내가 바라던 대로 해주었어요! 이렇듯 눈물을 흘리고 한숨짓고 크게 분노를 터뜨리다니. 그것은 바로 나를, 나를 위한 것이기도 하지요. 형님과 나는 언제나 마음이 일치했답니다.

아말리아 아니, 결코 그렇지 않았어요!

프란츠 아, 우리들은 마음이 아주 잘 맞았지요. 그래서 나는 항상 우리가 쌍둥이가 아닌가 생각했답니다! 물론 내가 애석하게도 외관상으로 조금 뒤떨어지긴 하지만, 그런 사소한 차이점만 없었다면 사람들은 우리 둘을 수십 번도 더 혼동했을 겁니다. 나는 자주 이렇게 혼자말을 하지요. 너는 카를 형님이고 형님의 메아리고 형님의 모상(模像)이다!

아말리아 (고개를 절레절레 흔든다) 아니, 아니에요. 하늘의 순결한 빛에 두고 맹세하지만, 당신은 카를과 조금도 닮지 않았어요. 그 사람 마음을 전혀 닮지 않았어요.

프란츠 우리는 취향도 아주 똑같았지요. 형님은 꽃 중에서 장미를 가장 좋아했는데, 나 역시 장미보다 더 좋은 꽃은 없답니다. 형님은 이루 말할 수 없이 음악을 사랑했지요. 하늘의 별들아, 너희들이 증인이지 않느냐! 쥐죽은 듯이 고요한 밤, 주변의 모든 것이 어둠 속에서 단잠에 빠져 있을 때, 너희들은 그토록 자주 내 피아노 소리에 귀 기울이지 않았느냐! 우리의 사랑이 한 아름다운 여인에게서 마주치는데, 어떻게 당신은 아직도 의심을 품을 수 있단 말이오, 아말리아? 그리고 우리의 사랑은 결국 하나인데, 그 사랑의 열매들이 어떻게 다를 수 있단 말이오?

아말리아 (어리벙벙하여 프란츠를 바라본다)

프란츠 형님이 라이프치히로 떠나기 전날 밤, 아주 조용하고 달 밝은 밤이었지요. 형님은 당신과 함께 앉아 그토록 자주 사랑의 꿈을 꾸었던 정자로 나를 데려갔답니다. 우리는 오랫동안 말없이 앉아 있었는데, 이윽고 형님이 내 손을 잡고서 눈물을 흘리며 나지막이 말했지요. 나는 아말리아를 두고 간다. 잘은 모르겠지만, 어쩐지 영원히 아말리아 곁을 떠

날 것만 같은 예감이 드는구나. 그러니 동생아, 아말리아를 버리지 말아라. 아말리아의 카를, 카를이 다시 돌아오지 못하는 경우에는 아말리아의 친구가 되어 주어라! (프란츠, 아말리아 앞에 무릎을 꿇고 아말리아의 손에 격렬하게 입 맞춘다) 형님은 다시는, 다시는, 다시는 돌아오지 않을 겁니다. 그리고 나는 형님의 말을 따르겠다고 굳게 약속했지요!

아말리아 (펄쩍 뛰어 뒤로 물러난다) 이 배신자! 당신이 어떤 사람인지 알겠어요! 바로 그 정자에서 카를은 만약 자신이 죽는다면 절대로 다른 사람을 사랑하지 말라고 나한테 간청했어요. 당신은 정말로 추악하고 혐오스러운 사람이에요. 당장 내 눈앞에서 사라져요!

프란츠 아말리아, 당신은 내가 어떤 사람인지 잘 모릅니다. 전혀 모르고 있어요!

아말리아 아니, 나는 당신을 잘 알아요. 이제 당신이 어떤 사람인지 똑똑히 안다고요. 그 사람과 똑같아지기를 원했다고요? 그 사람이 나 때문에 당신 앞에서 눈물을 흘렸다고요? 당신 앞에서 말이지요? 그 사람은 차라리 나를 세상 사람들의 웃음거리로 만들었을 거예요! 이 방에서 당장 나가요!

프란츠 당신은 지금 나를 모욕하고 있소!

아말리아 분명히 말하지만, 어서 나가요. 당신은 내 소중한 시간을 훔쳤어요. 앞으로 그 시간만큼 당신 목숨이 줄어들 거예요!

프란츠 당신은 나를 미워하는군요.

아말리아 나는 당신을 경멸해요. 어서 나가요!

프란츠 (두 발을 쿵쿵 구른다) 두고 보시오! 당신이 내 앞에서 벌벌 떨게 될 날이 올 것이오! 그런 비렁뱅이 때문에 나를 모른 척한단 말이오? (화를 내며 퇴장한다)

아말리아 어서 나가거라, 이 흉악한 인간아! 이제 다시 카를과 같이 있게 되었어. 카를더러 비렁뱅이라고? 그렇다면 세상이 거꾸로 되었지. 거지들이 왕이고, 왕들이 거지인 게야. 나는 그 사람이 걸친 누더기를 왕의 용포와도 바꾸고 싶지 않아. 그 사람이 구걸하는 눈빛은 틀림없이 왕의 숭고한 눈빛이고, 그 눈빛으로 힘 있고 돈 많은 자들의 영화와 호사, 승리를 산산이 부수어 버릴 거야! 이따위 사치스러운 장신구는 버려야 해! (진주 목걸이를 목에서 잡아챈다) 너희 힘 있고 돈 많은 자들, 몸에 금은보화를 지닌 자들은 저주받으리라! 흥청망청 진수성찬을 즐기는 자들은 저주받으리라! 환락의 푹신한 보료 위에서 사지를 편히 쉬는 자들은 저주받으리라! 카를! 카를! 나는 당신의 여자예요. (퇴장한다)

제2막

제1장

프란츠, 자기 방에서 생각에 잠겨 있다.

프란츠 이거 너무 오래 걸리지 않나. 의사 말로는, 병세가 오히려 회복 중이라는데, 늙은이 목숨이 이렇듯 끈질길 수가! 귀신 이야기에 나오는 지하의 개처럼 내 보물을 가로막는 이 성가시고 끈질긴 살덩어리만 아니면 이제 거칠 것이 없는데.

하지만 내 계획이 그런 기계 덩어리의 단단한 멍에에 눌려 좌절돼야겠는가? 하늘 높이 날아오르는 내 정신이 그런 물질 덩어리의 달팽이 걸음에 묶여 꼼짝 못해야 한단 말이냐? 최후의 기름 몇 방울로 간신히 연명하는 불꽃을 끄는 것에 지나지 않겠지만, 세상 사람들의 이목을 생각해서 내 손으로 직접 처치하고 싶지는 않다. 내 손으로 죽이기보다는 기력이 떨어져서 제 풀에 죽게 만들어야지. 유능한 의사의 진료 방법을 역으로 응용하는 게야. 자연의 흐름을 거역하는 것이 아니라 촉진시키는 것이지. 우리 인간이 생명의 조건을 연장시킬 수 있다면, 반대로 단축시키지 말란 법이 어디 있겠는가?

철학자들과 의학자들의 이론에 따르면, 인간의 정신 상태는 기계의 움직임과 잘 맞아떨어진다고 하지 않던가. 경련은 언제나 기계 진동의 불협화음을 수반하고, 정열은 생명력을 학대하고, 지나치게 많은 짐을 짊어진 정신은 껍질을 짓누르기 마련이다. 그러니 이제 어떻게 할 것인가? 죽음이 생명의 성 안으로 뚫고 들어가도록 새롭게 길을 열어 줄 수 있지 않을까! 정신의 힘을 빌려서 육체를 파멸시킬 수 있지 않을까. 이런! 그러면 참으로 기발한 작품이 아니겠는가! 누가 이것을 성공시킬 수 있을 것인가! 참으로 대단한 작품이 되리라! 모어, 머리를 잘 굴려 보아라! 너 아니면 감히 누가 그런 기술을 생각해 낼 수 있겠느냐. 인간은 독약 제조술을 이미 거의 본격적인 학문의 경지에 올려놓았으며, 심장의 박동 수를 계산하여 몇 년 후 맥박이 멈추는 시각을 미리 결정하기에 이르렀다.[1] 그 여인이 예언을 통해 부끄럽게 만든 우리 의사들에게는 안 된 일이다! 이처럼 실험으로 자연의 한계를 알아내기에 이르렀는데, 여기에서 날개를 펴 보지 말란 법이 어디 있단 말이냐?

그렇다면 정신과 육체의 달콤하고 평화로운 조화를 어떻게 깨뜨릴 것인가? 어떤 종류의 감정을 선택할 것인가? 어떤 감정이 생명의 꽃에 가장 치명적인 힘을 발휘할 것인가? 분

---

[1] 파리의 어느 여인은 정식으로 독약 가루를 가지고 실험하여, 자신의 미래 사망일을 상당히 정확하게 결정할 수 있었다고 한다 — 원주.

노? 하지만 이 굶주린 늑대 놈은 너무 빨리 배가 부르는 게 탈이라고. 근심? 게다가 이놈은 갉아먹는 속도가 너무 느리단 말일세. 원망? 이놈 역시 뱀처럼 너무 굼뜨게 기어간단 말이야. 두려움? 하지만 또 이놈은 희망 앞에서 꼼짝도 못한단 말일세. 또 무엇이 있을까? 인간의 목숨을 빼앗는 형리가 고작 이것뿐이란 말인가? 죽음의 무기고가 이렇듯 쉽게 바닥난단 말이냐? (골똘히 생각에 잠긴다) 어떻게 할 것인가? 좋은 수가 없을까? 무슨 방법이 있을 텐데? 아니다! ……아하! (펄쩍 뛴다) 공포! 과연 그 무엇이 공포에 배겨 낼 수 있겠는가? 이 거인의 얼음장처럼 차가운 포옹 앞에서 이성과 종교가 무슨 소용이 있겠는가? 하지만 혹시 소용이 있다면? 이 폭풍을 견디어 낸다면? 늙은이가 견디어 낸다면? 만약 그런 경우에는 한탄과 후회에 도움을 청할 수밖에 없어. 후회는 무서운 복수의 여신이고, 깊은 굴을 파며 먹이를 되새김질하고 자기가 눈 똥까지도 먹어치우는 뱀이잖은가! 한탄과 후회, 너희들은 영원한 파괴자이며 영원한 독살자이다. 게다가 크게 울부짖으며 자신의 집을 때려 부수고 자신의 어머니까지 상처를 입히는 자책이란 것도 있지 않은가. 여기에다 상냥하게 미소 짓는 과거, 그 자애로운 우아함의 여신까지 날 도와주리라. 그리고 꽃피는 미래여, 너는 인색한 늙은이에게서 발 빠르게 도망치며, 넘치는 풍요의 뿔로 천상의 기쁨을 펼쳐 보여라. 그러면 내가 그 바스러질 듯한 생명에 타격에 타격을 거듭하고 공격에 공격을 거듭하리라. 그러다 마침내 절망이 복수의 행렬에 최후의 마무리를 지으리라! 승리! 승리! 이제 계획은 완전무결하다. 이것보다 더 무게 있고 교묘하고 안전하고 믿을 수 있는 계획이 또 어디 있겠는가! (조소하듯) 아무리 예리한 칼로 해부하더라도, 심신을 갉아먹은 독약이나 상처의 흔적을 조금도 발견할 수 없을 것이다.

(단호하게) 자, 그럼 시작해 볼까! (헤르만, 등장한다) 이런, 일이 저절로 술술 풀리는군! 헤르만!

헤르만 무엇이든 분부만 내리십시오, 도련님!

프란츠 (헤르만과 악수한다) 내 자네에게 충분히 보답할 걸세.

헤르만 저도 잘 알고 있습니다.

프란츠 이번, 이번 일에는 더욱 듬뿍 주겠네, 헤르만! 자네한테 할 이야기가 있어.

헤르만 말씀만 하십시오.

프란츠 나는 자네를 잘 알아. 자네는 군인처럼 용감하고, 결코 남의 말에 호락호락 넘어가는 사람이 아니지! 그래서 우리 아버지한테 모욕도 많이 당하지 않았는가, 헤르만!

헤르만 제가 그걸 잊는다면 악마에게 잡혀가도 싸지요.

프란츠 사내다운 말일세! 사내라면 응당 복수를 해야 하는 법이지. 헤르만, 나는 자네가 마음에 쏙 드네. 이 돈주머니를 받게나. 내가 이 집안의 주인이 되면, 그 돈주머니가 더욱 무거워질 걸세.

헤르만 도련님, 그것이야말로 제가 바라마지 않는 일입니다. 감사합니다.

프란츠 정말인가, 헤르만? 정말로 내가 이 집안의 주인이 되길 바라는가? 하지만 아버지는 사자처럼 기운이 팔팔 넘치시는 데다가 나는 이 집안의 차남이란 말일세.

헤르만 도련님이 이 집안의 장남이시고, 도련님 아버님이 폐병쟁이 계집애처럼 골골거린다면 얼마나 좋겠습니까?

프란츠 그렇지! 그러면 이 집안의 장남이 자네에게 후한 보답을 내릴 걸세! 자네의 정신과 귀족 신분에 어울리지 않는 이런 비천한 처지에서 자네를 밝은 곳으로 꺼내 줄 걸세! 그러면 자네는 황금으로 온 몸을 칭칭 감고 사두마차를 타고서 방울소리 요란하게 거리를 질주할 걸세. 아무렴, 그렇고말고! 내가 하려던 말을 그만 깜박 잊었구먼. 자네, 에델라이히 아가씨 일을 벌써 잊었는가?

헤르만 어이쿠, 어째서 그 일을 다시 상기시키십니까?

프란츠 우리 형님이 자네에게서 그 여자를 가로채 갔지.

헤르만 기필코 그 대가를 톡톡히 치르게 될 겁니다!

프란츠 그 여자가 자네에게 퇴짜를 놓았어. 그때 아마 우리 형님이 자네를 층계 아래로 내동댕이치지 않았던가.

헤르만 그 대가로 그 인간을 지옥으로 차 버릴 생각입니다.

프란츠 또 우리 형님은 자네가 쇠고기와 고추냉이 사이에서 만들어졌다고 쑤군거린다는 말도 했네. 그래서 자네 아버지가 자네만 보면 가슴을 치며, 이 죄인을 용서해 달라고 탄식한다는 말도 하지 않았는가!

헤르만 (벌컥 화를 낸다) 이런 제기랄. 제발 그만 하십시오!

프란츠 그리고 형님은 자네의 귀족 족보를 경매에 넘겨서, 그 돈으로 양말이나 꿰매 신으라는 충고도 했네.

헤르만 이런 죽일 놈! 제가 그놈의 두 눈을 손톱으로 파내고야 말 겁니다.

프란츠 뭐라고? 자네 지금 화를 내는 건가? 자네가 우리 형님한테 화를 낼 수 있는 처지인가? 우리 형님한테 본때를 보여 줄 수 있는 처지냐고? 그래 보았자 쥐가 감히 사자한테 어떻게 하겠는가? 자네가 화를 낼수록, 우리 형님의 승리감만 더욱 달콤해질 뿐일세. 자네는 이를 악물고서 말라비틀어진 빵 쪼가리에다 분풀이를 하는 수밖에 다른 도리가 없을걸.

헤르만 (두 발을 구른다) 내가 그놈을 기어이 가루로 만들어 버릴 테다.

프란츠 (헤르만의 어깨를 두드리며) 이런 헤르만, 자네는 기사가 아닌가. 가만히 앉아서 그런 모욕을 당할 수는 없네. 에델라이히 아가씨를 이대로 빼앗겨서는 안 되네. 그럼, 절대로 안 되고말고! 이런 세상에! 헤르만, 내가 자네라면, 수단 방법 가리지 않을 걸세.

헤르만 제가 그놈을, 그놈을 땅 속에 묻기 전에는, 결코 두 다리 뻗고 쉴 수 없습니다.

프란츠 헤르만, 너무 성급하게 굴지 말게! 이리 가까이 오게나. 무슨 일이 있어도 자네가 아말리아를 차지해야 하네!

헤르만 악마에게 잡혀가는 한이 있어도 그래야 합니다. 그래야 하고말고요!

프란츠 자네가 반드시 아말리아를 차지하게 될 걸세. 내가 도와줌세. 이리 가까이 다가오게. 자네는 아직 잘 모르겠지만,

카를의 상속권이 이미 박탈된 것이나 다름없다네.

헤르만 (프란츠에게 가까이 다가간다) 저로서는 금시초문인데, 그게 도대체 무슨 말씀이신지요.

프란츠 진정하고 내 말을 들어 보게나! 자세한 이야기는 다음에 기회를 보아서 다시 들려주겠네. 그래, 집에서 쫓겨나다시피 된 지가 벌써 열한 달이나 되었다네. 하지만 노인네가 자신이 직접 나서서 한 일도 아닌데, 너무 경솔한 처사였다고 벌써 후회를 하고 있어. (웃으며) 물론 노인네가 직접 나서서 했다면야 더욱 좋았겠지. 게다가 에델라이히가 날마다 노인네에게 심하게 비난하고 하소연하고 있다네. 그러니 조만간 노인네가 형님을 찾으러 방방곡곡에 사람을 풀지도 모르는 형편일세. 헤르만, 노인네가 형님을 찾아내는 경우에는 모든 것이 허사가 되지 않겠나! 자네는 그 두 사람이 결혼식을 올리러 교회에 타고 가는 마차를 굴욕적으로 몰아야 할 걸세.

헤르만 그 인간을 십자가 상에 목매달아 버리겠습니다!

프란츠 아버지는 형님한테 집안의 주권을 넘겨주시고, 여기저기 성을 돌아다니며 조용히 여생을 보내실 게야. 그러면 그 거만하고 무례한 인간이 전권을 거머쥐고서, 자기를 질투하고 미워하던 사람들을 비웃을 걸세. 그리고 자네를 요직에 앉히고 싶어 한 나 자신도 문지방 앞에서 머리를 조아리는 신세가 될 걸세.

헤르만 (격분하여) 안 됩니다. 제가 헤르만이라는 이름을 달고 있는 한, 절대로 그런 일이 있어서는 안 됩니다! 제 머릿속에 조금이라도 이성의 빛이 번득이는 한, 그런 일이 있어서는 안 되지요!

프란츠 자네가 그걸 막아 보겠다는 겐가? 이보게, 헤르만. 그 인간은 자네에게도 채찍 맛을 보이고, 오다가다 길에서 만나게 되면 자네의 얼굴에 침을 뱉을 걸세. 자네가 어깨를 으쓱하거나 조금만 입을 비죽여도 큰 봉변을 당할 걸세. 이보게, 아멜라이히 아가씨를 향한 자네의 마음, 자네의 미래와 포부가 지금 그런 상황에 처해 있네.

헤르만 제가 어떻게 하면 좋을지 말씀해 주십시오!

프란츠 헤르만, 내 말을 잘 듣게! 자네도 잘 알겠지만, 나는 자네의 운명을 성실한 친구로서 진심으로 동정하네. 그러니 이 방을 나가서, 아무도 자네를 알아보지 못하도록 변장을 하게. 그러고는 노인네 앞에 나가, 보헤미아에서 곧장 오는 길이라고 말하는 걸세. 프라하 근처에서 벌어진 싸움에 형님과 함께 참전했다가, 형님이 전쟁터에서 숨을 거두는 모습을 보았다고 말하게나.

헤르만 그 말을 믿을까요?

프란츠 이런! 그 다음 일은 모두 내가 알아서 하겠네! 이 꾸러미를 가져가게나. 여기에 자네가 할 일이 소상히 적혀 있을 뿐 아니라 의심을 잠재울 수 있는 서류도 들어 있네. 자, 사람들 눈에 띄지 않게 어서 이곳을 벗어나게! 뒷문으로 나가 뜰로 뛰어내려서, 정원의 담을 넘어가게. 이 희비극의 처참한 결말은 나한테 맡겨 두게나!

헤르만 그러면 우리의 새 주인 프란치스쿠스 폰 모어 백작 만만세겠군요!

프란츠 (헤르만의 뺨을 쓰다듬으며) 우리가 머지않아 단번에 모든 목적을 이루게 될 것을 간파하다니, 자네 참 영리한 사람일세! 아말리아는 그 인간을 단념할 것이고, 노인네는 아들의 죽음을 자신의 탓으로 돌릴 걸세. 그러다 결국 앓아눕지 않겠나. 흔들리는 집은 꼭 지진이 아니어도 무너지기 마련일세. 노인네는 그 소식에 무사히 살아 넘기지 못할 걸세. 그러면 내가 외아들의 자리를 차지하고, 의지할 데 없는 아말리아는 내가 원하는 대로 할 걸세. 자네도 그런 것쯤이야 쉽게 알 수 있지 않겠나. 간단히 말해서 모든 것이 소원대로 되는 걸세. 하지만 자네 약속을 어기면 안 되네!

헤르만 무슨 말씀을 그렇게 하십니까? (신이 나서) 그러면 날아가던 총알이 되돌아와, 총을 쏜 놈의 내장 속을 휘젓고 다닐 것입니다. 저만 믿으십시오! 두고 보십시오! 그러면 저는 이만 물러납니다.

프란츠 (헤르만의 등 뒤에 외친다) 이보게 헤르만, 이번 일이 잘 되면 그 결실은 전부 자네 몫일세! …… 황소가 곡식 마차를 광으로 실어 나른 다음에는, 건초로 만족해야 하는 법이라고. 네 주제에 마구간 청소하는 계집이면 감지덕지지, 아말리아라니, 어림도 없는 소리! (퇴장한다)

제2장

모어 백작의 침실.
모어 백작은 안락의자에 잠들어 있고,
아말리아가 방에 들어온다.

아말리아 (살그머니 다가온다) 조용, 조용! 지금 주무시고 계셔. (잠든 모어 백작 앞에서 걸음을 멈춘다) 이 얼마나 아름답고 품위에 넘치시는가! 마치 그림 속 성자의 모습 같지 않은가! 아니, 이런 분한테 화를 낼 수는 없어! 이 백발 성성한 분에게 어떻게 화를 낼 수 있겠는가! 편안히 주무시고 즐거운 마음으로 깨어나세요. 괴로움은 저 혼자서 삭이겠어요.

모어 백작 (꿈을 꾼다) 내 아들, 내 아들, 내 아들아!

아말리아 (노인의 손을 잡으며) 쉿! 아드님의 꿈을 꾸시나 봐.

모어 백작 내 아들이 맞느냐? 정녕 내 아들이 맞단 말이냐? 아, 어째서 네 모습이 이리 불쌍해 보이느냐! 그렇게 슬픈 눈으로 날 바라보지 말아라. 그렇지 않아도 내 마음이 찢어질 것 같구나.

아말리아 (얼른 노인을 흔들어 깨운다) 눈을 뜨세요! 지금 꿈을 꾸고 계세요. 정신 차리세요.

모어 백작 (잠에 취해서) 그 아이가 여기 오지 않았느냐? 그 아이의 손을 꼭 붙잡았는데. 이 고약한 녀석 프란츠, 꿈속에서마저 내 아들을 앗아 가려 하느냐?

아말리아 저 아말리아를 알아보시겠어요?

모어 백작 (잠에서 깨어난다) 그 아이 어디 있느냐? 어디? 그리고 여기는 어디냐? 네가 아말리아냐?

아말리아 좀 어떠세요? 한숨 푹 주무셨어요.

모어 백작 내 아들 카를의 꿈을 꾸었구나. 왜 꿈을 좀 더 꾸지 못했단 말이냐! 그랬더라면 그 아이 입에서 이 아비를 용서한다는 말을 들었을 텐데.

아말리아 천사들은 원망하지 않아요. 카를은 아버님을 용서할 거예요. (슬픈 표정으로 노인의 손을 잡는다) 카를의 아버님, 제가 용서해 드리겠어요.

모어 백작 아니다, 애야! 네 핏기 없는 얼굴은 모두 내 탓이다. 이 불쌍한 것! 내가 네 청춘의 기쁨을 빼앗아 버렸구나. 부디 나를 저주하지 말아라!

아말리아 (노인의 손에 다정하게 입 맞춘다) 제가 어떻게 아버님을 저주하겠어요?

모어 백작 얘야, 이게 누군지 알겠느냐?

아말리아 카를이에요!

모어 백작 그 아이가 열여섯 살 되던 날의 모습이다. 이제는 그 아이에게서 이런 모습을 찾아볼 수 없겠지. 아아, 가슴이 터질 것 같구나. 이 온순하던 모습이 분노에 휩싸이고, 이 미소는 절망으로 바뀌었겠지. 그렇지 않겠느냐, 아말리아! 그 아이의 생일날 재스민 정자에서, 네가 이 그림을 그리지 않았더냐? 애야, 너희들의 다정한 모습을 보면서, 내가 얼마나 행복했는지 아느냐.

아말리아 (그림에서 눈을 떼지 않는다) 아니, 아니에요! 이것은 카를이 아니에요. 맹세코 카를이 아니에요. (가슴과 이마를 가리키며) 여기하고 여기가 원래 카를의 모습과 너무 달라요. 이 흐릿한 색깔로는 카를의 불타는 눈에서 번득이던 고귀한 정신을 그려 낼 수 없어요. 이 그림을 갖다 버리세요! 너무 평범하게 보여요! 제가 너무 서툴렀어요.

모어 백작 이 다정하고 따뜻한 눈빛을 보려무나. 이 아이가 내 침상 앞에 서 있다면, 죽음과도 싸워 이길 수 있으련만! 절대로, 절대로 죽지 않을 텐데!

아말리아 아버님은 절대로, 절대로 돌아가시지 않을 거예요! 그것은 마치 하나의 생각에서 훨씬 더 아름다운 다른 생각으로 뛰어넘는 것과 같을 거예요. 이 눈빛이 아버님을 무덤 너머까지 비추어 주고, 또 저 별들 위로 모셔다 드릴 거예요!

모어 백작 아, 정말 괴롭고 슬프구나! 죽음을 눈앞에 두고 있는데도, 내 아들 카를이 이곳에 없다니. 내가 무덤 속에 묻혀도, 내 아들은 찾아와 울지 않을 것이다. 아들의 기도 소리를 들으며 죽음의 잠 속으로 깊이 빠져든다면 얼마나 감미롭겠느냐. 그것이 바로 자장가가 아니고 무엇이겠느냐!

아말리아 (꿈을 꾸듯) 그래요, 감미로울 거예요. 사랑하는 이의 노래를 들으며 죽음의 잠 속으로 깊이 빠져든다면, 더없이 감미로울 거예요. 무덤 속에서도 계속 꿈을 꾸지 않겠어요. 부활의 종소리가 울려 퍼질 때까지, 오래오래 영원히, 한없이 카를의 꿈만을 꿀 거예요. (벌떡 일어나 황홀한 표정으로) 그러다 영원히 카를의 품에 안기겠지요. (잠시 후, 아말리아가 피아노를 치며 노래를 부른다)

> 아킬레우스의 죽음의 철검이
> 끔찍하게 파트로클로스를 위한 제물을 바치려 드는데
> 헥토르, 그대 영원히 저를 뿌리치시렵니까?
> 크산토스가 그대를 삼켜 버리는 날에는,
> 누가 앞으로 어린것에게
> 창을 던지고 신들을 숭상하는 법을 가르친단 말입니까?[1]

모어 백작 얘야, 아름다운 노래로구나! 내가 눈을 감기 전에, 그 노래를 불러다오.
아말리아 안드로마케와 헥토르가 이별하는 장면이에요. 카를과 저는 이 노래를 종종 라우테에 맞추어 함께 불렀어요. (계속 노래한다)

> 사랑하는 아내여, 죽음의 창을 가져다주오.

---

1 그리스 신화의 트로이 전쟁에서 트로이의 영웅 헥토르가 죽음을 앞두고 아내 안드로마케와 이별하는 슬픈 장면을 묘사하는 노래이다.

싸움이 난무하는 전쟁터로 나를 가게 해주오.
트로이의 운명이 내 어깨에 달려 있다오.
우리의 신들이 아스티아낙스를 굽어보고 계신다오!
헥토르가 조국을 구원하다 쓰러지면
우리 다시 천상에서 만납시다.

다니엘, 등장한다.

다니엘 밖에 백작 나리를 찾아온 사람이 있습니다. 중대한 소식을 전해 드리고 싶으니 꼭 만나 뵙게 해달라고 청합니다.
모어 백작 물론 나한테도 이 세상에서 중요한 것이 있지. 아말리아, 너는 그것이 무엇인지 알 게다. 내 도움을 필요로 하는 불행한 인간이 찾아왔다더냐? 그렇다면 한숨지으며 이곳을 나가서는 안 될 것이다.
아말리아 걸인이라면 얼른 들여보내요. (다니엘 퇴장한다)
모어 백작 아말리아, 아말리아! 나를 지켜다오!
아말리아 (다시 노래를 계속한다)

그대의 창검 소리 다시는 귀에 들려오지 않고,
그대의 철검 홀에 외로이 놓여 있으니,
프리아모스 위대한 영웅의 가문이 멸망하는구나!
그대는 태양 빛 비추지 않는 곳으로 가고,
코키토스의 물살이 황야를 가로지르며 눈물을 흘리고,
그대의 사랑은 레테에서 숨을 거두리라.

나의 갈망, 나의 생각은 모두
레테의 검은 강물 속 깊이 가라앉더라도
나의 사랑만은 온전하리라!
이봐라! 난폭한 자 벌써 성벽을 향해 돌진하니.
슬픔일랑 접어 두고 나에게 철검을 가져오너라.
헥토르의 사랑은 레테에서도 죽지 않으리라!

　　　　프란츠, 변장한 헤르만, 다니엘이 등장한다.

프란츠 여기 이 사람입니다. 아버님께 무슨 끔찍한 소식을 가져왔다는데 들어 보시겠습니까?
모어 백작 나한테 끔찍한 소식은 단 하나밖에 없다. 이보게, 이리 가까이 오게. 내 걱정은 할 필요 없네! 우선 이 사람에게 술을 한잔 따라 주도록 해라!
헤르만 (목소리를 꾸며서) 백작 나리! 제가 본의 아니게 나리의 마음을 아프게 하더라도 이 불쌍한 놈에게 제발 벌을 내리지는 마십시오. 저는 이곳 사람은 아니지만, 백작 나리를 잘 알고 있습니다. 나리는 카를 폰 모어의 아버님이십니다.
모어 백작 자네가 그걸 어떻게 아는가?
헤르만 저는 아드님을 잘 알고 있습니다.
아말리아 (깜짝 놀라며) 그 사람이 살아 있어요? 살아 있단 말이지요? 그 사람을 어떻게 알아요? 그 사람 지금 어디에 있어요? 어디, 어디에 있냐고요? (밖으로 뛰어나가려 한다)
모어 백작 자네가 내 아들을 안단 말인가?

헤르만 아드님께서는 라이프치히에서 공부하셨습니다. 그런 다음 세상을 두루 돌아다니셨는데, 어디까지 가셨는지는 저도 잘 모릅니다. 아드님 말씀으로는, 모자도 쓰지 않고 신발도 신지 않은 채 문전걸식을 하며 온 독일을 돌아다니셨다고 합니다. 그러고 나서 오 개월 후에 슬프게도 프로이센과 오스트리아 사이에 다시 전쟁이 벌어졌는데, 아드님께서는 이 세상에서 별로 희망 없는 처지였기 때문에 프리드리히 대왕의 우렁찬 북소리에 이끌려 보헤미아로 갔습니다. 그러고는 위대한 슈베린에게 자신은 이제 부모 없는 몸이므로 영웅답게 죽게 해달라고 말씀하셨습니다.

모어 백작 아말리아, 날 그런 눈빛으로 바라보지 말아라!

헤르만 아드님께서는 기수를 맡으셔서, 프로이센의 승리를 함께 나누셨습니다. 저는 아드님과 같은 군막에서 잠을 자게 되었는데, 그때 아드님께서는 눈물 글썽이며 연로하신 아버님과 아름다웠던 지난날, 헛되이 사라진 희망에 대해 많은 말씀을 하셨습니다.

모어 백작 (머리를 베개에 파묻는다) 그만, 오 그만하게!

헤르만 그러고 나서 일주일 후, 프라하 대격전이 벌어졌습니다. 아드님께서는 참으로 용감한 병사였다고 말씀드릴 수 있습니다. 전군이 지켜보는 앞에서, 기적을 행하셨지요. 오 개 연대가 교체되었는데도, 아드님께서는 끝까지 의연하게 버티셨습니다. 총알이 양옆으로 빗발같이 쏟아져도 꿈쩍도 하지 않으셨지요. 총알이 오른손을 으스러뜨리자, 왼손으로 깃발을 잡고서 버티셨습니다.

아말리아 (감격하여) 헥토르, 헥토르예요! 아버님, 들으셨지요? 그 사람은 끝까지 버티었답니다.

헤르만 그날 저녁, 저는 총알이 빗발치는 가운데 쓰러져 있는 아드님을 뵈었습니다. 아드님께서는 쿨쿨 쏟아지는 피를 왼손으로 누르고 계셨지요. 오른손은 이미 땅 속에 묻은 뒤였습니다. 그러고는 장군이 한 시간 전에 전사했다는 수군거림을 들었다고 저한테 큰 소리로 외치셨습니다. 그래서 제가 장군님은 전사하셨다고 대답하고서, 자네는 어떠냐고 물었지요. 그러자 아드님은 왼손을 떼며, 누구든 용감한 병사는 나처럼 장군님의 뒤를 따르라고 크게 외쳤습니다. 그 말에 이어 아드님의 위대한 영혼은 영웅들의 뒤를 따랐습니다.

프란츠 (화를 내며 헤르만에게 덤빈다) 죽음이 그 저주받은 혀를 다시는 놀리지 못하도록 네놈의 입을 막아 버릴 것이다! 우리 아버님이 천수를 누리시지 못하게 하려고, 네놈이 이곳을 찾아온 것이냐? 아버님! 아말리아! 아버님!

헤르만 저는 오로지 죽어 가는 전우의 마지막 소원 때문에 이곳을 찾아왔습니다. 아드님께서는 가쁜 숨을 몰아쉬며 말씀하셨습니다. 이 칼을 받게. 우리 늙으신 아버님께 이것을 전해 드리게. 아버님의 아들 피가 묻어 있는 칼이네. 아들이 벌을 받아 죽었으니 기뻐하실 걸세. 그리고 아버님의 저주가 나를 전쟁터와 죽음으로 몰아넣었다고 말씀드리게. 내가 자포자기해서 죽었다고 말일세! 아드님은 마지막으로 〈아말리아!〉라고 탄식하셨습니다.

아말리아 (혼수상태에서 깨어난 듯) 마지막으로 아말리아라고 탄식했단 말이지요!

모어 백작 (머리를 쥐어뜯으며 소름 끼치게 절규한다) 내 저주가 그 아이를 죽음으로 몰아넣었다니! 그 아이가 자포자기해서 죽었다니!

프란츠 (방 안을 이리저리 오간다) 아, 아버님! 도대체 어떻게 하셨습니까? 우리 형님, 카를 형님!

헤르만 여기에 그 칼이 있습니다. 그리고 그때 아드님께서 가슴속에서 꺼낸 초상화도 함께 가져왔습니다! 여기 계신 아가씨와 꼭 닮았군요! 아드님께서는 이 초상화를 내 동생 프란츠에게 전해 주라고 말씀하셨습니다. 왜 그런 말을 하셨는지는 저도 모르겠습니다.

프란츠 (깜짝 놀란 듯) 나한테 말인가? 아말리아의 초상화를 나한테? 카를 형님이 나한테 아말리아의 초상화를? 나한테 주라고 했단 말인가?

아말리아 (헤르만에게 사납게 덤빈다) 이 돈에 넘어간 사기꾼아! (헤르만을 거칠게 움켜잡는다)

헤르만 아가씨, 저는 그런 사람이 아닙니다. 아가씨의 초상화인지 아닌지 한번 두 눈으로 보십시오. 아마 아가씨 손으로 직접 건네준 초상화일 겁니다.

프란츠 이런! 아말리아, 당신 초상화가 맞군요! 정말 당신의 초상화입니다.

아말리아 (프란츠에게 초상화를 돌려준다) 내, 내 초상화가! 어떻게 이런 일이!

모어 백작 (괴로움을 이기지 못하고 절규한다) 세상에 이럴 수가, 이럴 수가! 내 저주가 그 아이를 죽음으로 몰아넣었다니! 그 아이가 자포자기해서 죽었다니!

프란츠 형님께서 세상을 하직하는 최후의 고통스러운 순간에 나를 생각하셨다니! 천사 같은 분이시지 않은가! 죽음의 검은 깃발이 펄럭이는 순간에도 나를 생각하셨다니!

모어 백작 (웅얼거린다) 내 저주가 그 아이를 죽음으로 몰아넣었다니, 내 아들이 자포자기해서 죽었다니!

헤르만 너무 참담해서 도저히 이 자리에 못 있겠습니다. 안녕히 계십시오, 나리! (목소리를 낮추어 프란츠에게 말한다) 도련님, 무엇 때문에 이렇게까지 하셨습니까? (서둘러 퇴장한다)

아말리아 (헤르만을 뒤쫓아 간다) 잠깐! 잠깐 기다려요! 그 사람이 마지막으로 뭐라고 말했다고요?

헤르만 (크게 대답한다) 마지막으로 아말리아라고 탄식하셨습니다! (퇴장한다)

아말리아 그 사람이 마지막으로 아말리아라고 탄식했다고? 아니, 그렇다면 당신은 사기꾼이 아니군요! 사실이군요, 사실…… 카를이 죽다니! 죽다니! (비틀비틀 걸음을 옮기다 쓰러진다) 죽다니, 카를이 죽다니…….

프란츠 아니, 이게 뭐지? 칼에 뭐라고 쓰여 있지 않은가! 피로 쓴 듯한데, 아말리아!

아말리아 그 사람이 쓴 것일까요?

프란츠 지금 내 눈이 제대로 보이는 겁니까? 이게 꿈은 아니지요? 자, 여기 피 빛의 글씨를 보십시오. 프란츠, 내 아말리아를 버리지 말아라! 자, 보십시오! 보시라니까요! 여기 뒤쪽에도 쓰여 있군요. 아말리아, 무엇보다도 막강한 죽음이 당신의 맹세를 깨뜨렸소! 자, 여기 보입니까, 보이지요? 심장의 따뜻한 피를 굳어 가는 손에 묻혀, 영원을 향한 엄숙한 순간에 쓴 것입니다! 형님의 정신이 세상을 하직하기 전에 프란츠와 아말리아를 결합시키기 위해 잠시 지체한 것이지요.

아말리아 어머 세상에! 그 사람의 필적이에요. 그 사람은 결코 나를 사랑하지 않았어요! (빠른 걸음으로 퇴장한다)

프란츠 (발을 쿵쿵 구른다) 환장하겠군! 온갖 수를 다 짜내어도 저 고집쟁이한테는 당해 낼 수가 없구나.

모어 백작 이럴 수가, 이럴 수가! 얘야, 아말리아! 나를 버리지 말아라! 프란츠, 프란츠! 내 아들을 돌려다오!

프란츠 그 아들을 저주한 사람이 누구였지요? 아들을 싸움터와 죽음과 절망으로 몰아넣은 사람이 누구였냐고요? 아, 형님은 천사였고 하늘의 보배였습니다! 그런 형님을 죽인 자를 저주합니다! 아버님을 저주, 저주합니다!

모어 백작 (주먹으로 이마와 가슴을 친다) 그 아이는 천사였고 하늘의 보배였다! 내 자신이 저주스럽구나, 저주스러워! 나는 죽어 마땅하다! 나는 훌륭한 아들을 죽인 못난 아비다. 눈을 감는 순간까지도 그런 아비를 사랑하다니! 그 아이는 나한테 복수하려고 전쟁터와 죽음으로 달려갔어! 이런 흉악한 인간, 흉악한 인간! (몸을 마구 쥐어뜯는다)

프란츠 형님은 이미 세상을 떠났습니다. 이제 와서 뒤늦게 한탄한들 무슨 소용이 있겠습니까? (조롱의 웃음을 터뜨린다) 살려 내는 것보다야 죽이는 것이 더 쉽지요. 아버님은 형님을 결코 무덤에서 살려 내실 수 없습니다.

모어 백작 결코, 결코, 결코 살려 낼 수 없지! 이제 모든 게 끝이야. 영영 끝장났어! 네놈의 꼬임에 넘어가지만 않았더라면, 내 아들을 저주하지 않았을 것이다. 네 이놈, 네 이놈, 내 아들을 돌려다오!

프란츠 내 화를 돋우지 마시라고요. 그렇지 않으면 아버지를 죽게 내버려 두겠어요!

모어 백작 이런 고약한 놈, 이 고약한 놈아! 내 아들을 돌려다오! (의자에서 일어나 프란츠의 멱살을 움켜쥐려 한다. 프란츠, 노인을 홱 밀쳐 낸다)

프란츠 힘도 없이 뼈만 앙상한 늙은이가, 겁도 없이. 죽고 싶어 환장했나! (퇴장한다)

모어 백작 온갖 저주가 네놈의 뒤를 따라다닐 것이다! 네놈이 내 아들을 빼앗아 갔어. (절망감을 이기지 못하고 의자에서 몸부림친다) 이럴 수가, 이럴 수가! 이렇듯 절망스러운데도 목숨이 끊어지지 않다니! 모두들 나를 죽음 속에 내팽개쳐 두고 내 곁을 떠나는구나. 내 착한 천사들도 내 곁을 떠나고, 모든 성자들도 이 백발의 살인범을 피해 가는구나. 이럴 수가, 이럴 수가! 내 머리를 붙잡아 주고 내 괴로운 영혼을 해방시켜 줄 사람이 아무도 없단 말이냐? 아들도, 딸도, 친구도 없단 말이냐! 사람들아, 아무도 없단 말이냐, 나 혼자란 말이냐! 이럴 수가, 이럴 수가! 이렇듯 절망스러운데도 목숨이 끊어지지 않다니!

    아말리아, **울어서 퉁퉁 부은 눈으로 등장한다.**

모어 백작 아말리아! 하늘이 너를 보내셨느냐! 내 영혼을 구해 주려고 왔느냐?
아말리아 (다정한 목소리로) 아버님은 훌륭한 아들을 잃으셨어요.
모어 백작 내가 아들을 죽였다고 말하고 싶겠지? 이런 죄과를 짊어지고 죽어야 하다니.
아말리아 가엾으신 분, 그렇지 않아요. 하늘에 계신 아버지께서 그 사람을 데려가셨어요. 그렇지 않았더라면 우리는 이 지상에서 지나치게 행복했을 거예요. 저 세상에서, 저 태양 위에서 우리는 그 사람을 다시 만나게 될 거예요.
모어 백작 그 아이를 다시, 다시 만나게 된다고! 아, 그러면 내 영혼이 칼로 에이는 듯 아플 것이다. 성자가 되어 다른 성자들과 함께 있는 그 아이를 보게 되면, 나는 천상에서도 지옥의 두려움을 맛볼 것이다! 영원한 것 앞에서, 내가 내 아들을 죽였다는 지난 기억이 나를 산산이 으스러뜨릴 것이다!
아말리아 아, 그 사람은 미소 지으며, 아버님의 영혼에서 지난날의 고통스러운 기억을 몰아낼 거예요! 그러니 사랑하는 아버님, 이제 기운을 차리세요! 저는 괜찮아요. 그 사람이 벌써 천사들의 하프 소리에 맞추어 천상의 청중들에게 제 이름을 노래하지 않았을까요? 그리고 천상의 청중들은 제 이름을 나지막이 따라 속삭였을 거예요. 그 사람이 마지막으로 아말리아라고 탄식하며 숨을 거두었다면, 맨 먼저 아말리아라고 환호하지 않았겠어요?

모어 백작 네 입술에서 이렇듯 다정한 위로가 샘솟다니! 그 아이가 나를 보고 미소 지을 것이라고 말했느냐? 나를 용서해 줄 것이라고? 내 아들 카를이 너를 사랑했으니, 네가 내 임종을 지켜다오.

아말리아 죽는다는 것은 그 사람의 품속으로 날아가는 거예요. 아버님은 좋으시겠어요! 아버님이 부러워요. 어째서 제 몸뚱이는 썩어 문드러지지 않을까요? 어째서 제 머리카락은 희어지지 않을까요? 젊음의 힘이 원망스러워요! 천상에 가까워지고 카를에 가까워지도록 기력 없는 노년이 어서 찾아왔으면 좋겠어요!

프란츠, 등장한다.

모어 백작 내 아들아, 어서 오너라. 조금 전에 너한테 모진 말한 것을 용서해 다오. 모든 것을 용서하마. 나는 이제 평온한 마음으로 세상을 하직하고 싶구나.

프란츠 이제 아들을 위해 실컷 우셨습니까? 제가 보기에는, 아버님한테 아들이 하나뿐인 것 같은데요.

모어 백작 야곱은 열두 명의 아들을 두었으면서도, 요셉을 위해 피눈물을 흘렸단다.

프란츠 으흠!

모어 백작 얘야, 아말리아! 성경을 가져오너라. 야곱과 요셉의 이야기를 읽어다오! 내가 야곱의 처지가 아니었을 때도, 그 대목을 읽으면 언제나 가슴이 뭉클했단다.

아말리아 어디를 읽어 드릴까요? (성경을 가져와 뒤적거린다)

모어 백작 요셉이 보이지 않자, 야곱이 쓸쓸해하며 비통해하는 대목을 읽어다오. 열한 명의 자식들에게 둘러싸여 헛되이 요셉을 기다리다가, 마침내 요셉이 영원히 돌아오지 않는다는 말을 듣고서 몹시 슬퍼하는 대목 말이다!

아말리아 (성경을 읽는다) 〈그러자 그들은 염소 한 마리를 죽이고 요셉의 옷을 가져다 그 피를 묻혔다. 그리고 그 피 묻은 옷을 아버지께 보내며 말을 전하였다. 「이것을 우리가 주웠습니다. 이것이 아버님 아들의 옷인지 아닌지 잘 보십시오.」〉 (프란츠, 돌연히 방을 나간다) 〈그는 그것을 곧 알아보고 외쳤다. 「내 아들의 옷이다. 들짐승이 잡아먹었구나. 요셉이 짐승들의 밥이 되다니!」……〉

모어 백작 (베개 위에 쓰러진다) 요셉이 짐승들의 밥이 되다니!

아말리아 (계속 읽는다) 〈야곱은 옷을 찢고, 베옷을 몸에 걸친 채 아들을 생각하며 날이 가도 달이 가도 울기만 했다. 그의 아들딸들이 모두 일어나 위로했지만 그는 위로를 받지 않고 다만 이렇게 말하는 것이었다. 「아니다, 나는 지하로 내 아들한테 울면서 내려가……」.〉

모어 백작 그만, 그만 읽어라! 몸이 몹시 불편하구나.

아말리아 (책을 떨어뜨리고 얼른 노인에게 달려온다) 어머나!

이게 웬일이세요?

모어 백작 죽음이 찾아왔구나! 눈앞이 캄캄하다. 어서 신부를 불러오너라. 영성체를 해야 한다. 내 아들 프란츠는 어디 있느냐?

아말리아 도망쳤어요! 하느님, 저희를 불쌍히 여기소서!

모어 백작 도망쳤다고…… 죽어 가는 아비를 놔두고 도망쳤단 말이냐? …… 두 아이에게 그렇듯 많은 희망을 품었건만, 이게 무슨 일이란 말이냐……. 당신께서는 아이들을 주시고, 다시 아이들을 앗아 가셨습니다. 당신의 이름은…….

아말리아 (절규한다) 돌아가셨어! 결국 돌아가셨어! (절망하여 퇴장한다)

프란츠, 쾌재를 부르며 뛰어 들어온다.

프란츠 〈죽었다!〉 〈죽었다!〉고 다들 크게 외치는구나! 내가 이제 이 집안의 주인이다. 죽었다는 소리가 온 성 안을 쩡쩡 울리는구나! 혹시 그냥 잠든 것이 아닐까? 아무렴, 아무렴 그렇지! 이것도 물론 잠은 잠이지. 〈안녕히 주무셨습니까?〉라는 인사말을 두 번 다시 받을 수 없는 잠이고말고. 잠과 죽음은 쌍둥이가 아니겠어. 그 이름을 한번 바꾸어 불러 볼까! 용감하고 반가운 잠아! 우리는 너를 죽음이라 부르련다! (모어 백작의 눈을 감겨 준다) 이제 누가 감히 나를 법정에 내세우겠느냐? 아니면 누가 감히 얼굴을 맞대고 나더러 악한이라고 말하겠느냐! 그러니 온정이니 덕성이니 하는 이 귀찮은 가면은 벗어 던지자! 이제 너희들은 이 프란츠의 진면목을 보고 경악할 것이다! 우리 아버지는 사탕발림을 해가며, 모두 한 가족인 양 다정하게 미소 띤 얼굴로 문가에 앉아, 너희들에게 형제니 자식이니 하며 인사를 했지. 이제 내 눈썹이 시커먼 먹구름처럼 너희들 위를 감돌고, 내 위압적인 이름은 위험한 혜성처럼 이 산 위를 떠돌고, 내 이마는 너희들에게 날씨를 말하는 기압계가 될 것이다! 아버지는 고집스럽게 반항하는 놈들의 목덜미를 쓰다듬고 어루만져 주었지만, 나한테는 어림 반 푼어치도 없는 소리지. 나는 네 놈들의 살 속에 뾰족한 못을 박고 매서운 채찍을 휘두를 것이다. 내 영지 안에서는 축제일에도 감자와 희멀건 맥주로 배를 채워야 할 것이다. 누구든 붉고 오동통한 뺨을 가진 놈이 내 눈에 띄기만 하면, 가만두지 않으리라! 내가 좋아하는 색깔은 가난과 비굴한 두려움에 질린 창백한 낯빛이다. 내가 이제 네놈들에게 그런 핏기 없는 옷을 입혀 주리라. (퇴장한다)

제3장

보헤미아의 숲.
슈피겔베르크, 라츠만, 도둑의 무리.

라츠만 자네인가? 정말 자네 맞아? 내 절친한 동무 모리츠, 자네가 곤죽이 되도록 껴안아 줌세! 이곳 보헤미아의 숲에 잘 왔네! 그동안 아주 크고 힘도 많이 세졌네 그려. 이런, 굉장하이! 신참내기들을 한 무더기 몰고 왔구먼. 원래 자네가 사람 모으는 재주는 아주 뛰어나지!

슈피겔베르크 그렇지, 친구? 그렇지? 게다가 하나같이 모두 쓸 만한 녀석들이라네! 자네는 믿지 않겠지만, 하느님의 은총이 내 곁에 있다는 증거가 아니겠어. 자네한테 나는 굶주린 불쌍한 녀석에 지나지 않았지. 내가 요단강을 건너갈 때는 달랑 이 지팡이 하나뿐이었지만, 지금 우리는 무려 일흔여덟 명이라네. 대부분 슈바벤 출신의 거덜난 장사꾼, 떨려난 선생이나 글쟁이들이지. 이보게, 다들 뛰어난 멋진 놈들이라고 장담할 수 있네. 장전된 총으로 무장하고서 얼마나 잽싸게 바지 속의 돈을 훔치는지 아는가. 녀석들은 항상 총알을 빵빵하게 채워 다니는데, 그래서인지 이해할 수 없게도 사십 마일 떨어진 곳까지 우리의 명성이 자자하지 뭔가. 이 교활한 슈피겔베르크에 대한 기사가 나지 않은 신문이 하나도 없을 정도라네. 내가 신문을 보는 것도 순전히 그 때문일세. 머리꼭지부터 발끝까지 정말 자세히도 쓰는데, 마치 내 모습을 눈앞에 보는 것 같다니까. 심지어는 내 윗도리 단추까지 기억하지 뭔가. 하지만 우리가 불쌍하게도 저들을 가지고 논다네. 얼마 전에 나는 어느 인쇄소에 들어가 그 악명 높은 슈피겔베르크를 보았다고 주장하고서, 거기 앉아 있던 엉터리 문사(文士)에게 어느 기생충 치료사의 생김새를 소상하게 알려 주었다네. 그 소문이 널리 퍼져서, 결국 그 치료사 녀석이 잡혀 들어가 강제 심문을 당했지. 그런데 그 인간이 겁에 질린 나머지 멍청하게도 자기가 슈피겔베르크라고 자백을 한 게야. 내 참 어처구니가 없어서! 당장 시청에 달려가, 그 악당이 내 이름을 더럽혔다고 고발하고 싶더라니까. 그 녀석은 결국 석 달 뒤에 교수형당했네. 나중에 그 가짜 슈피겔베르크가 영광스럽게 매달려 있는 교수대 옆을 지나가면서, 담배를 한 줌이나 코에다 문질렀다니까. 슈피겔베르크가 그렇게 교수대에 매달려 있는 동안, 진짜 슈피겔베르크는 유유히 올가미에서 벗어나, 약아빠진 재판관들을 등 뒤에서 바보라고 놀리지 않겠는가. 불쌍한 것들일세.

라츠만 (크게 웃는다) 자네는 하나도 변하지 않았구먼.

슈피겔베르크 자네 눈으로 보다시피, 마음도 몸도 옛날 그대로 일세, 익살꾼이지! 내가 최근에 체칠리엔 수녀원에서 저지른 재미있는 이야기 하나 들어 보겠는가. 어느 날 해질 무렵에 길을 가다가 그 수도원을 지나게 되었네. 마침 그날따라 총 한 방 쏘지 못한 터였는데, 자네도 내가 그렇게 할 일 없이 보낸 날을 얼마나 증오하는지 잘 알 걸세. 그러니 악마에게 귀 한쪽을 바치는 한이 있어도, 뒤늦게 한밤중에 장난질을 쳐서 근사하게 보내야 하지 않겠는가! 우리는 밤이 이슥해질 때까지 조용히 기다렸네. 사방이 쥐죽은 듯 고요했고, 수도원의 불들이 꺼졌네. 이제 수녀들이 깊이 잠들었겠지 싶었을 무렵, 나는 나머지 동지들에게 휘파람 소리가 들릴 때까지 수도원 문 앞에서 기다리라고 이르고는, 그림을 데리고 나섰네. 먼저 수도원지기를 꼼짝 못하게 하고서 열쇠를 빼앗아, 하녀들의 숙소로 슬그머니 숨어들어 옷가지들을 모조리 수도원 문밖으로 집어 던졌네. 우리는 계속 방마다 돌아다니며 수녀들의 옷도 모두 거둬들였고, 마지막에는 수도원장의 옷까지 훔쳤어. 그러고는 휘파람을 불자, 밖에서 기다리던 녀석들이 마치 최후의 심판의 날이 온 듯 우르르 돌진하였네. 야수처럼 고함을 지르고 법석을 떨며 수녀들 방으로 뛰어들었지! 하하하! 그 불쌍한 것들이 어둠 속에서 옷을 찾아 더듬거리고, 사탄이라도 만난 듯 어쩔 줄 몰라 갈팡질팡하는 가련한 꼴을 자네가 봤어야 하는데. 우리가 우레처럼 함성을 지르며 달려들자, 지지러지게 놀라고 기겁하는 꼴이라니. 침대 시트로 몸을 감고, 고양이처럼 난로 아래로 기어 들어가고, 심지어는 겁을 집어먹고서 방 바닥에 오줌을 싸는 바람에 수영 연습을 할 수 있을 정도였다네. 애처롭게 비명을 지르고 우는 소리를 하고, 결국에는 그 늙은 할망구 수도원장까지 타락하기 직전의 이브 같은 몰골을 하고 있었다니까. 여보게 친구, 내가 이 세상에서 뭘 가장 싫어하는지 아는가? 바로 거미하고 늙은 할멈이란 말일세. 그 쭈글쭈글하게 축 늘어진 거무튀튀한 노파가 내 앞에서 길길이 날뛰며 숫처녀가 어쩌고저쩌고 나불거리는 꼴을 한번 상상해 보게나, 빌어먹을! 나는 팔꿈치로 냅다 들이쳐서, 그 몇 개 남아 있지 않은 이빨을 모조리 창자 깊이 박아 버렸다네! 그러고서 우리는 수도원의 보물, 은그릇, 번쩍거리는 은화를 에누리 없이 모조리 끌어 모았어. 내가 말하지 않아도, 녀석들이 그런 일들은 척척 알아서 하거든. 이보게, 나는 그 수녀원에서 천 탈러 이상의 수확을 올린 데다가 녀석들은 기념품까지 하나씩 남기는 재미를 누렸지 뭔가. 아홉 달 뒤에는 고것들이 그 기념품을 질질 끌고 다니게 될걸.

라츠만 (발을 구른다) 이런, 그런 재미를 놓치다니!

슈피겔베르크 어떤가? 이것이 근사한 삶이 아니라고 아직도 말할 텐가? 그러니 용기도 샘솟고 기운도 펄펄 난다네. 녀석들의 사기가 왕성할 뿐더러 고위 성직자의 똥배처럼 그 수가 시시각각으로 불어나는 게야. 잘은 모르겠지만, 나한테 무슨 지남철 같은 것이 있어서 이 땅의 건달이란 건달은 쇠붙이처럼 모조리 끌어당기는 게 아닌가 싶어.

라츠만 참으로 멋진 지남철일세! 그런데 제기랄! 자네가 도대체 어떤 마술을 부리는지 알고 싶구먼.

슈피겔베르크 마술이라니? 나한테 마술 따위는 필요 없네! 머리를 써야지! 물론 쓸데없이 아무 것에나 허겁지겁 달려들지 않는 실용적인 판단 능력 말일세. 내가 항상 입버릇처럼 말하지 않던가. 정직한 남자는 버드나무 등걸로 만들 수 있지만, 악당을 만들려면 잘 돌아가는 머리가 필요한 법이라고. 거기다가 국가적인 재능, 그러니까 악당을 만들어 낼 수 있는 분위기도 있어야 한다네. 내가 자네한테 충고 하나 해줄까? 그라우뷘덴에 한번 가 보게. 그곳이 오늘날 악당들의 아테네일세.

라츠만 이보게, 나는 이탈리아 온 천지가 그렇다고 칭송하는 말을 들었네.

슈피겔베르크 물론 그 말도 맞네! 누구든 자신의 권리를 포기해서는 안 되는 법일세. 이탈리아도 훌륭한 남자들을 자랑하지. 독일도 지금처럼 계속하면서 성경을 완전히 내몰기로 결정한다면 차츰 좋은 일이 벌어질 걸세. 그러면 더없이 근사하지 않겠는가. 하지만 내 자네한테 분명히 말하는데, 분위기는 별로 중요하지 않아. 천재는 어떤 분위기에서든 두각을 나타내기 마련일세. 나머지 것들이야……. 이보게, 자네도 알다시피 산능금 나무를 낙원에 심는다고 파인애플을 맺겠는가! 그런데 내가 무슨 말을 하다 말았지?

라츠만 머리를 굴려야 한다는 말을 하다 말았네.

슈피겔베르크 맞아, 머리를 굴려야 하는 법일세. 자네가 시내에 발을 들여놓으면 첫 번째로 무엇부터 해야 하는지 아는가. 우선 경찰이라든지 야경꾼, 옥리에게서, 어떤 놈이 가장 부지런히 고자질을 하고 꼬리를 치는지 정보를 수집해서는 그런 놈들을 방문해 주는 걸세. 그런 다음 찻집이나 사창가나 주점에 진치고 앉아서, 어떤 놈이 지긋지긋한 세상이니 오 부 이자니 망할 놈의 경찰 제도 개선이니 하고 가장 크게 불평을 늘어놓고, 또 어떤 놈이 정부 욕을 제일 많이 해대면서 핏대를 올리고, 골상학에 대대적으로 반대하는지 따위를 정탐하는 걸세. 이보게! 그런 놈들이 가장 적당하다네! 그런 놈들의 양심은 썩은 이빨처럼 흔들거려서, 집게만 살짝 갖다 대면 저절로 빠지거든. 더 좋은 간편한 방법도 있어. 빵빵한 돈주머니를 백주 대로에 던져 놓고서 몸을 숨기고, 어떤 놈이 주워 가는지 지켜보는 게야. 그러다 그놈의 뒤를 잠시 따라가면서 돈주머니를 찾는 척 구시렁거리고, 혹시 돈주머니를 보지 않았냐고 슬쩍 떠보는 거지. 그놈이 돈주머니를 보았다고 시인하면 재수에 옴 붙은 것이지만, 〈미안하지만 잘 모르겠는데요, 유감입니다〉 이렇게 시치미를 떼는 놈도 있거든. 이보게, (펄쩍 뛴다) 그러면 쾌재를 부르는 게야. 영리한 디오게네스, 등불을 꺼라. 바로 원하던 놈을 찾은 게지.

라츠만 자네 그동안 솜씨를 많이 갈고닦았구먼.

슈피겔베르크 이런! 언제는 내가 안 그랬단 말인가! 어쨌든 그렇게 그물에 걸려든 놈이 있으면, 이제 교묘하게 공략해서 잘 낚아 올려야 하네. 이보게, 무슨 말인지 알겠는가? 나는 이렇게 한다네. 일단 꼬리를 잡은 즉시, 찰거머리처럼 그 녀석한테 달라붙어, 거나하게 술을 마시며 의형제를 맺는 걸세. 이때 반드시 주의할 점은, 자네가 술값을 내야 하네! 물론 적지 않은 돈이 날아가지만, 그것에 너무 연연해하지 말게. 그 다음 단계로, 그 녀석에게 도박판 맛을 들이고 너저분한 악당들을 소개시켜 주고 싸움질과 못된 장난에 끌어들여서, 결국 기운과 양심과 돈과 명성의 끝장을 보게 하는 걸세. 말이 나온 김에 말하는데, 뜻을 이루려면 반드시 몸과 마음을 함께 망가뜨려야 하네. 이보게, 내 말을 믿게! 내가 벌써 실제 경험을 통해 쉰 번도 더 확인한 사실일세. 성실한 남자가 한번 둥지에서 쫓겨나게 되면, 악마의 제자가 된다네. 그 다음 단계는 누워서 떡 먹기라고. 창녀가 열심히 교회에 나가는 것만큼이나 쉽다니까. 잠깐! 이게 무슨 소리지?

라츠만 천둥소리였네. 어서 이야기나 계속하게!

슈피겔베르크 이보다 더 간단하고 확실한 방법도 있다네. 몸에 걸칠 셔츠 하나 남기지 않고, 집과 전 재산을 모조리 탕진하게 만드는 걸세. 그러면 제 발로 걸어온다네. 그리고 이보게, 나한테 술수를 가르치려 들지 말게! 저 구릿빛 얼굴한테 한번 물어보게나. 제기랄, 내가 저 녀석을 얼마나 근사하게 낚았는지 아는가! 저 녀석한테 사십 두카텐을 내밀며, 밀랍으로 주인집 열쇠 모형을 떠 오라고 했다네. 그랬더니 저 고약한 미련퉁이가 어떻게 했을 것 같은가! 글쎄 저 죽일 놈이 열쇠를 가져와서는, 나더러 돈을 내놓으라는 걸세. 그래서 내가 이렇게 말해 주었네. 이보시오 선생, 내가 이

길로 곧장 열쇠를 경찰 나리에게 갖다 바치고, 훤한 교수대 밑에 선생 방을 잡아 놓으면 어떨까? 빌어먹을! 그러자 저 녀석이 눈을 크게 뜨고 물에 젖은 푸들처럼 벌벌 떠는 꼴을 자네가 봤어야 하는데.〈나리, 제발 좀 봐 주십시오. 저는, 저는……〉이렇게 더듬거리기에, 내가 물었다네.〈선생이 뭘 어쩌겠다는 게요? 지금 당장 차려 자세를 한 채 나하고 함께 사탄을 찾아가자는 말이오?〉그러자 녀석이〈그야 물론이지요. 함께 가고말고요!〉라고 말하며 냉큼 따라 오더라니까. 하하하! 괜찮은 녀석이야. 베이컨으로 쥐를 잡은 셈이지. 실컷 웃게, 라츠만! 하하하!

라츠만 그래, 그래. 정말 대단한 솜씨일세. 그 가르침을 황금빛 글자로 내 머리통 속에 깊이 새겨 두어야겠네. 자네를 중개인으로 내세운 걸 보니 사탄도 사람을 알아보는 모양일세.

슈피겔베르크 그렇지, 친구? 그런 녀석을 열 명만 넘겨주면, 사탄이 나를 자유롭게 놓아주지 않을까. 어떤 출판사든 열 권을 사면 한 권은 공짜로 주는 법일세. 사탄이 무엇 때문에 유대인처럼 굴겠는가? 라츠만! 이거 화약 냄새 아닌가…….

라츠만 이런, 제기랄! 아까부터 화약 냄새가 나는 것 같았어. 조심하게! 요 근처에서 무슨 일인가가 벌어진 모양일세! 아무렴 그렇고말고. 모리츠, 자네가 이렇게 새 부하들을 많이 끌고 왔으니 두목도 좋아할 걸세. 우리 두목도 괜찮은 녀석들을 끌어 모았다네.

슈피겔베르크 하지만 내 부하들은, 내 부하들이야말로……. 흥!

라츠만 그야 물론 여부가 있겠나! 솜씨가 뛰어난 녀석들이겠지. 하지만 내가 말하고 싶은 것은, 성실한 인간들도 우리 두목의 평판을 듣고서 찾아온다는 것일세.

슈피겔베르크 설마 그럴 리가!

라츠만 농담이 아니라니까! 그 친구들은 우리 두목 아래서 일하는 것을 부끄럽게 여기지 않는다네. 두목은 우리처럼 물건을 강탈하려고 사람을 죽이는 법이 결코 없어. 쓸 만큼 충분히 있으며, 돈에는 더 이상 관심이 없다네. 그리고 당연히 두목 몫인 전리품의 삼분의 일도 고아들에게 나누어 주거나 앞날이 유망한 가난한 젊은이들의 학비로 주어 버린다네. 하지만 농민들을 짐승처럼 부려먹는 시골 귀족은 혼쭐을 내 주고, 황금으로 칭칭 치장하고서 법을 속이거나 정의를 사칭하는 악당, 그 밖의 불한당에게는 철퇴를 내리친다네. 그러면 물고기가 물을 만난 듯 기운이 펄펄 나고, 모든 힘줄이 복수의 여신처럼 사납게 날뛴다니까.

슈피겔베르크 음! 음!

라츠만 얼마 전에 어느 주막에서, 우리는 레겐스부르크의 돈 많은 백작이 그곳을 지나갈 거라는 이야기를 들었네. 그 백작이 변호사를 시켜서 농간을 부려 가지고, 소송에서 엄청나게 큰돈을 거머쥐었다고 하더구먼. 그때 마침 두목은 탁자에 앉아서 게임을 하고 있었는데, 별안간 벌떡 일어나며 지금 부하들이 몇 명이나 있냐고 나한테 묻는 걸세. 그러면서 아랫입술을 꽉 깨물고 있었는데, 그것은 두목이 무척 격분했다는 표시였네. 내가 지금 겨우 다섯 명밖에 없다고 대답했더니, 그 정도면 충분하다면서 주모한테 돈을 던져 주더라고. 그러고는 따라 놓은 술도 마시지 않고, 그 길로 곧장 주막을 나섰다네. 두목은 가는 도중 내내 혼자 옆으로 떨어져 아무 말 없이 묵묵히 걸었네. 다만 이따금 무슨 소리가 들리지 않느냐 묻고는, 귀를 땅에 대어 보라고 명령했을 뿐일세. 이윽고 백작이 탄 마차가 달려왔는데, 마차 가득 짐이 실려 있었고 변호사도 함께 타고 있었어. 한 놈이 말을 타고서 마차 앞장을 서고, 또 다른 두 놈은 양옆에서 마차를 호위하더구먼. 그때 두목이 쌍권총을 쥐고서 마차에 뛰어오르는 모습을 자네가 봤어야 하는 건데! 또 〈멈춰라!〉 하고 외친 목소리는 어땠는지 아는가. 마부는 멈출 생각을 하지 않다가 그만 땅바닥으로 나동그라지고, 백작은 마차 안에서 마구 총질을 해대고, 말에 타고 있던 놈들은 줄행랑을 쳐버렸네. 두목이 〈이 나쁜 놈, 돈을 내놓아라〉라고 벽력같이 소리를 지르는 동시에, 백작이 도끼에 맞은 황소처럼 고꾸라졌어. 천하에 괘씸한 놈! 정의가 매춘부처럼 돈으로 사고 팔 수 있는 것이더냐! 그 변호사 놈은 이빨이 맞부딪칠 정도로 벌벌 떨었는데, 단검이 포도밭의 말뚝처럼 녀석의 배때기를 찔렀다네. 내 할 일은 끝났으니, 노획물은 네놈들 마음대로 하거라, 두목은 이렇게 외치고는 도도하게 몸을 돌려 숲 속으로 사라졌네.

슈피겔베르크 음 음! 이보게, 내가 조금 전에 한 이야기 말일세. 그것은 우리만 알고 지내자고. 두목이 그 이야기를 굳이 알아야 할 필요는 없어, 그렇지 않은가?

라츠만 그럼, 그렇고말고! 알았네.

슈피겔베르크 자네도 두목이 어떤 사람인지 잘 알지 않나! 좀 괴팍한 사람이란 말일세. 내 말 알아듣겠지?

라츠만 알았어, 알았다니까!

슈바르츠, 허겁지겁 달려온다.

라츠만 저게 누구야? 무슨 일이지? 숲을 지나가는 놈인가?

슈바르츠 어서 서두르게, 어서 어서! 다른 친구들은 모두 어디 있는가? 이런 제기랄! 자네들은 지금 여기서 한가롭게 잡담이나 하고 있단 말인가? 자네들 아직 모르는가? 정말 아무것도 모르냐고? 롤러가…….

라츠만 도대체 무슨 일인가? 무슨 일이냐고?

슈바르츠 롤러가 교수대 신세가 되었다네. 다른 네 친구들하고 함께.

라츠만 롤러가? 이런 빌어먹을! 도대체 언제 잡혔는데? 그 소식을 어디서 들었는가?

슈바르츠 벌써 삼 주일이나 감방 안에 앉아 있었다는데, 우리는 아무것도 몰랐어. 벌써 세 번이나 재판이 진행되었는데도, 우리는 까맣게 몰랐다니까. 놈들이 두목 있는 곳을 알아내려고 모진 고문을 했는데도, 그 용감한 친구가 끝까지 불지 않았다는 게야. 결국 어제 재판이 끝나서, 오늘 아침에 속달로 사탄에게 우송되었다네.

라츠만 빌어먹을! 두목도 이런 사실을 알고 있나?

슈바르츠 두목도 어제서야 알았다네. 지금 멧돼지처럼 길길이 날뛰고 있어. 두목이 누구보다도 롤러를 신임하는 것은 자네도 알지 않나. 게다가 고문까지 심하게 당했다고 하니까……. 사다리하고 밧줄을 동원해서 롤러를 탈출시키려고 시도했지만 허사로 돌아갔네. 두목이 직접 수도사로 변장하고서 감옥에 숨어들어 자신이 대신 감방에 앉아 있겠다고 했지만, 롤러가 완강하게 거절했다는 게야. 그러자 두목은 지금껏 어느 왕의 장례식에서도 보지 못한 장례 횃불을 성대하게 밝혀서, 놈들의 등짝을 거무튀튀하게 태워 버리겠노라고 맹세를 했다네. 우리도 그 모습을 보는데 간담이 서늘해지더라니까. 이제 온 도시가 쑥밭이 되지 않을까 걱정일세. 그렇지 않아도 그 도시가 종교를 내세워 너무 편협하고 치졸하게 군다고, 두목이 벌써 오래 전부터 못마땅하게 여기던 참이었네. 그리고 자네도 알지 않나, 우리 두목은 한번 한다고 하면 반드시 하고야 마는 사람일세.

라츠만 그건 사실일세! 내가 두목을 잘 알지. 일단 지옥에 가겠다고 사탄과 약속을 했다면, 아무리 어설픈 주기도문 하나로 천당에 갈 수 있다 해도 절대로 기도하지 않을 사람이지! 그런데 이를 어쩐단 말인가! 롤러가 참으로 불쌍하구먼! 불쌍해!

슈피겔베르크 메멘토 모리![1] 하지만 나하고는 상관없는 일이지. (노래를 흥얼거린다)

---

1 〈죽음을 기억하라〉는 뜻의 라틴 말.

교수대 옆을 지나며
오른쪽 눈을 살며시 찡긋 감네.
그대 거기 혼자 매달려 있다고 생각하는가.
누가 바보인가, 그대인가 나인가?

라츠만 (펄쩍 뛴다) 쉿! 총소리일세!

        총소리와 함께 시끌벅적한 소리가 들려온다.

슈피겔베르크 또 총소리일세!
라츠만 한 방 더 났네! 두목이다!

        무대 뒤에서 노래 소리가 들려온다.

뉘른베르크 놈들은 교수대에 사람을 목매달지 않는다네.
목매달 사람이 아무도 없다네.

        노래가 한 번 더 들려온다.

슈바이처와 롤러 (무대 뒤에서) 으샤! 으샤!
라츠만 롤러다! 롤러! 사탄 열 명에게 홀린 기분일걸!
슈바이처와 롤러 (무대 뒤에서) 라츠만! 슈바르츠! 슈피겔베르크! 라츠만!
라츠만 롤러! 슈바이처! 원, 세상에 이럴 수가! (모두들 롤러

를 향해 급히 달려간다)

말을 탄 도적 카를과 함께 슈바이처, 롤러,
그림, 슈프테를레, 그 밖의 도둑들이 먼지투성이의
지저분한 모습으로 등장한다.

도적 카를 (말에서 뛰어내린다) 자유다! 자유! 롤러, 이제 자네는 안전하네! 슈바이처, 내 말을 좀 끌고 가서 술로 씻어 주게나! (바닥에 벌렁 드러눕는다) 일이 잘 풀렸어!

라츠만 (롤러에게) 이런, 세상에! 자네, 형틀에서 다시 살아났는가?

슈바르츠 자네 유령인가 아니면 광대인가? 자네 정말 롤러 맞는가?

롤러 (숨을 몰아쉬며) 날세. 이렇게 살아 있지 않은가. 그것도 온전하게 말일세. 내가 지금 어디서 오는 길 같은가?

슈바르츠 차라리 마귀할멈한테 물어보시지! 자네 벌써 사형 선고를 받았다던데!

롤러 물론 그랬지. 어디 그뿐인 줄 아는가! 지금 교수대에서 곧장 오는 길일세. 우선 한숨 좀 돌려야겠으니, 이야기는 슈바이처에게 들게나. 여기 화주 한잔 주게! 모리츠, 자네도 다시 왔는가? 다른 곳에서 만나게 될 줄 알았는데……. 어이, 화주 한잔 달라니까! 뼈마디가 녹아나는 것 같구먼. 어, 두목! 두목은 어디 갔지?

슈바르츠 화주는 금방 내온다니까, 금방! 그보다 먼저 이야기나 좀 들어 보세, 어서 털어놓게! 도대체 어떻게 무사히 빠져나왔는가? 어떻게 우리가 다시 만나게 되었냐고? 머리가 빙빙 도는 것 같구먼. 지금 교수대에서 곧장 오는 길이라고 했는가?

롤러 (화주를 병째 꿀꺽꿀꺽 들이켠다) 크으, 맛 좋다. 속이 알알 하구먼! 교수대에서 곧장 오는 길이라고 말하지 않던가! 뭘 다들 입 벌리고 멍청하니 서 있는가, 꿈이 아니라니까! 세 걸음만 더 내딛었으면, 아브라함의 품에 안길 참이었다네. 구사일생이었어, 구사일생. 하마터면 몸이 통째로 난자질당할 뻔했다니까! 내 목숨을 코담배 한 줌과 맞바꿀 뻔했지 뭔가. 이렇듯 살아서 자유롭게 공기를 숨쉬게 된 것은 전부 우리 두목 덕분일세.

슈바이처 정말 신났었는데, 한번 들어 볼 텐가. 우리는 어제 염탐꾼 편에, 롤러가 그야말로 곤경에 처해 있다는 정보를 입수했네. 하늘이 제때에 무너지지 않는 한 내일, 그러니까 바로 오늘 말일세. 황천길을 모면할 수 없다는 것이었어. 그러자 두목이 〈가자!〉고 말했네. 친구의 목숨보다 더 소중한 것은 없다, 롤러를 구해 내든지, 구해 낼 수 없다면 적어도 지금껏 어느 왕의 장례식에서도 보지 못한 장례 횃불을 성대하게 밝혀서 놈들의 등짝을 거무튀튀하게 태워 버리자. 두목의 이 말에 이어서 전 대원이 소집되었고, 우리는 급히 염탐꾼 편에 쪽지를 보내어, 그 쪽지를 수프 속에 집어넣는 데 성공하였네.

롤러 나는 설마 성공할 줄 몰랐어.

슈바이처 우리는 인적이 뜸해질 때까지 때를 기다렸네. 두 발로 걷는 사람, 말을 탄 사람, 거기다 마차까지 뒤섞여 온 도시가 구경거리를 쫓아갔다네. 멀리 교수대에서 성경 읽는 소리와 왁자지껄한 소리가 시끄럽게 들려왔어. 그때 두목이 말했다네. 〈이때다! 불을 질러라, 어서 불을 질러라!〉 그 즉시 모두들 화살처럼 날아가, 시내 서른세 곳에 일제히 불을 지르고, 화약고와 교회와 창고 근처에 불붙은 화승줄을 내던졌다네. 빌어먹을! 그러고 채 십오 분도 지나지 않아서, 우리처럼 도시에 원한 맺힌 북동풍이 때마침 멋지게 우리를 도와주지 뭔가. 불길이 바람을 타고서 처마 끝까지 훨훨 치솟았다네. 그 사이에 우리들은 도시 곳곳의 골목길을 이리저리 내달리며, 불이야! 불이야! 미친 듯이 고래고래 소리를 지르고 울부짖고 악을 썼네. 마침내 화재를 알리는 종이 땡땡거리고, 화약고가 요란한 폭음과 함께 공중 분해되었어. 마치 땅덩어리가 둘로 갈라지고 하늘이 폭발하고 지옥이 천길 만길 더 깊이 가라앉는 것 같았다네.

롤러 그때 나를 호송하던 놈이 뒤를 돌아보더군. 시내는 이미 소돔과 고모라가 된 뒤였으며, 눈길 닿는 곳마다 불기둥이 치솟고 유황 냄새와 연기가 진동했다네. 마흔 개의 산들이 그 지옥 같은 광경을 보고 따라 울부짖었으며, 사람들은 공포에 질려 바닥에 주저앉았네. 나는 이때다 싶어서 바람처럼 재빨리 내뺐어! 그전에 벌써 포승줄이 풀려 있었거든. 정말로 위기일발의 순간이었다니까. 나를 끌고 가던 놈이 롯의 아내처럼 뻣뻣하게 굳어서 뒤돌아보는 틈을 타, 삼십

육계 줄행랑을 놓았어! 모여 있는 군중들을 가르고, 걸음아 날 살려라 냅다 뛰었지! 육십 보쯤 달려가다가 옷을 벗어 던지고 강물에 뛰어들어, 사람들 눈에 띄지 않을 성싶은 곳까지 물 속으로 수영을 했다네. 두령이 벌써 거기에서 입을 옷하고 말을 준비해 기다리고 있었어. 그렇게 살아난 걸세. 모어! 모어! 자네가 빨리 궁지에 몰려야, 내가 이 은혜를 갚을 수 있지 않겠는가!

라츠만 별 흉측한 소원도 다 있군. 그러다 교수대에 목 매달리는 수도 있어. 그나저나 참말로 배터지게 신났겠구먼.

롤러 정말로 아슬아슬한 순간에 구해 준 거라니까. 자네들은 모를 게야. 나처럼 목에 오랏줄을 걸고서 산 채로 무덤을 향해 걸어 본 사람 아니면 누가 그 심정을 알겠어. 종교 절차니 사형 집행 의식이니 그 따위 것들을 치르고, 덜덜 떨리는 발로 비틀비틀 한 걸음씩 앞으로 나갈 때마다, 내 목이 매달릴 그 빌어먹을 기계가 끔찍하게 점점 다가오는 거야. 섬뜩한 아침 햇살 아래서 우뚝 솟아 있는 교수대, 숨죽이고 기다리는 망나니들, 지금도 귓가에 쟁쟁한 소름끼치는 음악 소리, 굶주린 까마귀들이 까옥까옥 우는 소리. 나보다 한발 앞서 간 반쯤 썩어 빠진 시신에 그 까마귀들이 서른 마리나 새까맣게 들러붙어 있었네. 그 모든 것에다가 이제 맛볼 죽음을 생각하니! 이보게들! 바로 그때 돌연히 자유의 신호가 울린 걸세. 하늘을 가르는 듯한 한 방의 총성! 이 건달들아, 내가 분명히 말하는데, 뜨겁게 달아오른 난로 속에서 차가운 얼음물 속으로 뛰어든다 해도, 내가 강 건너에 이르렀을 때 느낀 기분에는 도저히 못 미칠 걸세.

슈피겔베르크 (웃으며) 불쌍한 녀석! 이제 전부 씻은 듯이 지난 일일세. (롤러를 위해 건배한다) 자네의 행복한 부활을 위하여!

롤러 (술잔을 내던진다) 아닐세. 이 세상 온갖 재물을 준다 해도, 그 꼴을 두 번 당하고 싶지는 않아. 죽는다는 것은 어릿광대 장난이 아닐세. 죽음에 대한 공포가 죽음보다 더 지독하다네.

슈피겔베르크 그래서 화약고가 공중으로 날았군. 라츠만, 이제 알겠는가? 그래서 몰록[2]이 옷장이란 옷장은 모조리 문을 열어 바람을 쐬듯, 이렇게 몇 시간 떨어진 곳까지 유황 냄새가 진동을 했어. 두목, 참으로 대단하이! 그래서 난 두목이 부럽단 말일세.

슈바이처 저 도시의 인간들이 우리 친구를 돼지새끼처럼 몰아서 도살하는 기쁨을 누리려 들다니, 이런 염병할! 우리가 친구를 위해 도시 하나 날려 버리면서 양심의 가책을 느껴야겠는가! 게다가 우리들은 마음 놓고 실컷 물건들을 노략질했다네. 이보게들, 대체 전부 뭘 가져왔는가?

도둑 1 나는 난장판을 틈타서 슬쩍 슈테판 교회에 숨어들어, 제단을 덮은 천의 레이스를 떼어 왔다네. 하느님은 부자여서 새끼줄로도 금실을 만들어 낼 수 있지 않겠는가.

슈바이처 잘했네. 그런 허섭스레기가 교회에서 무슨 소용이 있

---

2 Molock. 구약 성서에 나오는 셈족이 섬기던 신.

겠는가? 무엇 때문에 그런 잡동사니를 창조주한테 갖다 바치는지 몰라. 창조주는 쳐다보지도 않는데……. 여기 창조주의 아들들은 굶주리는 마당에 말일세. 슈판젤러, 자네는 어디서 수확을 올렸는가?

도둑 2 나하고 뷔겔은 상점을 털어서, 우리 오십 명이 먹고 쓸 물건을 가져왔다네.

도둑 3 나는 순금 회중시계 두 개하고 은수저 한 다스를 슬쩍했네.

슈바이처 좋아, 좋아. 어쨌든 우리가 근사하게 일을 벌이는 바람에, 그 인간들이 불을 끄려면 적어도 이 주일은 걸릴 게야. 게다가 그 불을 죄다 끄려면 시내가 온통 물바다가 되고 말걸. 슈프테를레, 도대체 전부 몇 놈이나 죽었는지 아는가?

슈프테를레 여든세 명이라고 하더구먼. 화약고 하나만도 예순 명을 가루로 날려 버렸다네.

도적 카를 (아주 진지하게) 롤러, 자네 목숨 값을 비싸게 치렀어.

슈프테를레 홍! 그게 무슨 대수겠는가? 혹시 그게 장정들이었다면 몰라도, 기껏 해야 요에다 똥오줌 갈기는 갓난아기들 아니면 아기들 모기나 쫓아 주는 쪼글쪼글한 할망구들, 문도 찾을 줄 몰라서 온종일 난롯가에 쪼그리고 앉아 있는 비실비실한 놈들, 그리고 거들먹거리며 말 타고 사냥 나가 버린 의사를 찾아 헤매는 아픈 놈들이 고작이지 않았는가. 다리 날렵한 놈들은 모조리 구경한답시고 밖으로 날아 버렸고. 겨우 찌꺼기 같은 인간들이 남아 집을 지키고 있었네.

카를 이런, 가련한 인간들! 병자하고 노인, 아이들뿐이었다고 했는가?

슈프테를레 그렇다니까, 빌어먹을! 거기에다가 애 낳은 산모들이나 휜한 교수대 아래서 애 떨어질까 겁먹은 만삭의 임산부들, 목 매달리는 구경 하다가 혹시 뱃속의 아이 등짝에 교수대 낙인이라도 찍힐까 주눅든 젊은 여자들도 있었지. 단 한 켤레뿐인 신발을 마침 기우려고 구두장이에게 맡긴 터라 신고 나갈 신발이 없었던 가난뱅이 시인들, 그 밖에 또 어떤 너절한 녀석들이 남아 있었는지는 몰라도 입에 올릴 가치조차 없네. 내가 우연히 어느 누추한 오두막 옆을 지나가는데, 무슨 이상한 소리가 들리더라고. 그래 걸음을 멈추고 집 안을 들여다보았지. 자세히 살펴보니까, 거기 뭐가 있었는지 아는가? 아직 건강하고 팔팔한 아이가 탁자 아래 방바닥에 누워 있더라고. 그때 마침 탁자에 불이 붙으려던 참이었네. 이런 불쌍한 녀석, 이러다 얼어 죽겠다 싶어서 내가 불 속에 던져 넣었다네.

카를 슈프테를레, 그게 사실인가? 이 세상 끝날 때까지, 그 불길이 네놈의 가슴속에서 활활 타오를 것이다! 이런 나쁜 놈, 어서 썩 꺼져라! 다시는 우리 패거리 앞에 얼씬거리지 말아라! 네놈들, 불평하는 게냐! 아니면 무슨 다른 생각이 있느냐? 내가 명령하는 것에 불만 있느냐? 저놈을 어서 끌어내거라! 네 녀석들 가운데, 나한테 혼쭐날 놈이 더 있을 것이다. 슈피겔베르크, 나는 네놈에 대해 잘 안다. 내가 곧

네놈들을 하나하나 철저하게 조사할 것이다. (도둑들, 벌벌 떨며 퇴장한다)

혼자 남은 카를, 흥분하여 이리저리 서성인다.

카를 하늘에서 응징하는 분이시여, 저들의 말에 귀 기울이지 마십시오! 제가 뭘 어찌 할 수 있겠습니까? 당신이 내리시는 페스트와 기근과 홍수도 정의로운 인간과 악한 인간을 구분하지 않고서 한 번에 휩쓸어 버리지 않습니까? 잘 익은 곡식을 피해서 말벌만 태우라고 누가 감히 불길에게 명령을 내릴 수 있겠습니까? 하지만 이럴 수가, 어린아이의 목숨을 빼앗다니! 연약한 부녀자와 병든 자의 목숨을 빼앗다니. 이런 짓을 저지르고서, 내가 어떻게 고개를 들겠는가? 그것이 내 아름다운 과업을 망치고 말았구나. 감히 주피터의 몽둥이를 가지고 놀면서, 거인을 박살 낸다고 난쟁이를 쓰러뜨린 소년 꼴이 아닌가! 어떻게 낯부끄러워서 하늘을 똑바로 바라본단 말인가! 이럴 수가, 이럴 수가! 너는 높은 곳에서 응징의 칼을 휘두르는 재판관이 아니다. 너는 첫걸음부터 실패하였다. 여기에서 내 파렴치한 계획을 포기하고서, 밝은 빛을 보기 부끄러우니 어디 쥐구멍에라도 숨어야겠다. (도망치려 한다)

도둑, 허겁지겁 달려온다.

도둑 4 두목, 조심하시오! 분위기가 수상합니다! 보헤미아의 기병들 한 무리가 숲에서 어슬렁거리고 있어요. 어떤 너저분한 놈이 밀고한 모양입니다.

도둑 5 두목! 두목! 놈들이 냄새를 맡았습니다. 병사들 수천 명이 숲을 포위했어요.

도둑 6 이런 큰일 났네, 큰일 났어! 꼼짝없이 사로잡혀서 환형당하고 능지처참당하게 생겼습니다! 용기병, 경기병, 저격병 수천 명이 언덕을 물샐틈없이 에워쌌어요. (카를, 퇴장한다)

슈바이처, 그림, 롤러, 슈바르츠, 슈프테를레,
슈피겔베르크, 라츠만과 함께 도둑 떼 등장한다.

슈바이처 우리가 저놈들을 이불 속에서 불러냈나 보지? 롤러, 기뻐하게나! 군대 밥 먹은 놈들과 한판 붙는 것이 내 오랜 소원이었다네. 두목은 어디 있지? 우리 패거리들은 다 모였는가? 탄약은 충분하지?

라츠만 탄약이야 많이 있지. 하지만 우리는 전부 여든 명이지 않은가. 한 명이 스무 명은 상대해야 할 판일세.

슈바이처 그러니까 더욱 잘되지 않았는가! 내 이 큼지막한 손톱으로 쉰 명은 거뜬히 상대할 수 있다네. 저놈들 엉덩이 아래에다 불을 지를 때까지 정말 오래도 기다렸네. 이보게들, 걱정할 것 없어. 저놈들은 십 크로이처에 목숨을 걸었지만, 우리는 자유와 목숨을 위해서 싸우는 게 아닌가? 저놈들을 노아의 홍수처럼 덮쳐서 번갯불처럼 모가지를 날려 버리자고. 그런데 도대체 두목은 어디 있지?

슈피겔베르크 위기에 처하니까 우리를 버리고 간 모양일세. 지금 우리가 도망갈 길이 전혀 없단 말인가?

슈바이처 도망을 가다니?

슈피겔베르크 아! 내가 왜 예루살렘에 그냥 남아 있지 않았단 말인가.

슈바이처 이런 비열한 놈, 똥통에 빠져 죽을 놈 같으니라고! 벌거벗은 수녀들 이야기할 때는 큰소리 빵빵 치더니, 이제 두 주먹만 봐도 겁이 난다는 게냐? 어서 앞장 서! 그렇지 않으면 네놈을 돼지가죽에 둘둘 말아서 개 먹이로 던져 줄 테다.

라츠만 두목이다, 두목이야!

카를 (느릿느릿 혼잣말로) 우리를 완전히 포위하게 만들었으니, 이제 모두들 죽기 살기로 싸우는 수밖에 없겠지. (큰소리로) 이보게들! 지금이 고비일세! 이대로 끝장을 맞든지 아니면 총에 맞은 멧돼지처럼 싸우는 수밖에 없네.

슈바이처 홍! 이 멧돼지 어금니로 놈들의 배때기를 꽉 쑤셔서 창자를 터뜨려 버릴 테다! 두목, 앞장서시오! 우리가 죽음의 아가리까지 두목의 뒤를 따르겠소.

카를 총을 모두 장전하게나! 탄약은 모자라지 않겠지?

슈바이처 (펄쩍 뛴다) 지구를 달까지 날려 버릴 수 있을 정도로 탄약은 충분하다네!

라츠만 일 인당 권총 다섯 자루에 소총 세 자루씩 장전한다.

카를 좋아, 좋아! 그러면 한 패는 나무 위로 올라가거나 수풀 속에 숨어 있다가 놈들에게 사격한다.

슈바이처 슈피겔베르크, 자네는 그 편에 가담하게!

카를 나머지 사람들은 복수의 여신처럼 맹렬하게 놈들의 측면을 공격한다.

슈바이처 내가, 내가 그 패에 끼겠다!

카를 그리고 우리 숫자가 엄청나게 많아 보이도록, 모두들 호각을 불며 숲 속을 이리저리 뛰어다니는 걸세. 개도 전부 풀어놓아서 놈들의 사지를 물어뜯도록 하게. 한 군데 모아 놓지 말고 여기저기 흩트려서, 자네들에게 날아오는 총알을 방해하도록 하게나. 롤러, 슈바이처, 나, 우리 셋은 한 패를 이루어서 돌진한다.

슈바이처 좋아! 아주 훌륭해! 녀석들이 어느 쪽에서 따귀를 맞는지도 모르게, 우리 함께 혼구멍을 내주자고. 놈들이 달려오기만 하면, 내가 총으로 이빨을 날려 버릴 테다. (슈프테를레가 슈바이처를 잡아당기자, 슈바이처는 두목을 옆으로 끌고 가서 소리 죽여 뭐라고 이야기한다)

카를 입 다물게!

슈바이처 제발 부탁일세…….

카를 저리 가게! 저놈은 자신의 치욕스러운 행동 덕분에 목숨을 건졌으니, 그것에 고마워해야 할 걸세. 나하고 슈바이처하고 롤러는 죽어도 저놈은 여기서 죽을 필요가 없네. 저놈의 옷을 벗겨라. 그리고 길 가던 나그네인데 나한테 약탈당했다고 말하라 일러라. 진정하게, 슈바이처. 맹세코 저놈은 언젠가 교수형당하고 말 걸세.

그때 신부(神父)가 등장한다.

신부 (놀라 주춤하며 혼자말로) 여기가 도둑의 소굴인가? 이보시오, 실례하겠소이다! 나는 하느님의 종이고, 저 밖에서는 천칠백 명이 내 관자놀이 머리털 하나까지 지켜보고 있소.

슈바이처 얼씨구 좋구나! 좋아! 조심하라는 말이렸다.

카를 이보게, 가만히 있게나! 신부님, 용건만 간단히 말씀하시지요. 여기에 무슨 일로 오셨습니까?

신부 생사를 관장하는 높은 관청에서 나를 보냈소. 그대들은 도둑이며, 방화 살인범, 악랄한 패거리, 어둠 속을 숨어 다니며 남몰래 칼을 휘두르는 간악한 무리, 인류의 쓰레기, 사탄의 족속, 까마귀와 독충들의 먹이, 교수형당하고 환형당해야 마땅할 무리들이오.

슈바이처 이런 개자식! 입 닥치지 못해! 이걸 그냥……. (신부의 얼굴에 개머리판을 들이민다)

카를 슈바이처, 가만 있게나! 자네가 신부님 계획을 망쳐 놓고 있잖은가. 이렇듯 점잖게 설교를 줄줄 외우시는데……. 자, 어서 계속해 보시지요, 신부님! 〈교수형과 환형〉이라고 하셨던가요?

신부 그리고 네 이놈, 교활한 두목! 소매치기의 대공! 도둑의 왕! 하늘 아래 악당 중의 악당! 너는 반란을 일으키라고 죄 없는 수많은 천사들을 부추겨서 결국 저주의 구렁텅이로 끌어들인 최초의 추악한 괴수와 다를 바 없다. 자식을 잃은 어머니들의 울부짖음이 네 뒤를 따라다니고 있어. 너는 피를 물처럼 들이켜고, 네 간악한 칼날 앞에서 사람의 목숨은 공기 방울보다도 가볍지 않느냐.

카를 참으로, 참으로 지당하신 말씀입니다! 어서 계속하시지요!

신부 뭐라고? 참으로, 참으로 지당한 말이라고? 그것이 너의 대답이냐?

카를 왜 그러십니까, 신부님? 이런 대답을 들으리라고 예상하지 못하셨습니까? 어서 계속하시라니까요, 어서 어서! 무슨 말을 더 하시겠습니까?

신부 (흥분하여) 이 흉악한 인간! 당장 내 앞에서 사라지거라! 살해당한 백작의 피가 네 저주받은 손가락에 묻어 있지 않느냐? 도둑질하던 손으로 주님의 성전을 뚫고 들어와, 파렴치하게 신성한 성찬의 그릇들을 약탈하지 않았더냐? 어떻게 그럴 수 있단 말이냐? 또 경건하게 하느님을 모시는 우리 도시에 불을 지르고, 선량한 기독교인들의 머리 위에 화약고를 날려 버리지 않았더냐? (두 손을 맞잡으며) 그런 소름 끼치는, 소름 끼치는 악행이 하늘까지 악취를 풍겨서 최후의 심판을 앞당기고 있지 않느냐. 이제 머지않아 최후 심판의 날이 도래하리라! 이제 응징의 때가 왔으며, 최후 심판의 나팔이 울려 퍼질 것이다!

카를 여기까지 참으로 훌륭하신 말씀입니다! 하지만 이제 본론으로 들어가시지요! 높으신 시장 나리께서 신부님 편에 무슨 전갈을 보냈지요?

신부 너는 사실 그런 전갈을 받을 자격이 없다. 이 살인 방화범아, 네 주위를 한번 돌아보아라! 네 눈에도 보이겠지만, 우리 기병들이 너를 철통같이 포위하고 있다. 여기에서 도망갈 길은 없다. 이 떡갈나무에 버찌가 열리고 이 전나무에 복숭아가 달리지 않는 한, 절대로 이곳을 몸 성히 벗어나지 못할 것이다.

카를 슈바이처, 자네 잘 들었는가? 어서 계속하시지요!

신부 그런데도 법정이 너 같은 악한을 얼마나 너그럽고 관대하게 대하는지 들어 보아라! 지금 당장 십자가 아래 무릎 꿇고서 은총과 용서를 구한다면, 준엄함은 자비가 되고 정의는 자애로운 어머니가 되어 네 악행의 절반을 눈감아 줄 것이다. 그러니 잘 생각해 보아라! 환형으로 모든 것을 마무리 지어 줄 것이다.

슈바이처 두목, 지금 이 말 들었는가? 내가 나서서, 이 길들여진 양치기 개의 목을 졸라 모든 땀구멍으로 붉은 즙이 콸콸 뿜어져 나오게 만들어 줄까?

롤러 두목! 이런 벼락 맞을! 두목! 아랫입술을 꽉 물었군! 내가 이놈을 볼링 핀처럼 허공에다 거꾸로 대롱대롱 매달아 놓을까?

슈바이처 그 일을 제발 나한테 맡겨 주게! 내 자네 앞에 무릎 꿇고 간청하네! 이놈을 짓이겨 곤죽으로 만드는 재미를 나한테 맛보게 해주게나. (신부, 비명을 지른다)

카를 저리 비키게! 아무도 신부에게 손대지 말라! (칼을 뽑아들면서 신부를 향해) 이보시오, 신부님! 여기 일흔아홉 명이 있고, 그 두목은 나요. 이 친구들은 명령과 신호를 좇아 돌진하거나 대포 소리에 맞추어 춤출 줄은 모른다오. 화승총을 쏘며 늙어 가는 저기 밖의 천칠백 명과는 다르지요. 하지만 살인 방화범들의 두목 모어가 지금부터 하는 말을 잘 들으시오! 백작을 때려죽이고, 도미니크 교회에 불을 질러 약탈하고, 신앙심 깊은 척하는 도시를 불에 태워 버리고, 선량한 기독교인들의 머리 위로 화약고를 날려 버린 사람은 바로 나요. 그건 사실이오. 하지만 그것이 전부가 아니오. 나는 훨씬 더 많은 일을 했소. (오른손을 앞으로 내민다) 내가 여기 네 손가락에 끼고 있는 네 개의 값비싼 반지를 잘 보시오. 그리고 생사를 다룬다는 재판관 나리들에게 신부님이 여기에서 직접 보고 들은 것을 하나도 빠뜨리지 말고 그대로 전하시오. 이 루비 반지는 사냥하던 어느 대신을 그놈이 모시던 제후의 발치에 때려눕히고서 빼앗은 것이오. 그 대신은 원래 천하디천한 몸이었는데, 온갖 아부를 떨어서 제후의 총애를 받는 지위에까지 오른 놈이었소. 그놈에게는 이웃사람들의 몰락이 출세의 발판이었고, 부모를 잃어버린 아이들의 눈물이 부귀영화의 토대였소. 이 다이아몬드 반지는 돈을 많이 내는 놈들에게는 명예직과 관직을 팔아먹고, 대신 탄식하는 애국자는 문밖으로 내쫓은 어느 재무관의 손가락에서 나온 것이오. 그리고 이 마노 반지는 당신과 같은 족속, 어느 성직자를 기념하기 위해 끼고 있는 것이오. 그 신부가 사람들을 모아 놓고, 종교 재판소가 붕괴되어 간다고 공공연히 애통해하는 자리에서, 내 손으로 목 졸라 죽였소. 이 밖에도 반지에 얽힌 사연은 많이 있지만, 당신한테 지금까지 말한 것도 그저 후회될 뿐이오.

신부 이런, 파라오, 파라오일세!

카를 자네들 모두 잘 들었는가? 이 탄식하는 소리를 들었는가? 기독교인처럼 어깨를 으쓱하며 한숨을 내쉬고 비난하고 극악무도한 일당에게 불을 내려 달라고 기도하려는 모양일세! 인간이 어쩌면 저렇게 눈멀 수 있단 말인가? 형제의 흠을 찾아내는 데는 아르고스의 백 개의 눈을 가진 자가 자신에 대해서는 어떻게 저렇듯 완전히 눈멀 수 있단 말이냐? 저자들은 구름 위에 서서 사람들에게 온유하고 너그러우라고 호통을 치면서, 자신들은 불꽃을 휘두르는 몰록처럼 사람들을 하느님에게 제물로 바치고 있다. 네 이웃을 사랑하라고 설교하면서, 팔순의 눈먼 노인은 문밖으로 내쫓는 족속들이다. 탐욕 부리지 말라고 아우성치면서, 금붙이에 눈이 멀어 페루인들을 말살시키고 이교도들에게 짐승처럼 수레를 끌게 한다. 어떻게 하면 자연이 이스카리옷[3]을 만들어 낼 수 있을까 골머리를 쥐어짠다. 삼위일체의 하느님을 은화 열 냥에 팔아먹는 것보다 더한 짓도 서슴없이 저지를 위인들일세. 이 바리새인들아, 진리의 위조자들아, 하느님을 흉내 내는 원숭이들아! 너희들은 망설임 없이 십자가와 제단 앞에 무릎을 꿇고 가죽 끈으로 등을 졸라매고 단

---

3 Judas Iscariot. 예수 그리스도를 은전 서른 닢에 팔아먹은 유다를 가리킨다.

식으로 육신을 괴롭히면서, 너희 얼간이들이 전지하시다고 일컫는 하느님을 그런 초라한 속임수로 속일 수 있다고 착각한다. 힘 있는 자들에게 아첨꾼들을 증오한다는 말로 아첨하며 혹독하게 조롱하는 것과 뭐가 다르단 말이냐. 그러면서도 너희들은 정직함과 모범적인 품행을 주장한다. 너희들의 마음을 꿰뚫어 보는 하느님이 나일 강의 괴물을 창조하신 분이 아니라면, 그런 괴물을 만들어 낸 자에게 화를 내실 것이다. 저 인간을 내 눈앞에서 썩 끌어내거라!

신부 악당 주제에 이렇듯 오만할 수가!

카를 아직까지는 오만한 게 아니었다. 지금부터 내가 진짜 오만하게 이야기하겠다. 생사를 좌지우지한다는 그 대단한 법정에 가서 말하거라. 나는 캄캄한 밤과 잠을 이용하고 사다리 위에서 큰소리치며 잘난 척하는 도둑이 아니다. 내가 저지른 행동에 대해서는 분명코 하늘에서 그 대가를 치르겠지만, 너희 초라한 대리인들하고는 더 이상 한마디도 하지 않겠다. 내 본업은 보복이고 복수는 내 생업이라고 그들에게 가서 말하라. (신부에게 등을 돌린다)

신부 그렇다면 관용과 자비를 바라지 않는다는 말이냐? 좋다, 더 이상 너하고는 할 말이 없다. (다른 도둑들을 향해) 정의가 내 입을 빌려 그대들에게 하는 말을 잘 들어라! 그대들이 즉각 이 죄 많은 악인을 묶어서 인도하는 경우에는, 그대들이 저지른 만행은 전부 깨끗이 용서받을 것이다. 신성한 교회는 길 잃은 양들을 새로운 사랑으로 자애롭게 품 안에 받아 줄 것이며, 그대들 모두에게 명예로운 지위에 오르는 길이 열릴 것이다. (의기양양한 미소를 지으며) 자, 어떠냐? 높으신 나리, 기분이 어떠신가? 자, 어서 냉큼 이놈을 묶어서 자유를 얻어라!

카를 너희들도 듣지 않았느냐? 잘 들었으면서 뭘 우물쭈물하는 게냐? 뭘 그리 당황한 표정을 짓고 있는 게냐? 너희들에게 자유를 준다고 하지 않느냐! 너희들은 사실상 이미 잡힌 몸이나 다름없는데 너희들의 목숨을 살려 준다고 하지 않느냐. 너희들이 이미 처형된 것이나 진배없기 때문에, 그 말은 결코 허풍이 아닐 것이다. 너희들에게 명예와 관직을 준다고 약속하지 않느냐. 설사 너희들이 지금 승리를 거둔다 하더라도, 너희들을 기다리는 운명은 오욕과 저주와 박해뿐이다. 너희들은 사실 저주받은 몸이나 다름없는데, 천상과 화해시켜 준다고 하지 않느냐. 너희들 가운데 지옥에 떨어지지 않을 놈은 하나도 없다. 뭘 더 생각하느냐? 뭘 더 망설이느냐? 천국과 지옥 사이에서 선택하는 것이 뭘 그리 어려우냐? 신부님, 저들을 좀 도와주시지요!

신부 (혼자말로) 이놈이 미쳤는가? …… 혹시 그대들을 산 채로 사로잡으려는 함정이 아닐까 염려되어서 그러느냐? 그렇다면 여기 총 사면령에 서명이 되어 있으니 직접 읽어 보라! (슈바이처에게 서류를 한 장 건네준다) 그래도 의심을 할 테냐?

카를 자, 보아라, 어서 보아라! 더 이상 뭘 바라겠느냐? 직접 손으로 서명하지 않았느냐? 이것이야말로 무한한 자비가 아니겠느냐! 아니면 배반자에게는 약속을 지키지 않는다는 말을 들어서, 저들이 약속을 깰까 두려운 것이냐? 그렇다면 두려워할 것 없다! 아무리 사탄하고 한 약속이라도 정책상 지킬 수밖에 없을 것이다. 그렇지 않다면 장차 누가 저들의 말을 믿겠느냐? 앞으로 두 번 다시 이 방법을 사용할 수 없지 않겠느냐? 나는 저들의 말이 진심이라고 확신한다. 저들은 내가 너희들의 분노와 증오심을 부추겼다고 알고 있으며, 그래서 너희들에게는 죄가 없다고 생각한다. 너희들이 오직 젊은 혈기에서 경솔하게 잘못을 저질렀을 뿐이라고 여긴다. 저들이 원하는 것은 오로지 나 하나이다. 그러니 나 혼자서 죄의 대가를 치러야 한다. 그렇지 않은가요, 신부님?

신부 저놈 안에 웬 사탄이 들어 있기에, 저리 말하는 것일까? …… 물론 그렇지, 그렇고말고. …… 저 녀석 탓에 머리가 빙빙 도는 것 같구먼.

카를 어째서 아무도 대답을 하지 않느냐? 아직도 총을 가지고 여기서 벗어날 수 있다고 생각하는 것이냐? 그렇다면 사방을 둘러보아라, 잘 둘러보아라! 그것이 어린애 같은 믿음이라는 것을 너희들도 알 수 있지 않느냐. 아니면 내가 북적대는 것을 좋아한다고 여겨서, 우쭐한 기분에 영웅처럼 죽고 싶은 것이냐? 이런, 천만의 말씀! 너희들은 모어가 아니다! 너희들은 무도한 도둑일 뿐이다! 형리의 손에 들린 하찮은 올가미처럼, 너희들은 내 웅대한 계획을 위한 하잘것없는 도구일 뿐이다! 도둑들이 어떻게 영웅처럼 죽을 수 있겠느냐. 도둑들은 삶을 누릴 수 있고, 끔찍한 것은 그 다음에 온다. 도둑들은 죽음 앞에서 벌벌 떨 권리를 가지고 있다. 저들의 호각소리를 들어 보아라! 저들의 군도가 번쩍이는 것을 보아라! 어떠냐? 아직도 망설이느냐? 너희들 제 정신이 아니냐? 미쳤느냐? 이것은 용서받을 수 없는 일이다! 나는 너희들 덕분에 살고 싶지 않다. 너희들의 희생이 부끄러울 뿐이다!

신부 (자지러지게 놀란다) 이러다가는 내가 돌아 버리겠군. 차라리 이곳을 벗어나자! 세상에 이런 이야기를 들은 사람이 또 있을까!

카를 아니면 나 스스로 목숨을 끊어서, 사로잡힌 경우에만 보증되는 계약이 파기될까 봐 두려운 것이냐? 아니, 이봐라! 쓸데없는 걱정 하지 말아라. 여기 단검과 권총, 그리고 나한테는 아주 유용할 독약 병도 던져 버리겠다. 내 목숨 하나 마음대로 하지 못할 만큼 내 신세가 처량하구나. 뭐야, 아직도 결정을 내리지 못했느냐? 아니면 너희들이 나를 묶으려 들 때 저항이라도 할까 봐 그러느냐? 자, 봐라! 내 오른손을 여기 참나무 가지에 묶겠다. 이제 나는 완전히 무방비 상태다. 어린아이라도 나를 떠다밀 수 있을 것이다. 궁지에서 자신의 두목을 맨 처음으로 버리는 자 누구냐?

롤러 (격렬하게 몸을 움직인다) 지옥이 우리를 아홉 겹 에워싼다 하더라도, (단검을 휘두른다) 개새끼가 아닌 이상 두목을 구하자!

슈바이처 (사면장을 갈기갈기 찢어서 신부의 얼굴에 내던진다) 사면은 우리들의 총알 속에 있을 뿐이다! 물러가라, 이 간악한 협잡꾼아! 네 녀석을 보낸 정부 놈들에게, 모어의 일당 가운데서 배신자를 하나도 만나지 못했다고 전해라! 구하자, 두목을 구하자!

일동 (떠들썩하게) 구하자, 구하자, 두목을 구하자!

카를 (기뻐하며, 묶였던 손을 푼다) 이제야 우리는 자유롭다. 동지들! 나는 대군을 얻은 기분이다. 죽음이냐 자유냐! 한 사람이라도 생포당해서는 안 될 것이다!

공격의 나팔소리와 함께 소란스럽고 시끌벅적한 소리가
들려온다. 도적들, 칼을 빼 들고 퇴장한다.

제3막

제1장

아말리아, 정원에서 라우테에 맞추어 노래한다.

그는 발할라의 희열에 넘치는 천사처럼 아름다웠네.
이 세상 그 어떤 젊은이보다도 아름다웠네.
푸르른 바다의 거울에 비친
오월의 태양처럼 그의 눈빛은 더없이 부드러웠네.

그의 포옹, 격렬한 환희!
가슴과 가슴이 거세게 열렬히 뛰고
입과 귀 사로잡히고, 우리의 눈에는 아무것도 보이지 않았네.
정신은 하늘 높이 소용돌이쳤네.

그의 입맞춤, 지고의 느낌!
두 줄기 불꽃이 하나로 어우러지는 듯,
두 개의 하프 소리가

천상의 조화를 빚어내는 듯하였네.

정신과 정신이 어우러져 내달리고 날아오르고 질주하였네.
입술과 뺨이 파르르 떨며 불타올랐네.
영혼이 영혼 속으로 흘러들고, 하늘과 땅이
사랑하는 사람들을 에워싸고서 녹아 없어지듯 아련하였네.

그는 사라지고, 그를 향한
두려운 한숨만 헛되이, 아! 헛되이 깊어지네.
그는 사라지고, 삶의 온갖 기쁨이
적막한 비탄으로 잦아드네!

프란츠, 등장한다.

프란츠 또 여기 계시는군, 고집쟁이 몽상가 아가씨. 즐겁게 식사하는 자리에서 슬쩍 빠져나가 버리면, 손님들 흥이 깨어지지 않겠소.
아말리아 어떻게 아무 일도 없었던 양 즐거워할 수가 있지요! 당신 아버님의 묘소에 울려 퍼지던 추모곡이 아직도 귓가에 생생한데.
프란츠 그러면 언제까지나 슬피 탄식만 하고 있겠단 말이오? 죽은 사람은 편안히 자게 내버려 두고, 산 사람은 행복하게 해줘야 하지 않겠소! 내가 온 것은…….
아말리아 그래서 언제 여기를 떠나 줄 건가요?

프란츠 오, 이런! 제발 그렇게 어둡고 거만한 얼굴 좀 하지 말아요! 아말리아, 나는 당신을 보면 슬퍼져요. 내가 온 것은 당신한테 할 말이 있어서요.

아말리아 그렇다면 당연히 들어 드려야지요. 프란츠 폰 모어가 이제 이곳의 영주가 아니던가요.

프란츠 그래요. 나는 당신에게서 바로 그 말을 듣고 싶었어요. 이제 우리 아버님 막시밀리안 폰 모어는 조상들의 묘지에 잠드셨고, 내가 이 성의 주인이오. 하지만 나는 완전한 주인이 되고 싶소, 아말리아. 당신이 우리 집에서 어떤 존재였는지는 당신 스스로 잘 알 게요. 당신은 모어 가문의 딸이나 다름없었고, 당신에 대한 우리 아버지의 사랑은 세상을 떠나신 지금도 변함이 없을 게요. 당신은 정녕 그 사실을 잊을 수 없을 겁니다.

아말리아 누구는 벌써 흥청망청 즐겁게 식사하며 그것을 쉽게 잊어버릴 수 있을지 몰라도, 나는 절대로, 절대로 잊을 수 없지요!

프란츠 당신은 우리 아버지의 사랑을 그 아들들에게 보답해야 하오. 그런데 형님은 이미 세상을 떠났으니, 뭘 그리 놀라는 게요? 어지러운가요? 물론, 그렇겠지요. 생각만 해도 기분 우쭐하고 가슴 벅차서, 여자로서의 자존심조차 무디어지지 않겠소. 프란츠가 명문 귀족 아가씨들의 희망은 짓밟아 버리고, 오갈 데 없는 가련한 고아에게 마음을 바치고 손을 내밀며 모든 금은보화와 성과 숲을 주겠다고 하니 말이오. 모든 이들의 부러움과 두려움을 사는 프란츠가 아말리아의 노예가 되겠다고 자청하니 말이오.

아말리아 저런 무도한 말을 내뱉는 간악한 혀에게 어째서 천벌이 내리지 않는단 말인가! 내 사랑하는 사람을 살해한 당신을 나더러 지아비라 부르라는 말인가! 당신은······.

프란츠 귀하디귀한 공주님께서 그런 험한 말씀을 입에 올리시다니! 물론 이 프란츠는 방황하는 셀라동[1]처럼 굽실거리지 않을 것이오. 또한 애달파하는 아르카디아의 양치기처럼 동굴과 바위의 메아리에게 애끓는 사랑의 마음을 하소연하는 법도 배우지 않았소. 프란츠는 자신의 말에 대답이 없는 경우에는 명령을 내릴 것이오.

아말리아 벌레 같은 당신이 명령을 내린다고? 나한테 명령을? 그 명령에 코웃음으로 답한다면?

프란츠 그렇게는 못 할 것이오. 주제를 모르고서 잘난 척하는 고집쟁이의 기를 근사하게 꺾어 놓을 수 있는 방법이 하나 있지, 수녀원과 담장!

아말리아 브라보! 정말 근사하군요! 수녀원 담장 안에서 영원히 독사 같은 당신 모습 보지 않으며 지낼 수 있다니! 카를을 생각하고 그리워할 시간이 얼마나 많을까! 당신의 수도원으로, 당신의 담장 안으로 어서 가고 싶어요!

프란츠 하하! 과연 그럴까? 조심하는 게 좋을걸! 당신을 어떻게 괴롭힐 수 있는지 그 비결을 지금 알아냈거든. 불꽃 휘날리는 복수의 여신 같은 내 모습을 보게 되면, 카를에게 한없

---

[1] 프랑스 작가 오노레 뒤르페Honoré d'urfé(1567~1625)의 전원 소설 『아스트레L'Astrée』의 사랑에 빠진 남자 주인공.

이 집착하는 마음에서 벗어날 수밖에 없을걸. 지하의 금궤 위에 버티고 있는 마법에 걸린 개처럼, 당신이 사랑하는 남자의 모습 뒤에 이 끔찍한 프란츠의 형상이 숨어 있을걸. 한 손에 단검을 들고서 네 머리채를 휘어잡아 교회로 끌고 가, 기어이 네게서 혼인 서약을 받아내고, 네 순결한 침대를 인정사정없이 완력으로 정복하고, 네 거만한 정절을 더욱 커다란 거만함으로 빼앗을 것이다.

아말리아 (프란츠의 따귀를 때린다) 지참금으로 먼저 이것부터 받으시지.

프란츠 (분을 참지 못한다) 홍! 열 배 아니 스무 배로 이것을 갚아 줄 것이다! 너는 내 정실이 되는 명예를 누리지 못할 것이다. 내 측실이 되어서, 네 감히 골목길에 나서는 경우에 정직한 시골 아낙네들의 손가락질을 받게 될 것이다. 이를 악물고 눈에 불을 켜고 독기를 내뿜어라. 계집의 원한은 내 흥을 더욱 돋워 주고, 너를 더욱 아름답게 만들어 내 욕망을 부추길 뿐이다. 이리 오시지. 네 앙탈은 내 승리를 더욱 근사하게 장식하고, 강제로 얻는 포옹은 환희를 더욱 달콤하게 한단 말이다. 내 방으로 따라오너라. 욕망으로 몸이 뜨겁게 달아오른다. 지금 당장 나를 따라와야 할 것이다. (아말리아를 강제로 잡아끌려 한다)

아말리아 (프란츠의 목을 끌어안는다) 프란츠, 날 용서해 줘요! (프란츠가 아말리아를 부둥켜안으려고 하는 틈을 타서, 아말리아는 프란츠의 허리에서 단검을 빼어 들고 얼른 뒤로 물러선다) 이 악랄한 인간아! 내가 지금부터 너를 어떻게 대하는지 똑똑히 보아라! 나는 한낱 여인네이지만, 미쳐 날뛰는 여인네이다. 감히 네 지저분한 손으로 내 몸을 건드리는 날에는, 이 칼이 네 음탕한 가슴을 꿰뚫고 말리라. 내 외숙의 혼백이 나를 인도해 줄 것이니라. 당장 물러가라! (프란츠를 쫓아낸다)

아! 이렇듯 후련할 수가! 이제야 자유롭게 숨 쉴 수 있구나. 나는 불꽃을 날리는 말처럼 강하고, 승리의 함성을 지르며 새끼 호랑이를 빼앗아 간 도둑을 뒤쫓는 암호랑이처럼 분기탱천하다. 나를 수도원에 가두겠다고. 나를 위해 그런 행복한 생각을 해주다니. 이렇듯 고마울 수가! 기만당한 사랑이 이제야 피난처를 찾게 되었구나. 수도원, 구세주의 십자가야말로 기만당한 사랑의 피난처이지 않겠는가. (아말리아, 그곳을 떠나려 한다)

헤르만, 주춤거리며 등장한다.

헤르만 아말리아 아가씨! 아말리아 아가씨!
아말리아 이런 불운한 사람! 무슨 일이지요?
헤르만 이 무거운 짐이 제 영혼을 지옥으로 밀어 떨어뜨리기 전에 어서 이 짐에서 벗어나야 합니다. (아말리아 앞에 덥석 무릎 꿇는다) 용서해 주십시오! 저를 용서해 주십시오! 제가 아말리아 아가씨를 욕보였습니다.
아말리아 일어나요! 어서 가요! 아무 말도 듣고 싶지 않아요. (그 자리를 떠나려 한다)

헤르만 (아말리아를 붙잡는다) 아닙니다! 잠깐 기다려 주십시오! 맹세코! 영원하신 하느님께 맹세코! 모든 것을 말씀드리겠습니다!

아말리아 한마디도 듣고 싶지 않아요. 용서해 줄 테니, 편안한 마음으로 집으로 돌아가요. (서둘러 그 자리를 벗어나려 한다)

헤르만 제발 단 한마디만 들어주십시오! 그러면 아가씨의 마음도 평온을 되찾을 겁니다.

아말리아 (돌아와서 의아한 표정으로 헤르만을 바라본다) 뭐라고요? 세상 천지에 누가 내 마음의 평온을 되돌려 줄 수 있겠어요?

헤르만 제 입에서 나오는 단 한마디가 그렇게 할 수 있습니다. 제 말을 들어주십시오!

아말리아 (측은해하는 표정으로 헤르만의 손을 잡는다) 이 착한 사람아, 당신의 입에서 나오는 한마디가 영겁의 빗장을 열 수 있단 말인가요?

헤르만 (몸을 일으킨다) 카를 도련님은 살아 있습니다!

아말리아 (크게 외친다) 이런 불운한 사람!

헤르만 그렇습니다. 한마디만 더 하겠습니다. 아가씨의 외숙께서도…….

아말리아 (헤르만에게 달려든다) 이런 거짓말쟁이…….

헤르만 외숙께서도…….

아말리아 카를이 살아 있다니!

헤르만 그리고 외숙께서도…….

아말리아 카를이 살아 있다고?

헤르만 외숙께서도 살아 계십니다. 절대로 저한테 들었다는 말씀 하지 마십시오. (황망히 그곳을 떠난다)

아말리아 (화석처럼 굳은 채 오랫동안 꼼짝 않고 서 있다. 그러다 갑자기 정신을 차리고서 허둥지둥 헤르만을 뒤쫓아 간다) 카를이 살아 있다니!

제2장

다뉴브 강 근처.
도둑들은 언덕 위의 나무 밑에서 쉬고,
말들은 언덕 아래서 풀을 뜯는다.

카를 여기 좀 누워야겠다. (땅에 벌렁 드러눕는다) 팔다리가 녹신녹신하구나. 입 안도 바싹 마르고. (슈바이처, 눈에 띄지 않게 슬며시 자리를 뜬다) 누군가 강물을 좀 떠 왔으면 싶었는데, 자네들도 모두 기진맥진한 모양일세.

슈바르츠 술 부대도 모조리 동이 났다네.

카를 저기 좀 보게나! 곡식이 아주 보기 좋게 여물었어! 나무들도 가지가 부러질 정도로 흐드러지게 열매를 맺고, 포도 농사도 풍작인 것 같아.

그림 풍년일세.

카를 그렇게 생각하는가? 그렇다면 이 세상에서 한 가지는 땀에 대한 보답을 받겠구먼. 한 가지는 보답을 받는다고? 하지만 밤새 우박이 쏟아져서 모든 것을 망가뜨릴 수도 있지 않은가.

슈바르츠 충분히 그럴 수 있지. 추수를 불과 몇 시간 앞두고서 모든 것을 망칠 수도 있다네.

카를 내 말이 바로 그 말일세. 모든 것을 망칠 수 있지. 인간을 신들과 대등하게 만드는 것을 제대로 소화하지 못한 마당에, 개미들에게 배운 것인들 어떻게 제대로 해내겠는가? 아니면 이것이 바로 인간이 타고난 운명의 한계인 것일까?

슈바르츠 난 그런 것은 잘 모르겠네.

카를 그 말 한번 잘했네. 아예 알려고 하지 않았다면, 물론 더욱 잘한 일일세! 나는 많은 사람들을 보았네. 자질구레한 걱정과 웅대한 구상, 신처럼 원대한 계획과 치졸한 거래, 서로 앞다투어 행복을 좇는 기이한 경쟁. 어떤 사람은 자신이 탄 말의 힘찬 도약을 믿고, 또 어떤 사람은 당나귀의 코를 믿거나 자신의 두 발을 믿는다네. 이 삶의 다양한 복권에 당첨되려고, 자신의 순결과 천당을 거는 사람도 있지. 그러나 결과는 전부 꽝일세. 당첨자는 결국 아무도 없다네. 이보게, 이것이야말로 눈물이 나올 정도로 포복절도하게 만드는 구경거리가 아니겠는가.

슈바르츠 저기 해 지는 광경이 참으로 장관일세!

카를 (넋을 놓고 그 광경을 바라본다) 영웅은 저렇게 숨을 거둘 것이다. 참으로 탄복할 만하지 않은가!

그림 자네 깊은 감동을 받은 모양일세.

카를 소년 시절에, 나는 태양처럼 살고 태양처럼 죽고 싶다는 생각을 즐겨했었네. (비통한 표정으로) 철없는 생각이었지!

그림 나도 그랬으면 좋겠네.

카를 (모자를 얼굴 깊숙이 내려 쓴다) 한때 그런 시절이 있었지……. 이보게들, 잠시 나 혼자 있고 싶네.

슈바르츠 뭐어! 뭐어, 빌어먹을. 무슨 일인가? 낯빛이 달라지지 않았는가!

그림 제기랄! 대체 무슨 일이야? 어디가 아픈가?

카를 그 시절에는 밤기도를 잊어버리면 잠을 이루지 못했는데…….

그림 자네 정신 나갔는가? 지금 소년 시절 뒤꽁무니를 쫓아가겠다는 말인가?

카를 (그림의 가슴에 머리를 기댄다) 이보게! 이보게!

그림 왜 이러는가? 어린애처럼 굴지 말게! 이러지 말라니까…….

카를 그럴 수만 있다면…… 다시 그 시절로 돌아갈 수만 있다면!

그림 체, 어림도 없는 소리!

슈바르츠 기운을 내게. 이 아름다운 경치를 좀 보게나. 참으로 정겨운 저녁일세.

카를 그래, 친구들. 이 세상은 참으로 아름답네!

슈바르츠 그렇지, 자네 말 한번 잘했네.

카를 이 지구는 참으로 멋지네.

그림 그럼, 그렇고말고. 거 듣기 좋은 말일세 그려.

카를 (뒤로 벌렁 자빠진다) 이 아름다운 세상에서 내 꼴이 이리 흉측하다니, 이 멋진 지구에서 내 신세가 이리 흉악하다니.

그림 이런, 이런!

카를 내 순수함이여! 내 순수함이여! 자, 보아라! 모두들 봄의 온화한 햇살을 즐기러 밖으로 나가지 않았는가. 어이 나만은 이런 천상의 기쁨에서 지옥을 맛보아야 한단 말인가? 세상 만물이 저리 행복하고, 평화의 정신으로 형제자매처럼 맺어져 있지 않은가! 온 세상이 한 가족을 이루어, 저 위에 한 분의 아버지를 모시지 않나. 하지만 그분은 내 아버지가 아니시다. 나만이 순수한 자들의 대열에서 떨려 나고 내쫓겼도다. 다시는 내 자식이라는 달콤한 말도 들어 보지 못하고, 다시는 사랑하는 이의 애달픈 눈빛도 보지 못하고, 다시는, 다시는 죽마고우의 포옹도 받지 못하리라! (거칠게 뒤로 물러난다) 살인자들에게 둘러싸여 간악한 무리들의 야유를 받으며, 쇠줄로 죄악에 꽁꽁 묶인 채 죄악의 흔들리는 갈대를 타고서 파멸의 무덤을 향해 흔들흔들 나아가는구나. 나는 이 행복한 세상의 꽃들 사이에서 울부짖는 아바도나[1]이다!

슈바르츠 (나머지 도둑들에게) 도대체 무슨 영문인지 모르겠군! 두목의 저런 모습은 처음일세.

카를 (처량하게) 어머니 뱃속으로 돌아가서 다시 거지로 태어날 수만 있다면 얼마나 좋겠는가! 아니! 그 이상은 바라지 않으련다. 오, 하늘이시여, 날품팔이라도 좋습니다! 관자놀

---

[1] 독일의 시인 클로프슈토크Friedrich Gottlieb Klopstock(1724~1803)의 「메시아Der Messias」에 나오는 타락한 천사. 지난 잘못을 후회하고 용서를 구한다.

이에 피가 맺히도록 고되게 일할 수 있다면! 그 대가로 단 한 번만이라도 낮잠의 환희를 누리고, 단 한 방울이라도 행복의 눈물을 흘릴 수만 있다면!

그림 (다른 도둑들에게) 조금만 참으라고! 발작이 벌써 가라앉고 있어.

카를 내가 자주 행복의 눈물을 흘리던 시절이 있었지. 오, 평화로웠던 날들이여! 아버지의 성, 꿈꾸는 듯한 푸르른 골짜기들! 천국처럼 행복했던 내 어린 시절! 이 모든 것이 다시는 돌아오지 않고, 다시는 그 행복한 속삭임으로 내 불타는 가슴을 식혀 주지 않을 것인가? 자연이여, 나와 함께 슬퍼해 다오. 그것들은 다시는 돌아오지 않을 것이고, 다시는 그 행복한 속삭임으로 내 불타는 가슴을 식혀 주지 않을 것이다. 모든 것이 사라졌도다! 사라졌도다! 다시는 돌아오지 않으리라!

슈바이처, 모자에 물을 떠 온다.

슈바이처 두목, 이것 좀 마시게. 이곳에는 물이 아주 많아. 얼음처럼 시원하다네.

카를 자네, 피가 나지 않나. 무슨 일이 있었나?

슈바이처 바보짓을 좀 했네. 재미 좀 보려다가 하마터면 두 다리와 목이 부러질 뻔했다네. 강가의 모래 언덕을 어슬렁거리다가 미끄러졌는데, 그만 발밑의 땅이 푹 꺼지지 뭔가. 그래 열 길 아래로 나동그라졌네. 쓰러져 있다가 다시 정신을 차려 일어나 보니, 조약돌 사이로 더없이 맑은 물이 흐르고 있더라고. 이거야말로 얼씨구 춤출 일이 아닌가. 두목이 잘 마시겠구나 싶은 생각이 들었다네.

카를 (모자를 돌려주며 슈바이처의 얼굴을 닦아 준다) 이런 일이 아니라면, 보헤미아의 기병들이 자네 이마에 그어 놓은 흉터를 어찌 보겠는가. 슈바이처, 물이 꿀맛일세. 그 흉터가 자네한테 근사하게 어울리는구먼.

슈바이처 흥! 이런 흉터 서른 개쯤은 아직도 내 얼굴에 얼마든지 자리가 있다네.

카를 그래, 이보게들. 참으로 아슬아슬한 오후였네. 한 목숨만 잃었을 뿐일세. 롤러는 장하게 죽었네. 나를 위해 죽은 것만 아니라면, 대리석 무덤 속에 안장되어야 할 사람인데. 우선은 이것으로 만족하겠네. (눈물을 훔친다) 적은 그곳에서 몇 명이나 목숨을 잃었는가?

슈바이처 경기병 백육십, 용기병 구십삼, 저격병 사십, 그러니까 도합 삼백 명일세.

카를 일 대 삼백이라! 자네들 모두 살아 있을 권리가 있다! (모자를 벗어 든다) 내 단검을 빼어 들고 맹세하건대, 내 목숨이 붙어 있는 한 자네들 곁을 절대로 떠나지 않을 것이다!

슈바이처 맹세하지 말게! 자네가 행복하지 않아서 후회하는 날이 올지 누가 알겠나.

카를 롤러의 주검을 두고 맹세한다! 나는 자네들 곁을 결단코 떠나지 않을 것이다.

코진스키, 등장한다.

코진스키 (혼자말로) 사람들 말로는, 이 근방 어디에서 만나게 될 거라고 하던데. 이런, 어렵쇼! 웬 사람들이지? 혹시 저 사람들이 아닐까? 저 사람들이 맞다면 어떡하지? 저 사람들이 맞다, 맞아! 일단 말을 걸어 봐야겠어.

슈바르츠 이보게들, 조심하게! 저기 누가 오지 않나?

코진스키 이보시오, 잠깐 실례하겠소! 내가 제대로 찾아왔는지 모르겠소.

카를 그래, 누구를 찾는 중이시오?

코진스키 사나이 대장부들을 찾고 있지요.

슈바이처 두목, 우리가 사나이 대장부들이라는 걸 보여 주어야겠소?

코진스키 죽음을 두려워하지 않고 길든 뱀처럼 위험을 자유자재로 다루고 명예와 목숨보다 자유를 더 높이 평가하는 대장부들. 그 이름만 들어도, 가난한 자들과 억압받는 자들은 반가워하고 아주 용감한 자들조차 주춤 뒤로 물러나고 폭군들의 얼굴빛은 창백하게 질리는 대장부들을 찾고 있지요.

슈바이처 (두목에게) 이 녀석 맘에 드는구먼. 이보게, 친구! 우리가 바로 그런 사람들이오만.

코진스키 나도 그러리라고 짐작했소. 우리가 곧 친구가 되길 바라오. 그렇다면 내가 찾고 있는 진정한 사나이 대장부, 당신들의 두목, 위대한 모어 백작에게로 인도해 주시오.

슈바이처 (코진스키와 친밀하게 악수를 나눈다) 이보게, 젊은 친구! 우리 서로 말을 트고 지내세.

카를 (코진스키에게 가까이 다가온다) 당신도 그 두목을 잘 알고 있소?

코진스키 자네가 바로 그 두목일세. 이 표정…… 자네 얼굴을 보면 금방 알 수 있다네! (카를을 오랫동안 뚫어지게 바라본다) 나는 카르타고의 폐허에 앉아 있던 매서운 눈초리의 남자[2]를 항상 만나 보고 싶었네. 이제 더 이상 바랄 게 없네.

슈바이처 눈치 빠른 녀석일세!

카를 그래, 나를 찾아온 이유가 무엇이오?

코진스키 오, 두목! 참으로 잔인하기 짝이 없는 내 운명 때문일세. 나는 이 세상이라는 험난한 바다에서 난파를 당해, 내 삶의 희망이 바닷속 깊이 가라앉는 것을 눈뜨고 지켜볼 수밖에 없었네. 이제 나한테는 상실의 괴로운 추억만이 남아 있다네. 다른 곳에서 뭔가 일을 하여 그 추억을 잠재우지 않는다면, 나는 미쳐 버리고 말 걸세.

카를 하느님을 고발하는 자가 또 나타났군! 계속해 보게.

코진스키 그러다 어찌어찌해서 군인이 되었다네. 하지만 그 불행이란 놈이 끈질기게 내 뒤를 쫓아다니지 뭔가. 동인도에 가는 배를 탔는데, 배가 그만 암초에 부딪쳐 그 계획도 말짱 헛것이 되고 말았어! 그러다 저들이 방화 살인이라고 부르는 두목의 행적에 대한 이야기를 여기저기서 듣고서,

---

2 고대 로마의 정치가 가이우스 마리우스Gaius Marius(BC 156~BC 186)를 말한다. 마리우스는 한때 실각하여 카르타고로 도주했지만, 결국 돌아와 잔인하게 복수하였다.

나를 받아 주기만 하면 두목 밑에서 일하겠다는 굳은 결심을 하고 이곳까지 삼십 마일을 달려왔다네. 그러니 두목 나리, 제발 나를 물리치지 말게나!

슈바이처 (펄쩍 뛰어오른다) 영차! 영차! 이제 우리 롤러의 빈 자리가 천 배로 메워졌군! 우리 패거리에 새로운 살인의 동지가 생겼어!

카를 자네 이름이 뭔가?

코진스키 코진스키일세.

카를 코진스키라고 했는가. 자네가 얼마나 경솔한 젊은이인 줄은 스스로 잘 알 걸세. 자네는 인생의 중대지사를 철부지 계집애처럼 쉽게 생각하고 있어. 여기서 공놀이나 볼링을 한다고 생각하면 큰 오산일세.

코진스키 자네가 무슨 말을 하고 싶어 하는지 잘 아네. 내 나이 스물네 살이지만, 칼날이 번득이는 것도 보았고 총알이 귓전을 스치는 소리도 들었네.

카를 그런가, 젊은 신사? 자네는 고작 일 탈러 때문에 불쌍한 나그네를 칼로 찔러 죽이거나 등 뒤에서 음험하게 여자들의 배를 찌르려고 칼싸움하는 것을 배웠는가? 돌아가게나, 어서 가게! 자네는 회초리가 무서워 유모에게서 도망친 꼴일세.

슈바이처 이런 빌어먹을, 두목! 대체 무슨 생각을 하는 겐가? 이 헤라클레스를 쫓아 버리겠다는 겐가? 주걱 하나로 작센의 대원수를 갠지스 강 너머로 쫓아 버릴 사람처럼 보이지 않나?

카를 사소한 일들이 마음먹은 대로 되지 않았다고 해서, 불한당이 되고 살인자가 되겠다고 찾아왔단 말인가? 살인. 이보게, 이 말이 무슨 뜻인지 아는가? 양귀비꽃 모가지를 꺾어 버리고서는 두 다리 뻗고 잘 수 있지만, 영혼에 살인이라는 낙인을…….

코진스키 자네가 명령하는 살인에 대한 책임은 내가 지겠네.

카를 뭐라고? 자네 그리 약삭빠른 사람인가? 감히 그런 아첨의 말로 사나이 대장부의 마음을 사로잡을 수 있다고 생각하는 겐가? 내가 사악한 생각을 품고 있거나 죽음을 앞두고서 얼굴색이 변할지도 모르지 않겠는가? 자네 지금까지 책임질 일을 얼마나 했는가?

코진스키 맹세코 지금까지는 별로 하지 못했네. 하지만 고귀한 백작, 자네를 찾아온 이번 여행만큼은 다르네.

카를 자네 가정교사에게서 로빈 후드의 이야기를 귀동냥으로 들었는가? 자네에게 위대한 인물이 되겠다는 황당무계한 망상을 불어넣고 어린아이 같은 환상을 부추긴 그런 지각없는 협잡꾼은 갤리선에 쇠사슬로 꼭꼭 묶어 놓아야 마땅할 걸세. 명성과 영예가 자네를 유혹하던가? 방화 살인으로 불후의 이름을 남기겠다는 것인가? 이보게 야심만만한 젊은이, 내 말을 명심하게! 방화 살인범을 위한 월계관은 없네! 도둑의 승리에게 주어지는 것은 개선의 노래가 아니라 저주와 위험, 죽음과 치욕뿐일세. 저기 언덕 위에 교수대가 보이지 않나?

슈피겔베르크 (못마땅한 표정으로 이리저리 서성인다) 제기랄,

저렇게 멍청할 수가! 정말 눈뜨고 못 봐 주겠구먼! 저러면 안 되지! 나라면 저리 안 할 텐데.

코진스키 죽음을 두려워하지 않는 사람이 뭘 두려워하겠는가?

카를 브라보! 정말 훌륭해! 학교는 아주 착실하게 다녀서 세네카의 말을 잘도 외웠네 그려. 하지만 이보게 친구, 그런 문장 나부랭이로 고통당하는 사람을 설득할 수는 없네. 고통의 화살을 결코 무디게 할 수 없고말고. 이보게, 잘 생각해 보게! (코진스키의 손을 붙잡는다) 내가 아버지로서 자네한테 충고한다고 생각하게. 뛰어들기 전에 먼저 심연의 깊이를 충분히 헤아려 보게나! 자네가 이 세상에서 단 한 가지라도 기쁨을 누리게 될지 누가 알겠는가. 언젠가는 자네가 깨어나는 순간이 올 걸세. 그때가 너무 늦게 오지 않았으면 좋겠군. 말하자면 여기에서 자네는 인간성의 범주를 벗어나는 걸세. 고매한 인간이 되든지 아니면 사탄이 될 수밖에 없네. 이보게, 내 한번 더 말하겠네. 다른 어디에선가 희망의 불꽃이 조금이라도 보인다면, 고매한 지혜가 아니라 절망에서 생겨난 이 끔찍한 무리를 떠나게. 누구든 잘못 생각할 수 있는 법일세. 내 말을 믿게. 결국 절망에 지나지 않는 것을 위대한 정신이라고 착각할 수 있다네. 내 말을, 내 말을 믿어 주게! 어서 이곳을 떠나게.

코진스키 아닐세! 나는 더 이상 도망치지 않으려네. 내 부탁을 정히 들어줄 수 없다면, 내 불행한 지난 이야기라도 들어주게나. 그러면 아마 자네가 직접 내 손에 단검을 쥐어 줄 걸세. 다들 여기 바닥에 편히 앉아서 내 이야기를 들어 보게.

카를 내 한번 들어 봄세.

코진스키 그러니까 나는 보헤미아의 귀족 집안에서 태어났네. 우리 아버지가 일찍 돌아가신 후에, 상당한 영지를 물려받았어. 그곳은 참으로 낙원이었다네. 꽃피는 청춘의 온갖 매력으로 치장하고 천상의 빛처럼 순결한 아가씨, 천사 같은 아가씨가 그곳에 있었기 때문일세. 하지만 자네들한테 이런 말을 해서 뭐에 쓰겠는가? 이런 말이 자네들 귀에 들리기나 하겠는가. 자네들이야 사랑한 적도, 사랑받은 적도 없을 텐데…….

슈바이처 어지간히 슬슬 하라고! 우리 두목의 얼굴이 시뻘게지지 않나.

카를 그만두게! 그 이야기는 다음번에 듣기로 하세. 내일이나 나중에, 아니면 내가 피를 보았을 때.

코진스키 피, 바로 피 이야기라니까. 계속 들어 보게나! 내가 분명히 말하지만, 자네 피가 부글부글 끓어오를 걸세. 그 아가씨는 평민 출신이었네. 독일 아가씨였지. 하지만 그 아가씨의 모습은 귀족의 모든 선입견을 쫓아 버렸네. 그 아가씨는 무척 수줍어하며 내 손에서 결혼반지를 받아 들었고, 드디어 이틀 후면 아말리아가 내 아내가 될 예정이었네.

카를 (벌떡 일어난다)

코진스키 코앞에 닥친 행복에 취해서 결혼식 준비를 하느라 정신없는데, 궁중에서 나한테 급히 소환령이 내렸지 뭔가. 그래 궁중에 나가 보니, 내가 썼다는 편지를 보여 주더라고. 처음부터 끝까지 모반을 꾀하는 내용으로 가득 차 있더구먼. 얼마나 가증스러운지 내 얼굴이 붉게 달아올랐네. 결국 나는 칼을 빼앗기고 감방에 투옥되고 말았어. 정말 미치겠더구먼.

슈바이처 그러는 동안에…… 아니, 어서 이야기를 계속하게. 벌써 구린내가 나는군.

코진스키 나는 대관절 무슨 영문인지도 모르고 한 달이나 감방에 갇혀 있었다네. 나 때문에 애가 타서 한시도 마음 편하게 지내지 못할 아말리아가 걱정이었네. 어느 날 드디어 궁중의 수석 재상이 나타나서는, 내 무죄가 밝혀졌다며 아주 달콤한 감언이설로 축하하더니, 무죄 방면한다는 통지문을 낭독하고 내 칼을 돌려주었네. 나는 의기양양하게 곧장 내 성으로, 아말리아의 품을 향해 달려갔어. 그런데 아말리아가 사라지고 없지 뭔가. 한밤중에 누군가에게 끌려갔다는데, 어디로 끌려갔는지 아는 사람도 없었고 그 이후로 아말리아를 본 사람도 전혀 없었네. 순간, 번개처럼 머리를 스치는 생각이 있었네. 나는 서둘러 시내로 달려가 궁중의 동정을 살폈다네. 그런데 모두들 나를 빤히 쳐다보기만 할 뿐, 아무도 자세한 소식을 알려 주지 않는 게야. 마침내 나는 궁성의 구석진 창살 뒤에서 아말리아를 찾아냈고, 아말리아는 나한테 쪽지를 건네주었네.

슈바이처 거봐, 내가 뭐라던가?

코진스키 빌어먹을! 내가 죽는 모습을 보든지 아니면 제후의 측실이 되든지, 둘 중의 하나를 선택하라는 강요를 받았다고 쪽지에 쓰여 있더구먼! 그녀는 정절과 사랑 사이에서 갈등하다 결국 사랑을 선택했고, (웃음을 터뜨리며) 나는 풀려난 거라네.

슈바이처 그래서 어떻게 했는가?

코진스키 날벼락을 맞은 기분이었지! 맨 먼저 〈피!〉라는 말이 머리에 떠오르더구먼. 아니, 〈피!〉말고 다른 생각은 전혀 할 수도 없었네. 입에 거품을 문 채 집으로 달려가, 삼지창을 집어 들고서 분기탱천하여 재상의 집으로 달려갔네. 그놈이, 바로 그놈이 저주받을 뚜쟁이였기 때문일세. 그런데 골목 어귀에 들어서는 내 모습을 보았는지, 온 집안의 문이란 문은 이미 꼭꼭 닫혀 있었네. 집안 구석구석을 찾아 헤매며 그놈의 행방을 묻자, 제후에게 갔다고 대답하더구먼. 그 길로 곧장 제후를 찾아갔지만, 거기서도 그놈의 행방에 대해 전혀 모른다는 걸세. 그래서 다시 그놈의 집으로 쳐들어가 문을 부수고 그놈을 찾아내 요절을 내려는데, 하인 대여섯 놈이 뒤에서 덤벼들어 내 삼지창을 빼앗아 가지 뭔가.

슈바이처 (두 발을 쾅쾅 구른다) 그래서 그놈은 무사했고, 자네는 빈손으로 물러났단 말인가?

코진스키 나는 붙잡혀서 고발당하고 고문의 위협을 받고 심문당하고 시민권을 빼앗기고. 다들 똑똑히 듣게! 특별한 은총을 입어서 시민권을 빼앗기고 추방당했다네. 내 재산은 포상금으로 재상에게 넘어갔으며, 내 복수심이 굶주리고 압제의 멍에에 눌려 몸부림치는 동안 내 아말리아는 호랑이의 발톱에 붙잡혀 한숨과 눈물로 지새고 있네.

슈바이처 (일어나서 칼을 닦는다) 두목, 우리가 나서야 하지 않겠나! 불을 질러 버리세!

카를 (지금까지 격렬하게 이리저리 오가다, 도둑들에게 성큼 달려와 말한다) 내가 직접 그 여자를 봐야겠다! 자, 출발! 모두들 기운을 내라! 코진스키, 자네는 우리와 함께 머무르게. 자, 어서 서둘러 행장을 차리게나!

도적들 어디로 간단 말인가? 무슨 일이지?

카를 어디로 가냐고? 지금 누가 물었느냐? (벌컥 화를 내며, 슈바이처에게) 이 배반자! 네놈이 지금 나를 만류하겠다는 것이냐? 하지만 나는 하늘에 맹세코 갈 것이다.

슈바이처 나더러 배반자라고? 이런 제기랄! 나는 자네를 따라 간다니까!

카를 (슈바이처의 목을 부둥켜안는다) 이보게, 친구! 나와 함께 가세. 그 여자가 울고 있다 하지 않은가. 슬픔으로 세월을 지샌다 하지 않나. 자, 출발! 어서 가자! 모두 함께 프랑켄으로 가자! 일주일 후에 그곳에 도착할 것이다. (도적들, 모두 퇴장한다)

제4막

제1장

모어 성 주변의 시골.
도적 카를과 코진스키가 저 멀리 보인다.

카를 자네가 먼저 가서 내가 온다고 알리게. 무슨 말을 할지는 잘 알고 있겠지?

코진스키 그러니까 나리께서는 메클렌부르크에서 오신 브란트 백작님이시고, 소인은 백작님의 마부라는 말씀이지요. 백작 나리, 걱정 마십시오. 그런 역할쯤이야 소인이 거뜬히 해낼 수 있지요. 그러면 나중에 뵙겠습니다. (퇴장한다)

카를 오, 고향 땅이여! 반갑구나! (땅에 입 맞춘다) 고향의 하늘! 고향의 태양! 들판과 언덕과 강과 숲이여! 너희들 모두, 모두 진심으로 반갑구나! 고향 산천의 바람이 이토록 달콤하다니! 너희들이 향기로운 환희를 내뿜어 이 가련한 도망자를 맞아 주는구나! 이것이 극락인가! 시(詩)의 세계인가! 잠깐 멈추어라, 카를 모어! 네 발은 지금 거룩한 신전을 거닐고 있다. (성에 가까이 다가간다) 저기 성 안뜰의 제비집과 정원 문, 그리고 네가 새를 잡으려고 자주 숨어 있던 울타리 모퉁이가 보이지 않나! 너는 저 아래 푸른 골짜기에서 영웅 알렉산드로스가 되어 마케도니아 병사들을 이끌고 아르벨라 전투를 지휘했으며, 그 옆의 수풀 무성한 언덕에서는 페르시아의 총독을 굴복시키고 네 승리의 깃발을 높이 펄럭이지 않았던가! (미소 짓는다) 찬란했던 황금빛 소년 시절이 이 가련한 인간의 영혼 속에서 되살아나는구나. 그때 너는 행복하고 티 없이 밝고 명랑했는데, 이제는 네 꿈의 잔해만이 남아 있구나! 너는 칭송받는 당당하고 훌륭한 남자가 되어 이곳을 활보해야 했으며, 또 아말리아가 낳은 생기발랄한 아이들을 통해 이곳에서 네 소년 시절을 두 번째로 체험해야 했다! 이곳에서! 이곳에서 네 백성들이 우러러보는 사람이 되어야 했다! 그런데 이제 사악한 적이 비죽이 미소 짓고 있지 않은가! (흥분하여 펄쩍 뛴다) 내가 무엇 때문에 이곳에 왔단 말인가? 내 꼴이 마치 자유의 꿈에서 쫓겨나 덜그럭거리는 쇠사슬에 묶인 죄수 같지 않은가. 아니, 차라리 내 비참한 생활로 돌아가련다! 죄수는 그동안 불빛을 잊었는데, 자유의 꿈이 한밤중의 번개처럼 머리 위를 스쳐 가며 밤의 어둠을 더욱 깊게 하는구나. 잘 있거라, 고향의 골짜기들아! 너희들은 옛날에 소년 카를을 보았고, 그 소년 카를은 행복한 소년이었다. 그러나 이제 너희들은 절망에 빠진 남자를 보았다. (얼른 몸을 돌려 한쪽 구석으로 가려다가, 문득 걸음을 멈추고 애달픈 눈빛으로 성을 올려다본다) 이렇게 얼굴도 못 보고 돌아서야 한단 말인가? 멀리서 한번 바라보지도 못하고? 겨우 담장 하나가 아말리아와 나 사이를 가로막고 있지 않은가! 그럴 수는 없다! 무슨 일이 있어도 꼭 아말리아를 만나야 한다. 그리고 아버님도 만나 뵈어야 한다. 설사 내 몸이 바스러져 가루가 된다 하더라도! (돌아선다) 아버님! 아버님! 당신의 아들이 이렇게 가까이 왔습니다. 연기를 내뿜는 검은 피여, 사라지거라! 소름 끼치게 파르르 떠는 공허한 죽음의 눈길이여, 썩 물러나거라! 오로지 이 시간만은 나를 방해하지 말아라! 아말리아! 아버님! 당신의 카를이 가까이에 왔습니다! (빠른 걸음으로 성에 다가간다) 날이 밝으면 저를 고통에 내맡기시더라도, 밤이 오면 제 곁을 떠나지 마십시오! 무서운 꿈속에서 저를 괴롭히시더라도, 이 유일한 환희만은 앗아 가지 마십시오! (성문 옆에 선다) 내가 왜 이러는 것일까? 모어, 무슨 일이냐? 너는 사나이가 아니더냐! 죽음을 두려워하고, 공포를 지레 겁내다니……. (성문 안으로 들어간다)

제2장

성의 화랑.
도적 카를과 아말리아, 등장한다.

아말리아 이 많은 그림들 가운데에서 그분의 초상화를 가려내실 수 있단 말이지요?

카를 그야 물론이지요. 그분의 모습은 언제나 제 마음속에 살아 있답니다. (그림들을 빙 둘러본다) 이분은 아닙니다.

아말리아 맞아요! 그분은 백작 가문을 처음 일구신 분이에요. 해적을 물리친 공로로 바바로사 황제에게서 귀족의 작위를 받으셨지요.

카를 (그림들을 계속 돌아본다) 이분도 아니고, 저분도 아닙니다. 저기 저분도 아닌데…… 이곳에는 없군요.

아말리아 어머, 좀 더 자세히 보세요! 당신이 그분을 잘 아시는 줄 알았는데…….

카를 저는 우리 아버지보다도 그분을 더 잘 알 겁니다! 수많은 사람들 가운데서 그분을 가려내게 하는 입가의 온유함이 저 그림에는 없습니다. 그분이 아닙니다.

아말리아 정말 놀랍군요. 어떻게 그럴 수 있지요? 십팔 년 동안이나 만나보지 못했는데도 아직까지…….

카를 (갑자기 얼굴을 붉히며 말한다) 여기 이분입니다! (번개에 맞은 듯 망연자실하여 서 있다)

아말리아 정말 훌륭한 분이시지요!

카를 (넋을 잃고 그림을 바라본다) 아버님, 아버님! 저를 용서해 주십시오! …… 그렇습니다, 정말 훌륭한 분이시지요! (눈물을 닦는다) 더없이 숭고한 분이십니다!

아말리아 그분을 무척 좋아하시나 봐요.

카를 아, 정말 훌륭한 분이시지요. 그런데 이분이 벌써 세상을 떠나셨단 말입니까?

아말리아 우리의 진정한 기쁨들이 사라지듯 우리 곁을 떠나셨답니다! (다정하게 카를의 손을 붙잡는다) 백작님, 이제 이 세상에서는 행복을 맛볼 수 없답니다.

카를 맞습니다, 맞아요. 그런데 어째서 아가씨 같은 분이 벌써 이런 슬픈 일을 겪으신단 말입니까? 이제 겨우 스물세 살도 안 되신 것 같은데.

아말리아 슬픈 일을 겪었지요. 모든 것은 결국 슬프게 이 세상을 하직하려고 살아 있는 게 아닌가 싶어요. 우리는 관심을 가지고 얻으려고 애쓰지만, 다시 고통스럽게 잃어버리기 마련이에요.

카를 아가씨께서 벌써 무엇을 잃어버리셨단 말입니까?

아말리아 아무것도 잃어버리지 않았어요. 모든 것을 잃었으면서도, 아무것도 잃지 않았지요. 백작님, 이제 우리 다른 곳으로 가 볼까요?

카를 왜 그렇게 서두르시지요? 오른편의 저 그림은 누구신가요? 왠지 불행해 보이는군요.

아말리아 저 왼편의 그림은 돌아가신 백작님의 아드님이시랍니다. 지금 이 성의 주인이시지요! 이리 오세요! 어서 오세요!

카를 그런데 이 오른편 그림은 누구시지요?

아말리아 정원에 나가시지 않겠어요?

카를 이 오른편 그림 말입니다! 울고 있소, 아말리아?

아말리아 (급히 그 자리를 뜬다)

카를 아말리아는 나를 사랑하고 있어, 아직도 나를 사랑해! 온 몸이 흥분하기 시작했으며, 자신도 모르게 눈물이 뺨을 타고 흘렀어. 아직도 나를 사랑하다니! 이 불행한 인간아, 네가 과연 그런 사랑을 받을 자격이 있느냐! 여기에 나는 단두대 앞의 죄인처럼 서 있지 않느냐? 저것은 내가 그녀의 목에 매달려 환희에 잠기던 소파가 아니냐? 저기는 아버지의 홀이 아니던가? (아버지의 모습에 깊은 충격을 받는다) 아, 아버님! 아버님의 두 눈에서 불꽃이 입니다. 저를 저주하시고 내쫓으십니다! 내가 지금 어디에 있는가? 눈앞이 캄캄하고, 하느님이 두렵구나. 내가, 바로 내가 아버님을 돌아가시게 만들었어! (그곳을 뛰쳐나간다)

프란츠, 깊은 생각에 잠겨 있다.

프란츠 이 모습을 떨쳐 버려야 해! 이 나약한 겁쟁이야, 떨쳐 버려라! 네가 도대체 무엇을, 누구를 두려워하는 것이냐? 그 백작 녀석이 성 안을 어슬렁거리는 몇 시간 동안, 마치 지옥의 첩자가 내 뒤를 따라다니는 듯한 기분이 아니냐! 그 녀석이 누구인지 알아내야 한다! 그 햇빛에 그을린 거친 얼굴을 어디선가 많이 본 듯하고 왠지 심상치 않은 기운이 서려 있어서, 그 얼굴만 보면 떨린단 말씀이야. 아말리아도 그 녀석한테 관심이 있는 눈치가 아니던가! 평소에는 세상 모든 일에 시큰둥하더니만, 그 녀석한테서는 애타는 눈빛을 뗄 줄 모르더라고. 그리고 남몰래 술잔에 눈물방울 흘리는 것도 내 눈으로 똑똑히 보지 않았던가? 그러자 그 녀석은 마치 술잔을 통째로 삼킬 듯이 허겁지겁 내 등 뒤에서 그 술을 마셨어. 그래, 내 눈으로 똑똑히 보았어, 거울에 비친 그 모습을 내 두 눈으로 똑똑히 보았다고. 이봐, 프란츠! 조심해라! 분명 뭔가 불길한 괴물이 그놈 뒤에 숨어 있어! (카를의 초상화 앞에 서서 유심히 살펴본다) 거위처럼 긴 목, 불꽃 튀기는 검은 두 눈, 으흠! 텁수룩하고 거무스름하고 진한 눈썹, (갑자기 섬뜩 놀란다) 심술궂은 지옥아, 네가 나한테 이런 예감을 불어넣는 것이냐? 그 녀석이 카를이다! 맞아, 이제 모든 생김새가 다시 생생하게 기억나는구나. 틀림없다. 가면을 썼지만 카를이 분명하다! 제기랄! (사납게 이리저리 오간다) 며칠씩 밤을 새워 가며 바윗덩어리를 치우고 절벽을 깎아 평평하게 만들고 인류의 모든 본능을 거역하며 반란을 일으켰는데, 결국 저런 오갈 데 없는 떠돌이가 내

정교한 소용돌이를 헤집고 다닌단 말이냐. 자, 침착하자! 침착해야 한다! 이제 어린아이 장난 같은 일만 남아 있지 않은가. 벌써 귀밑까지 죽을죄를 겼는데, 이미 너무 멀리까지 와 버렸는데, 이제 와서 돌아간다는 것은 어불성설일 것이다. 여기서 돌아간다는 것은 생각도 할 수 없는 일이다. 내 모든 죄를 변명해 주다가는, 자비심도 동이 나고 무한한 연민도 파산하게 될 것이다. 그러니 대장부답게 앞으로 전진해야 한다. (벨을 울린다) 아버지의 혼령과 한 패가 되어 덤빌 테면 얼마든지 덤벼라. 나는 죽은 사람은 하나도 무섭지 않아. 다니엘, 이보게, 다니엘! 저들이 벌써 다니엘까지 나한테 반대하라고 부추겼으면 어떡하지? 다니엘도 뭔가 비밀을 숨기고 있는 듯 보이지 않던가.

다니엘, 등장한다.

다니엘 나리, 무슨 시키실 일이 있습니까?
프란츠 별 일 아닐세. 얼른 가서 이 잔에 포도주를 따라오게! 어서 서두르게! (다니엘, 그곳을 물러난다) 어디 두고 보자, 이 늙은이! 네놈의 꼬리를 꼭 잡고야 말 테다. 네놈의 눈을 똑바로 바라보아서, 온 몸이 뻣뻣하게 굳도록 만들어 줄 것이다. 네놈이 양심의 가책을 이기지 못하고서 가면 속의 얼굴이 창백하게 질리도록 만들어 줄 것이다! 그놈이 살아 있어서는 안 된다! 그놈은 어설프게 일을 벌여 놓고서, 일이 어떻게 마무리되어 가는지 멍청하게 입 벌리고 바라보는 얼간이일 뿐이다.

다니엘, 포도주 잔을 들고 등장한다.

프란츠 술잔을 여기에 놓게! 내 눈을 똑바로 바라보게나! 왜 자네 무릎이 후들거리는가! 자네 지금 떨고 있지 않은가! 영감, 솔직히 말해라! 무슨 짓을 했느냐?

다니엘 나리, 저는 아무 짓도 하지 않았습니다. 하느님과 제 불쌍한 영혼을 걸고 맹세합니다!

프란츠 이 술을 마셔라! 뭘 망설이느냐? 어서 이실직고하거라! 술에다 뭘 탔느냐?

다니엘 오, 하느님! 그게 무슨 말씀이십니까? 제가 술에다 뭘 탔다니요?

프란츠 술에다 독약을 타지 않았느냐! 왜 얼굴이 백짓장처럼 하얘지느냐? 냉큼 실토하거라. 누구한테서 독약을 받았느냐? 분명코 백작, 백작에게서 받지 않았느냐?

다니엘 백작이라니요? 오, 맙소사! 그분한테서는 아무것도 받지 않았습니다.

프란츠 (다니엘을 거칠게 움켜쥔다) 이 늙은 거짓말쟁이, 네놈의 얼굴이 새파랗게 질리도록 목을 졸라 버리겠다. 아무것도 받지 않았다고? 어쩌다 네놈들이 한통속이 되었느냐? 그놈하고 너, 아말리아 말이다! 함께 뭘 수군거렸느냐? 어서 실토하지 못할까! 그놈이 너한테 무슨, 무슨 비밀을 털어놓았느냐?

다니엘 하느님께서 다 아십니다! 그분은 정말로 아무런 비밀도 털어놓지 않았습니다.

프란츠 그래도 아니라고 할 셈이냐? 너희들이 나를 제거하려고 무슨 음모를 꾸미지 않았더냐? 그렇지 않더냐? 내가 잠들었을 때 내 목을 조를 셈이었느냐? 아니면 이발사를 시켜서 내 목을 자르거나 술이나 초콜릿에 독을 타려고 했느냐? 어서, 어서 실토하지 못할까! 수프에 약을 타서 영원히 나를 잠들게 할 생각이었느냐? 내가 이미 다 알고 있으니, 어서 솔직히 말해라.

다니엘 제가 어쩌면 좋을지, 하느님 도와주소서! 저는 나리께 정말 숨김 없이 진실만을 말씀드리고 있습니다.

프란츠 내 이번 한 번만큼은 용서해 주겠다. 하지만 그놈이 틀림없이 네 주머니에 돈을 찔러 주었겠지? 그리고 필요 이상으로 네 손을 꼭 쥐지 않더냐? 말하자면 옛 친구의 손을 잡듯이 말이다.

다니엘 나리, 결코 그런 일 없었습니다.

프란츠 이를테면 그놈이 너를 잘 알고 있다고 말하지 않더냐? 너도 그놈을 잘 알 것이며, 언젠가는 네가 사실을 알게 될 것이라는 등의 말을 결코 하지 않았단 말이냐?

다니엘 추호도 그런 말 한 적 없습니다.

프란츠 지금은 사정이 있어서 말할 수 없으며, 적에게 접근하려면 가면을 써야 하고 잔인하게, 아주 잔인하게 복수할 생각이라는 말도 하지 않았단 말이냐?

다니엘 단 한마디도 그런 말씀 없었습니다.

프란츠 뭐라고? 단 한마디도 없었다고? 잘 생각해 보아라. 혹시 돌아가신 어른을 아주 잘, 특별히 잘 알았으며, 그분을 사랑했다고, 아버지처럼 깊이 사랑했다고 말하지 않던가?

다니엘 그런 비슷한 말은 들은 것 같습니다.

프란츠 (얼굴이 하얗게 질린다) 정말 그런 말을 했느냐? 뭐라고 했는지 자세히 말해 보아라! 혹시 내 형이라고 말하지 않더냐?

다니엘 (깜짝 놀란다) 나리, 그게 무슨 말씀입니까? 아닙니다, 그런 말씀은 하지 않으셨습니다. 하지만 마침 아가씨께서 그분을 화랑으로 안내하셨을 때, 제가 액자의 먼지를 털고 있었습니다. 그분은 돌아가신 백작님의 초상화 앞에서 벼락 맞은 듯 갑자기 걸음을 멈추셨지요. 아가씨께서 그 초상화를 가리키며 훌륭한 분이셨다고 말씀하시자, 그분은 그렇다고 대답하며 눈물을 닦았습니다.

프란츠 다니엘, 내 말 똑똑히 듣게! 자네도 잘 알겠지만, 나는 언제나 자네한테 잘해 주었고, 먹을 것과 입을 것을 주었으며, 자네 나이를 생각해서 힘든 일은 시키지 않았네.

다니엘 하느님께서 나리한테 그에 대한 보답을 해주실 것입니다! 그래서 저도 언제나 나리를 성심껏 모셔 왔습니다.

프란츠 내가 지금 그 말을 하려던 참이었네. 자네는 평생 내 말을 거역한 적이 없었어. 내 말에 복종해야 하는 것을 틀림없이 자네가 잘 알고 있기 때문일 걸세.

다니엘 하느님의 뜻에 어긋나지 않고 제 양심에 거리낌이 없는 한, 항상 진심으로 나리의 뜻을 따랐지요.

프란츠 그런 시시한 소리 집어치우게! 자네는 부끄럽지도 않은가? 그렇게 나이 먹어서까지 아직도 크리스마스 이야기를 믿다니! 다니엘, 그만두세! 그것은 어리석은 생각이었네. 내가 이 집안의 주인이 아닌가. 하느님과 양심이라는 것이 있다면, 나는 벌을 받을 걸세.

다니엘 (두 손을 맞잡으며) 오, 하느님!

프란츠 나는 자네의 충성심을 믿네! 자네도 이 말이 무슨 뜻인지 알지? 내가 자네의 충성심을 믿고서 명령하는데, 그 백작이 내일부터 산 사람들과 어울려 다니지 않도록 조치를 취하게.

다니엘 오, 하느님 도와주소서! 대체 이유가 무엇입니까?

프란츠 무조건 내 말대로 하게나! 나는 자네만을 믿네.

다니엘 저를 믿으신다고요? 오, 맙소사! 저를 믿으시다니요? 이 늙은이가 뭘 잘못했습니까?

프란츠 여기서 길게 생각할 시간 없네. 자네 운명은 내 손아귀에 들어 있어. 땅속 깊은 지하 감방에서 자네의 뼈로 굶주린 배를 달래고 자네의 오줌으로 목마름을 잠재우며 평생을 시달릴 것인가 아니면 평안하게 빵을 먹으며 노후의 안식을 누릴 것인가?

다니엘 나리, 그게 무슨 말씀입니까? 사람을 죽이고서 어떻게 노후에 평안과 안식을 누린단 말입니까?

프란츠 내가 묻는 말에 어서 대답이나 하게!

다니엘 제발 이 늙은이의 흰머리를 보십시오! 이 허옇게 센 머리를!

프란츠 내 말대로 할 텐가 안 할 텐가!

다니엘 저는 못합니다! 하느님, 저를 불쌍히 여기소서!

프란츠 (자리를 뜨려 한다) 좋아, 자네 뜻이 정 그렇다면 할 수 없지. (다니엘, 프란츠를 붙잡고서 그 앞에 넙죽 엎드린다)

다니엘 나리, 제발 이 불쌍한 늙은이를 한 번만 봐 주십시오! 제발 봐 주십시오!

프란츠 내 말대로 할 텐가, 안 할 텐가!

다니엘 나리, 지금 제 나이 일흔한 살입니다. 저는 제 어미와 아비를 정성껏 공양하고, 평생 남의 것이라면 단 한 푼도 욕심 부리지 않고, 정직한 마음으로 성실하게 하느님을 믿고, 마흔네 해 동안 나리 댁에서 몸 바쳐 일했습니다. 이제 오로지 조용히 편안하게 죽고 싶을 뿐입니다, 나리! 오, 나리! (프란츠의 무릎을 격렬하게 부둥켜안는다) 죽음을 앞둔 이 늙은이의 마지막 위안을 앗아 가시려는 겁니까? 제가 양심의 가책 때문에 마지막 기도도 드리지 못하고, 하느님과 사람들 앞에서 잔혹한 인간으로 숨을 거두게 하시려는 겁니까? 아니, 아닙니다. 자애롭고 훌륭하신 나리! 나리께서 그러실 리가 없습니다. 일흔한 살 먹은 늙은이에게 그런 일을 시키실 리가 없습니다.

프란츠 내 말대로 할 텐가, 안 할 텐가! 무슨 군말이 이렇게 많아?

다니엘 앞으로 더욱 열심히 나리를 모시겠습니다. 나리를 위해서라면 이 빈약한 몸으로 날품팔이처럼 뼈 빠지게 일하고, 아침에 더 일찍 일어나고 밤에는 더 늦게 잠자리에 들겠습니다. 아, 그리고 아침저녁으로 나리를 위해 기도드리겠습니다. 하느님께서 늙은이의 기도를 모른 척하시지 않을 겁니다.

프란츠 자신을 희생하는 것보다는 순종하는 편이 더 낫네. 사형 집행인이 사형을 집행하면서 몸을 사린다는 말을 들어본 적이 있는가?

다니엘 그야 그렇지요! 하지만 죄 없는 사람을 죽이는 것은······.

프란츠 지금 나더러 네놈한테 이러니저러니 해명을 하란 말이냐? 왜 저쪽이 아니고 이쪽을 내리쳐야 하는지, 도끼가 형리한테 묻는 걸 보았느냐? 하지만 내가 지금 자네한테 얼마나 너그러운지 잘 봐 두게나! 자네가 충성을 보이면, 그 대가를 두둑이 내리겠네.

다니엘 저는 오로지 나리에게 충성하면서도 기독교인으로서의 본분에서 벗어나고 싶지 않을 뿐입니다.

프란츠 더 이상 군말 말게! 내 자네에게 하루 동안 생각할 시간을 주겠네! 다시 한 번 잘 생각해 보게. 행복이냐 불행이냐. 내 말 들었는가? 무슨 말인지 알아들었겠지? 지극한 행복을 누리느냐 아니면 지독한 불행을 맛보느냐! 나는 사람을 괴롭히는 데서도 기적을 행할 수 있다는 사실을 잘 유념하게.

다니엘 (잠시 생각에 잠긴다) 나리께서 시키시는 대로 하겠습니다. 내일 하겠습니다. (퇴장한다)

프란츠 저 늙은이한테는 커다란 시련이겠지. 하지만 원래 순교자가 될 놈은 아니야. 백작 나리, 어디 두고 보실까! 이쯤

되었으니 내일 저녁에는 최후의 만찬을 드시게 될걸! 모든 것은 오로지 생각하기 나름이라고. 눈앞의 이익을 보고도 다른 생각을 하는 사람은 바보가 아니겠어! 술을 거나하게 마신 아비가 욕정이 동하면 인간이 하나 생겨난단 말씀이야. 물론 헤라클레스는 대사업을 벌이면서 그런 인간이 만들어질 줄은 꿈에도 생각하지 않았겠지만. 그러고 보니 나도 슬슬 욕망이 동하는데. 그러면 한 인간이 죽어 나자빠진단 말씀이야. 물론 나는 그런 인간들이 만들어질 때보다는 머리를 훨씬 더 많이 굴리고 철저하게 계획을 세우지. 대부분의 인간은 칠월 한낮의 열기가 푹푹 찐다든지 아니면 침대 시트가 보기 좋다든지 예쁘게 생긴 부엌데기가 벌렁 누워 자고 있다든지 불이 꺼져 있는 바람에 이 세상의 빛을 보게 된 것이 아니겠어? 인간의 출생이 동물적인 충동이나 우연의 작품인데, 무엇 때문에 굳이 자신의 출생을 부정하려고 의미심장한 것을 생각해 내야 한단 말인가? 끔찍한 동화로 우리의 환상을 망가뜨리고 징벌의 섬뜩한 형상을 우리의 골수 깊숙이 각인해서, 어른이 된 후에 자신도 모르게 사지를 벌벌 떨게 만들고 우리의 대담한 결의를 가로막고 깨어나는 이성을 미신적인 어둠의 사슬에 묶어 버리는 유모와 보모들의 어리석음은 저주받아야 마땅하지 않겠는가. 살인! 이 말을 에워싸고서 복수의 여신들이 사납게 요동치고 있지 않은가. 자연이 사람 하나 더 만드는 것을 깜박 잊어먹거나 탯줄이 졸라 매지지 않거나 아버지가 신혼 첫날밤에 제 역할을 하지 못하면, 그 모든 허깨비 놀음이 사라지기 마련이다. 뭔가가 있었지만 결실을 맺지 못하는 것이다. 이는 처음부터 아무것도 없어서 결국 결실을 맺지 못했다는 말과 무엇이 다르겠는가. 결실을 맺지 못했다는 말을 다른 말로 바꿀 수는 없다. 인간은 진흙에서 생겨나, 잠시 진흙 속에서 뒹굴며 진흙을 만들다가, 다시 진흙으로 썩어서, 결국 증손자의 신발창에 흉측하게 눌어붙어 다닌다. 그것이 바로 노래의 끝이며, 진흙으로서 인간 운명의 순환이 아니겠는가! 그러니 형님, 안녕히 가십시오! 통풍에 걸리고 비장에 탈난 양심적인 도덕군자가 사창가에서 주글주글한 늙은 여인을 쫓아내고 죽음을 앞둔 늙은 고리대금업자는 고문할 수 있을지 몰라도, 내 앞에는 결코 얼씬거리지 못할 것이다! (퇴장한다)

제3장

모어 성의 다른 방.
도적 카를과 다니엘, 각기 무대의 다른 편에서 등장한다.

카를 (조급하게) 아가씨는 어디에 계시는가?
다니엘 나리! 제발 이 불쌍한 인간의 소청을 들어주십시오.
카를 그래, 말해 보게나. 뭘 원하는가?
다니엘 별일은 아니면서도 모든 것이 달려 있습니다. 하찮은 일이면서 중요한 일이지요. 나리의 손에 입 맞추게 해주십시오!
카를 노인장, 그럴 필요 없네! (다니엘을 부둥켜안는다) 자네가 아버지처럼 느껴지는구먼.
다니엘 나리의 손, 손을 좀 보여 주십시오! 제발 부탁입니다.
카를 그럴 필요 없다잖은가.
다니엘 저는 나리의 손을 꼭 봐야 합니다! (카를의 손을 움켜쥐고 얼른 자세히 들여다보다가 그 앞에 무릎 꿇는다) 카를 도련님!

카를 (순간 자지러지게 놀라지만 정신을 차리고서 냉정하게 말한다) 이보게, 그게 무슨 말인가? 나는 무슨 영문인지 모르겠네.

다니엘 네, 우기십시오. 얼마든지 우기십시오. 신분을 감추십시오! 좋습니다, 좋아요! 도련님은 저한테 언제나 더없이 소중하고 좋은 분이셨습니다. 오, 하느님! 이 늙은이가 살아서 이런 기쁨을 누릴 수 있다니…… 도련님을 금방 알아보지 못하다니, 이런 어리석은 바보가 또 어디 있겠습니까……. 이런 세상에, 하느님! 도련님께서 이렇게 다시 돌아오셨는데 백작님께서는 땅에 묻히셨으니…… 도련님께서 돌아오시다니…… 도련님을 즉석에서 알아보지 못하다니, 저는 참으로 눈먼 얼간이입니다. (자신의 머리를 때린다) 아이쿠, 맙소사! 이런 날이 오게 해달라고 눈물을 흘리며 기도했지만, 정말로 이런 일이 있을 줄 누가 꿈이나 꾸었겠습니까? 세상에! 도련님께서 살아서 다시 이 방에 서 계시다니!

카를 그게 무슨 말이오? 지금 열병을 앓다 뛰쳐나온 게요 아니면 나한테 익살극을 보여 주자는 게요?

다니엘 이런, 이런, 그런 말씀 그만두십시오! 늙은 하인을 놀리시면 보기 흉합니다…… 이 흉터! 도련님, 기억나십니까? 맙소사! 그때 제가 얼마나 놀랐었는지……. 저는 항상 도련님을 무척 좋아했는데, 그때 하마터면 애간장 녹는 일이 벌어질 뻔했지요. 도련님께서는 제 무릎에 앉아 계셨습니다, 기억나십니까? 저기 둥그런 방에서, 그리고 새 있잖습니까? 물론 도련님께서는 잊어버리셨을 겁니다. 도련님이 좋아했던 뻐꾸기시계 말입니다. 한번 생각해 보십시오! 그 뻐꾸기시계가 바닥에 떨어져 박살이 나고 말았지요. 할멈이 방 안을 청소하다가 그만 망가뜨렸답니다. 네, 그랬지요. 그때 도련님은 제 무릎에 앉아 있다가 〈말!〉이라고 외쳤고, 저는 말을 가지러 달려 나갔습니다. 맙소사! 이 미련한 인간이 그때 뭐 하러 달려 나갔는지! 저는 복도에서 비명 소리를 들었을 때 등골이 오싹했답니다. 방 안에 뛰어 들어가 보니, 시뻘건 피가 흐르고 도련님은 바닥에 쓰러져 있었지요. 오, 맙소사! 저는 목덜미에 얼음물 세례를 받은 듯 벌벌 떨었습니다. 어린아이들에게서 잠시만 눈을 돌려도 그런 일이 생긴다니까요. 원, 세상에! 그것이 눈에라도 박혔으면 어쩔 뻔했겠습니까…… 오른손이었기에 천행이었지요. 칼이나 가위, 뾰족한 것은 내 평생 두 번 다시 어린아이의 손에 닿게 하지 않겠다고 그때 결심했답니다. 다행히도 백작나리와 마님께서는 여행 중이셨지요. 그래, 그래, 이날은 내 평생 잊지 못할 교훈이 될 게야, 저는 말했답니다. 그리고 아뿔싸, 하마터면 이 집에서 쫓겨날 뻔했지요. 저는 철없는 우리 도련님을 너그러이 봐 달라고 하느님께 기도했습니다. 그러나 다행히도 그 상처는 쉽게 아물어서 이 보기 흉한 흉터만이 남았지요.

카를 나는 도대체 무슨 말인지 하나도 이해 못 하겠네.

다니엘 그럴까요, 정말 그럴까요? 그 시절이 좋지 않았습니까? 제가 누구보다도 도련님을 좋아해서 항상 달콤한 빵이나 비스킷, 과자를 갖다 드리지 않았습니까? 제가 한번은 도련님을 백작 나리의 구렁말에 태워 넓은 풀밭을 마음껏 달리시도록 해드렸을 때, 도련님이 저 아래 마구간에서 저한테 뭐라고 말씀하셨는지 아십니까? 다니엘, 내가 이다음에 커서 어른이 되면, 다니엘이 내 집사가 되어서 나랑 함께 마차를 타고 다녀야 해. 도련님은 이렇게 말씀하셨고, 저는 웃으면서 그러겠노라고 대답했지요. 그리고 하느님이 저를 건강하게 오래오래 살게 해주시고 도련님이 늙은이를 부끄럽게 여기지 않는다면, 제가 도련님에게 청이 하나 있다고 말씀드렸습니다. 저 아래 마을에 오두막이 한 채 오랫동안 비어 있는데, 그곳에서 살게 해달라고 부탁드렸지요. 그곳에서 술병을 이십 아이머[1]쯤 양동이에 담가 두고, 늘그막에 술이나 팔며 살고 싶었답니다. 그래, 웃으십시오! 실컷 웃으십시오! 도련님은 그것을 전부 까맣게 잊으셨습니까? 사람들은 대개 늙은이에 대해 알려 하지 않고, 고상한 척 굴며 늙은이에게 냉담하지요. 하지만 도련님은 여전히 제 소중한 도련님이십니다. 물론 그동안 조금 즐기며 사셨지요. 제 말을 나쁘게 생각하지 마십시오! 대부분 젊은 시절 한때 그러기 마련이지만, 결국에는 모든 것이 좋아진답니다.

카를 (다니엘의 목을 부둥켜안는다) 그래! 다니엘, 더 이상 숨기지 않으려네! 내가 자네의 카를일세, 집 나간 카를 말일세! 내 아말리아는 어떻게 지내는가?

다니엘 (울음을 터뜨린다) 이 죄 많은 늙은이가 이런 기쁨을

---

[1] 옛날에 쓰던 액체량 단위.

누리다니! 돌아가신 나리께서 헛되이 우셨습니다! 허연 두 개골아! 썩어 문드러진 뼈다귀야! 기쁘게 무덤으로 향하거라! 내 주인께서 살아 계신다. 내 눈으로 직접 보았다!

카를 예전에 마구간에서 자네에게 한 약속을 지키려네. 정직한 할아범, 구렁말에 대한 대가로 이것을 받게. (다니엘에게 묵직한 돈주머니를 반 강제로 떠다 맡긴다) 나는 할아범을 잊지 않았네.

다니엘 아니, 이게 웬일입니까? 이렇게 많이! 뭔가 실수하셨나 봅니다.

카를 실수하지 않았네, 다니엘! (다니엘, 무릎을 꿇으려 한다) 일어나게. 내 아말리아는 어떻게 지내는가?

다니엘 하느님께서 보답을 해주셨습니다! 이런 세상에! 아말리아 아가씨께서 이 사실을 아시면 너무 기뻐서 숨이 넘어가실 겁니다!

카를 (격렬하게) 아말리아가 나를 잊지는 않았는가?

다니엘 잊다니요? 무슨 그런 말씀을 하십니까? 도련님을 잊다니요? 도련님께서 돌아가셨다는 소식을 듣고서 아가씨께서 어떠셨는지 아십니까! 도련님께서 그 모습을 직접 두 눈으로 보셨어야 하는데. 그 소문은 젊은 나리께서 퍼뜨리셨답니다…….

카를 그게 무슨 말인가? 내 동생이…….

다니엘 네, 도련님의 동생, 젊은 나리 말입니다. 나중에 기회가 닿으면 그 이야기를 더 자세히 들려드리겠습니다. 젊은 나리께서 날이면 날마다 청혼하고 아내가 되어 달라고 졸

랐는데도, 아가씨께서 얼마나 단호하게 거절하셨는지 아십니까! 아 참, 어서 가서 아가씨한테 이 소식을 전해 드려야겠습니다. 어서 전해 드려야지. (그 자리를 뜨려 한다)

카를 잠깐, 잠깐 기다리게! 아말리아가 이 사실을 알아서는 안 되네. 그 누구도 알아서는 안 되네. 내 동생도 마찬가질세.

다니엘 도련님의 동생 말인가요? 물론 그분은 절대로 알아서는 안 되지요! 안 되고말고요! 그분은 쓸데없이 많은 것을 알 필요가 없지요. 이 세상에는 정말로 파렴치한 사람들, 파렴치한 형제들, 파렴치한 주인들이 있다니까요. 하지만 나는 이 집안의 금은보화를 모두 준다고 해도 절대로 파렴치한 하인이 되고 싶지는 않습니다. 젊은 나리는 도련님께서 돌아가셨다고 여기고 있지요.

카를 으흠! 뭘 그렇게 중얼거리는가?

다니엘 (더욱 목소리를 낮추어) 불청객이 살아서 돌아온 것을 알게 되면, 어떻게 나올까. 도련님의 동생은 자신이 돌아가신 나리의 유일한 상속자인 줄 알고 있답니다.

카를 이보게! 뭘 그리 혼자 입속으로 웅얼거리는가! 무슨 말 못할 끔찍한 비밀이 입 안에서 빙빙 도는 겐가! 좀 더 똑똑히 말해 보게!

다니엘 제 늙은 뼈로 굶주림을 달래고 제 오줌으로 갈증을 잠재우는 한이 있어도, 사람을 죽여서 호사를 누리고 싶지는 않습니다. (황급히 퇴장한다)

카를 (잠시 섬뜩한 침묵이 흐른다. 카를, 펄쩍 뛴다) 속았구나, 속았어! 이제야 모든 걸 알겠다! 간교한 술책이었어! 이런,

맙소사! 아버지가 아니고 간교한 술책이었어! 간교한 술책에 넘어가 살인범이 되고 도적이 되다니! 그 녀석이 거짓 고자질을 하고 내 편지를 가로채고 날조했구나. 아버지의 마음은 사랑으로 넘친 것을…… 아, 이 어리석은 인간이 모르다니…… 아버지의 마음은 사랑으로 넘쳤어……. 아, 이렇듯 악랄할 수가, 악랄할 수가! 아버지 앞에 무릎을 꿇고서 눈물을 흘렸어야 했는데…… 아, 나는 어리석은, 어리석은, 참으로 어리석은 바보였구나! (벽에 머리를 부딪친다) 나는 행복할 수 있었는데……. 이런 비열한, 비열한 일이! 비열하게 나를 속이고 내 삶의 행복을 앗아 가다니. (격분하여 방 안을 빠르게 오간다) 간교한 술책에 넘어가 살인범이 되고 도적이 되다니! 아버지는 한 번도 화를 내시지 않으셨어! 한 번도 저주하려는 생각을 품으신 적이 없었어! 아, 이런 악당이 있다니! 이런 황당무계하고 음흉하고 흉악한 악당이 있다니!

코진스키, 방에 들어온다.

코진스키 어이, 두목, 어디 있는가? 무슨 일인가? 자네 이곳에 더 오래 머무를 작정인 것 같구먼.
카를 자, 떠나세! 말에 안장을 얹게! 해가 지기 전에 국경을 넘어가야 하네.
코진스키 지금 농담하는 겐가.
카를 (명령조로) 어서, 어서 서두르게! 우물쭈물하지 말고, 모

든 것을 이대로 놔두고 떠나세! 그리고 사람들 눈에 띄지 않도록 하게. (코진스키, 퇴장한다)

어서 이곳을 빠져나가자. 조금 더 지체하다가는 치솟는 분노를 다스리지 못하겠구나. 그래도 우리 아버지의 아들이고 내 동생, 동생이 아니던가! 네놈이 나를 세상에서 가장 불행한 인간으로 만들다니. 내가 한 번도 너를 모욕한 적이 없거늘, 형제간의 우애를 이렇게 저버리다니! 네 죄악의 열매를 조용히 맛보아라. 내가 여기에 있어서, 그 즐거움을 훼방 놓아서는 안 될 것이다. 하지만 네놈의 행실은 형제간의 우애를 저버린 것이었다. 어둠이 네 죄악의 열매를 영원히 뒤덮어 버리고, 죽음도 거기에 손대지 않으리라!

코진스키, 등장한다.

코진스키 말이 준비되었네. 언제든 올라탈 수 있다네.

카를 채근하지 말게! 왜 이리 서두르는 겐가? 그녀의 얼굴도 못 보고 떠나야 한단 말이냐?

코진스키 자네가 원하면 당장 다시 말의 재갈을 벗기겠네. 하지만 조금 전에는 부랴부랴 서두르라고 하지 않았는가.

카를 한 번만 더 얼굴을 보자! 잘 있으라는 인사말이라도 하자! 이 환희의 독배를 한 방울도 남기지 말고 마셔야겠다. 잠깐, 코진스키! 뒤뜰에서 십 분만 더 기다리게. 그런 다음 바람같이 이곳을 떠나세!

제4장

정원에서.
아말리아.

아말리아 울고 있소, 아말리아? 그분은 말씀하셨어! 그 목소리, 그 목소리를 듣는 순간, 세상이 다시 젊어지는 것만 같았어. 그 목소리와 함께 지난날 행복했던 사랑의 봄이 되살아나는 듯했어! 그때처럼 나이팅게일이 노래하고, 그때처럼 꽃들이 향기를 내뿜었어. 나는 환희에 취해 그분의 목에 매달렸어. 세상에, 이런 부정하고 신의 없는 마음이 또 있을까! 거짓 맹세를 미화시키려고 하다니! 아니, 아니야. 이 뻔뻔한 형상아, 어서 썩 사라지거라. 나는 맹세를 저버리지 않았어요, 나한테는 오로지 당신뿐이에요! 이 음험하고 사악한 소원들아, 내 영혼 안에서 썩 사라지거라! 카를이 자리 잡고 있는 내 마음속에 그 어떤 다른 인간도 둥지를 틀 수는 없어. 그런데 어째서 나도 모르게 내 마음이 자꾸만 그 낯선 분을 향하는 것일까? 그분이 내 유일한 이의 모습과 너무도 비슷하지 않은가? 혹시 내 유일한 이의 영원한 친구가 아닐까? 울고 있소, 아말리아? 그분은 물으셨어. 어서 그분에게서 도망쳐야 해! 어서! 다시는 내 눈으로 그 낯선 분을 보아서는 안 돼!

도적 카를, 정원 문을 연다.

아말리아 (움찔 놀란다) 쉿! 이게 무슨 소리지! 문소리가 난 것 같은데? (카를의 모습을 보고서 펄쩍 뛴다) 그분인가? 어디 가는 것일까? 무슨 일이지? 어서 도망가야 할 텐데, 못 박힌 듯 꼼짝도 할 수가 없어. 하느님, 제발 저를 버리지 마소서! 안 됩니다. 저에게서 카를을 빼앗아 가지 마소서! 제 마음은 두 사람을 받들 여지가 없고, 저는 한낱 가련한 계집이랍니다! (카를의 초상화를 꺼낸다) 오, 카를! 저 낯선 남자에게서, 저 사랑의 훼방꾼에게서 나를 지켜 줘요! 오로지 당신, 당신 하나만을 변함없이 바라보고, 저 낯선 남자를 향하는 이 경박한 눈길을 거두게 해줘요! (말없이 앉아서 카를의 초상화를 뚫어지게 바라본다)
카를 아, 아가씨, 여기 계셨군요? 무슨 슬픈 일이 있습니까? 여기 초상화에 눈물방울이 떨어지지 않았습니까? (아말리아, 대답하지 않는다) 천사의 눈을 은빛으로 빛나게 할 이 행복한 남자는 누구입니까? 이 축복받은 남자를 저도 한번 볼 수 있을까요……. (카를, 초상화를 들여다보려 한다)
아말리아 안 돼요, 정말 안 돼요.

카를 (주춤 뒤로 물러난다) 이런! 이렇듯 숭상받을 자격이 있는 남자입니까? 이렇듯 숭상받을······.

아말리아 당신도 이 사람을 보셨더라면 좋았을 텐데!

카를 그랬더라면 부러워했을 겁니다.

아말리아 숭배했을 거예요.

카를 이런!

아말리아 아! 당신도 이 사람을 사랑했을 거예요! 이 사람의 얼굴, 눈길, 목소리, 제가 사랑하는 그 많은 것들이 당신과 아주 닮았답니다.

카를 (시선을 떨어뜨려 땅을 바라본다)

아말리아 당신이 지금 서 계신 이곳에 그 사람은 수없이 서 있었어요. 그리고 그 사람 곁에는 온 세상을 잊은 여자가 서 있었지요. 여기에서 그 사람의 눈은 주변의 수려한 경치를 더듬었고, 그러면 주변 풍경은 그 풍성하게 보답하는 눈길 아래서 자신의 걸작품을 즐기며 더욱 아름다워지는 것만 같았지요. 여기에서 그 사람은 더없이 아름다운 음악으로 하늘의 청중들을 사로잡았고, 또 여기 수풀에서 장미를, 저를 위해 장미를 꺾었지요. 여기, 바로 여기에서 그 사람은 제 목을 안고 제 입에 뜨겁게 입 맞추었어요. 꽃들도 사랑하는 연인들의 발길에 기꺼이 밟혔답니다.

카를 이제 그분은 이곳에 계시지 않은가요?

아말리아 그 사람은 폭풍우 몰아치는 바다를 항해하고, 아말리아의 사랑도 그 사람과 함께 바다를 떠돌고 있어요. 그 사람은 길도 없는 황량한 모래사막을 헤매고, 아말리아의 사랑은 그 사람의 발아래 뜨거운 모래 속에 푸른 싹을 피우고 들풀을 꽃피운답니다. 한낮의 햇살이 모자도 쓰지 않은 그 사람의 머리를 뜨겁게 그을리고, 북풍한설이 그 사람의 발바닥을 얼어붙게 하고, 사나운 우박이 그 사람의 관자놀이를 빗발치듯 때리지요. 아말리아의 사랑은 폭풍우 속에서 그 사람을 고이 안아 준답니다. 바다와 산과 수평선이 사랑하는 사람들을 가로막아도, 사랑하는 사람들의 영혼은 지저분한 지하 감방을 빠져나와 사랑의 낙원에서 만난답니다. 백작님, 무슨 슬픈 일이 있나요?

카를 사랑의 이야기를 듣고 있으니, 제 사랑이 생생하게 떠오르는군요.

아말리아 (얼굴이 창백해지며) 뭐라고요? 백작님에게 사랑하는 여자가 있단 말인가요? 어머, 제가 지금 무슨 말을 하고 있지요?

카를 그 여인은 제가 죽었다고 믿고서, 죽은 저를 위해 정절을 지켰지요. 그러다 제가 살아 있다는 소식을 듣고는, 수도원에서 순결하게 살려는 계획을 포기했답니다. 그 여인은 제가 사막을 헤매고 불행하게 세상을 방랑하는 것을 알고 있지요. 그 여인의 사랑은 사막과 불행을 넘어 저한테로 날아온답니다. 그 여인의 이름도 아가씨처럼 아말리아랍니다.

아말리아 당신의 아말리아가 부럽군요!

카를 아, 하지만 불행한 아가씨랍니다! 그 아가씨는 세상으로부터 버림받은 사람을 사랑하고, 그 사랑은 영원히 보답받을 길이 없답니다.

아말리아 아니에요. 그 사랑은 천상에서 보답받을 거예요. 슬퍼하는 사람들이 기쁨을 맛보고 사랑하는 사람들이 다시 만나는 더 좋은 세상이 있다고들 말하잖아요?

카를 그렇지요. 베일이 벗겨지고 사랑하는 사람들이 끔찍하게 재회하는 세상이 있지요. 그 세상은 영원이라고 불리지요. 제 아말리아는 불행한 아가씨랍니다.

아말리아 당신이 그 아가씨를 사랑하는데도 불행하단 말인가요?

카를 그 여자는 저를 사랑하기 때문에 불행하답니다! 제가 살인자라면 어쩌겠습니까? 아가씨가 사랑하는 남자가 아가씨에게 입 맞출 때마다 자신이 저지른 살인을 헤아린다면 어쩌겠습니까? 가련한 아말리아! 그녀는 정말 불행한 아가씨입니다.

아말리아 (기뻐하며 폴짝폴짝 뛴다) 아, 그렇다면 저는 정말 행복한 여자예요! 하느님은 은총과 자비이신데, 제 유일한 사람은 하느님의 후광을 입고 있거든요! 그 사람은 파리가 괴로워하는 것도 못 본답니다. 그 사람의 영혼과 피비린내 나는 생각은 정오와 자정처럼 한없이 거리가 멀지요.

카를 (별안간 수풀 속으로 들어가 주변을 멍하니 바라본다)

아말리아 (라우테에 맞추어 노래한다)

아킬레우스의 죽음의 철검이
끔찍하게 파트로클로스를 위한 제물을 바치려 드는데
헥토르, 그대 영원히 저를 뿌리치시렵니까?

크산토스가 그대를 삼켜 버리는 날에는,
누가 앞으로 어린것에게
창을 던지고 신들을 숭상하는 법을 가르친단 말입니까?

카를 (말없이 라우테를 받아 들어 연주한다)

사랑하는 아내여, 죽음의 창을 가져다주오.
싸움이 난무하는 전쟁터로 나를 가게 해주오.

  카를, 라우테를 내던지고 도망치듯 그 자리를 떠난다.

제5장

근처의 숲, 어두운 밤.
무너진 낡은 성이 한가운데에 보인다.
도적 떼, 땅바닥에 모여 앉아 있다.

도적들 (노래한다)

도둑질, 살인, 오입질, 싸움질.
이런 것이 우리들에게는 심심풀이라네.
내일이면 교수대에 목 매달릴 몸,
그러니 오늘 신나게 놀아 보세.

우리는 자유롭게 산다네,
기쁨에 넘치는 삶.
숲이 우리들의 잠자리이고,
비바람 불면 우리는 일을 나간다네.
달님이 우리들 태양이고,

능숙한 솜씨를 자랑하는 메르쿠리우스[1]가
우리와 한패라네.

오늘은 신부(神父)들을 털고
내일은 살진 소작인들을 턴다네.
그 나머지 일은, 사랑하는 하느님에게
멋지게 맡겨 두세.

포도즙으로
목을 헹구고,
지옥에서 불에 지져질
검은 형제애로
용기를 내고 힘을 얻는다네.

몰매 맞은 남정네들의 신음 소리,
겁에 질린 여인네들의 탄식 소리,
홀로 남은 새색시의 흐느낌 소리,
우리들의 고막에는 진수성찬이라네!

아하, 저들이 손도끼 아래서 파르르 떨고,
송아지처럼 울부짖고, 모기처럼 나가떨어지면,
우리의 눈동자는 간질거리고,

---

1 Mercurius. 로마 신화에 나오는 상품 및 상인의 수호신.

우리의 귀는 흥이 난다네.

어차피 때가 되면
형리에게 잡혀갈 몸,
그러니 우리 몫을 챙겨서
어서 줄행랑을 치세.
가다가 화끈한 화주로 목을 축이고
만세, 아차차! 어서 쏜살같이 날아가세.

슈바이처 벌써 어두워졌는데 두목이 아직 안 왔어!

라츠만 정각 여덟시에 우리에게 오기로 약속하지 않았던가.

슈바이처 무슨 좋지 않은 일이 생긴 게 아닐까? 이보게들, 그러면 우리 불을 질러서 갓난아기들을 죽여 버리자고.

슈피겔베르크 (라츠만을 옆으로 잡아 끈다) 라츠만, 자네에게 한마디 할 말이 있네.

슈바르츠 (그림에게) 정탐꾼을 보내야 하지 않을까?

그림 그냥 두게! 두목은 틀림없이 듬뿍 수확을 올려서 우리를 부끄럽게 만들 걸세.

슈바이처 빌어먹을, 그건 헛짚은 걸세! 두목이 이곳에서 한탕 하려고 우리 곁을 떠난 것 같지는 않아. 이 들판을 지날 때, 두목이 한 말을 잊었던가? 〈이 밭에서 무 한 개라도 훔치는 녀석은, 내가 성을 갈지 않는 한 이곳을 살아서 떠나지 못할 것이다.〉 그러니 이곳에서는 물건을 훔치면 안 된다고.

라츠만 (슈피겔베르크에게 소리 죽여 말한다) 그게 대체 무슨 말이야? 좀 더 분명히 말하라고!

슈피겔베르크 쉿, 조용히 하게! 다들 황소처럼 수레나 끄는 주제에 자주니 뭐니 온갖 근사한 말을 떠들어대는데, 자네나 나나 자유가 뭔지 알게 뭔가. 나는 참으로 못마땅하다네.

슈바이처 (그림에게) 저 허풍선이가 또 무슨 모사를 꾸미는 게 아닐까?

라츠만 (슈피겔베르크에게 소리 죽여) 자네 지금 두목 이야기를 하는 겐가?

슈피겔베르크 쉿, 조용히 하라니까! 우리가 하는 말이 그자의 귀에 전부 들어간다고. 자네, 지금 두목이라고 말했는가? 도대체 누가 그자를 두목으로 앉혔는가? 당연히 내게 돌아와야 할 자리를 그자가 빼앗은 것이 아니겠는가? 그렇지 않은가? 그 때문에 우리가 목숨을 걸어야겠는가? 그 때문에 우리 모두가 우울증에 걸려 신세 한탄이나 하는 자의 뒤치다꺼리를 하고, 결국 노예의 몸종이 되는 행운을 누려야겠는가? 우리 스스로 제후가 될 수 있는데도, 몸종이 되어야 한단 말인가? 라츠만, 나는 맹세코 처음부터 전혀 마음에 들지 않았다네.

슈바이처 (다른 도적들에게) 그래, 돌멩이로 개구리를 때려잡다니, 자네는 진짜 영웅일세. 두목이 휑 코를 풀어 자네를 바늘귀로 날려 버릴 걸세.

슈피겔베르크 (라츠만에게) 그래, 벌써 오랫동안 나는 이래서는 안 된다고 생각했다네. 라츠만, 나는 자네를 언제나 남다르게 여겼어. 라츠만, 모두들 그자를 기다리고 있지만, 벌써 반쯤 포기한 것 같지 않은가……. 라츠만, 그자의 운세가 어쩐지 다한 것 같은 생각이 든단 말일세. 어떤가? 자유의 종이 울리는데도, 자네는 얼굴조차 붉어지지 않는단 말인가? 이 대담한 신호를 이해할 만한 용기조차 없단 말인가?

라츠만 이런, 악마 같은 놈! 내 영혼을 어디에 끌어들일 셈이냐?

슈피겔베르크 이제 무슨 말인지 알아들었는가? 좋아! 그렇다면 나를 따라오게. 그자가 어디로 가는지 내가 잘 봐 두었네, 어서 오게! 권총 두 자루면 실수할 리가 없을 걸세. 그 다음에는 갓난아기 죽이는 것이나 다름없지 않겠는가. (라츠만을 끌고 가려 한다)

슈바이처 (분격하여 칼을 빼든다) 이런, 짐승 같은 놈! 네놈을 보니 보헤미아의 숲이 다시 생각나는구나! 적들이 온다는 소리를 듣고서, 네 녀석은 겁에 질려 벌벌 떨던 겁쟁이가 아니었더냐? 그때 나는 맹세코 네놈을 저주했다. 잘 가거라, 이 더러운 암살자야! (슈피겔베르크를 칼로 찌른다)

도적들 (우왕좌왕한다) 살인이다, 살인! 슈바이처…… 슈피겔베르크…… 두 사람을 떼어 놓아라…….

슈바이처 (죽어 나동그라진 슈피겔베르크에게 칼을 내던진다) 자! 네놈은 뒈져야 해. 이보게들, 조용히 하게. 어서 하던 카드 게임이나 마저 하라고. 이 짐승 같은 놈은 항상 두목에게 앙심을 품어 왔어. 그러면서 제 몸뚱이에는 상처 하나 없는 놈이라고. 한번 더 말하지만, 자네들을 위해 잘된 일일세. 흥, 이런 나쁜 놈. 등 뒤에서 해코지를 하겠다고? 등 뒤에서! 우리가 개새끼처럼 죽어 나자빠지려고 땀을 뻘뻘 흘린 줄 알아? 이런 짐승 같은 놈! 우리가 결국 쥐새끼처럼 뒈지려고 뜨거운 불 속에서 연기 맡아 가며 잠을 잔 줄 알아?

그림 이런, 제기랄! 이보게, 도대체 무슨 일인가? 두목이 알면 길길이 날뛸 걸세.

슈바이처 그건 나한테 맡겨 두라고. 그리고 이 나쁜 놈아, (라츠만에게) 네놈도 한통속이었어! 어서 내 눈앞에서 썩 꺼져 버려. 슈프테를레도 같은 짓거리를 하더니, 결국 두목이 예언한 대로 스위스에서 교수형당했어. (총소리가 들린다)

슈바르츠 (펄쩍 뛴다) 쉿! 총소리 아닌가! (다시 총소리가 들린다) 또 한 방이다! 야, 두목이다!

그림 잠깐 기다리게! 두목이라면 한 방 더 쏘아야 하지 않겠는가! (세 번째로 총소리가 들려온다)

슈바르츠 두목이다, 두목! 슈바이처, 자네는 일단 이 자리를 피해 있게. 이보게들, 어서 두목에게 응답하세! (도적들, 총을 쏜다)

카를, 코진스키와 함께 나타난다.

슈바이처 (두 사람에게 다가간다) 두목, 어서 오게. 자네가 없는 사이에 내가 좀 주제넘었네. (카를을 시체가 있는 곳으로 데려간다) 이놈하고 나, 둘 중에서 누가 옳은지 자네가 판결해 주게. 이놈이 등 뒤에서 자네를 죽이려고 했네.

도적들 (기겁한다) 뭐라고? 두목을 죽이려 했다고?

카를 (넋을 놓고 그 광경을 바라보다가 격분하여) 복수의 여신 네메시스의 손가락은 참으로 불가사의하구나! 나를 처음 이 길로 유혹한 자가 바로 이 인간이 아니었던가? 이 칼을 암흑의 복수의 여신에게 바쳐라. 슈바이처, 이자를 죽인 것은 자네가 아닐세.

슈바이처 맹세코, 내가 죽였네. 그리고 지금까지 내가 한 짓들에 비해 결코 나쁜 짓이라고 할 수 없네. (못마땅한 표정으로 퇴장한다)

카를 (생각에 잠겨) 이제 이해하겠다…… 하늘에서 우리를 이끄시는 분의 뜻을…… 이제 이해할 것 같구나. 나뭇잎이 떨어지고 내 가을도 다가왔구나. 이것을 내 눈에 보이지 않도록 썩 치워 버려라. (슈피겔베르크의 시신이 운반되어 나간다)

그림 두목, 명령을 내리게! 우리 이제 어떻게 할 것인가?

카를 머지않아, 머지않아 모든 것이 이루어질 것이다. 내 라우테를 가져다 주게. 그곳에 갔다 온 이후로 마음이 어지럽네. 라우테를 가져다 달라고 하지 않았는가. 노래를 부르면, 다시 기운이 날 것 같네. 다들 물러나게.

도적들 두목, 밤이 깊었소.

카를 하지만 그것은 극장에서 흘리는 눈물에 지나지 않았어. 로마인의 노래를 들어야 내 잠든 정신이 다시 깨어날 것 같아. 내 라우테를 이리 주게. 지금 밤이 깊었다고 했는가?

슈바르츠 곧 자정이 될 걸세. 잠이 납덩이처럼 우리를 내리누른다네. 사흘 전부터 한숨도 눈을 붙이지 못했어.

카를 악당들의 눈에도 평온한 잠이 내려앉는단 말이지? 그런데 어째서 잠이 나한테서만은 달아난단 말인가? 나는 결코 겁쟁이도 사악한 인간도 아니었는데……. 다들 누워서 자도록 하게. 내일 날이 밝으면 다시 길을 떠나세.

도적들 두목, 그럼 잘 주무시오. (도적들, 땅바닥에 누워 잠이 든다)

깊은 정적이 흐른다.
카를, 라우테에 맞추어 노래한다.

카를 브루투스

평화로운 들판이여, 반갑구나!
여기 최후의 로마인을 받아다오!
내 원한에 사무친 발길이
살인 난무하는 필리피에서 이곳에 이르렀노라.
카시우스여, 그대는 어디에 있는가? 로마는 멸망했도다!
내 형제 같은 병사들은 모두 목숨을 잃고,
내 피신할 곳은 죽음의 문뿐이로구나!
브루투스를 위한 세상은 이제 사라졌도다!

카이사르

무적의 발걸음으로,
저기 바위 비탈을 내려오는 자 누구인가?
아하! 내 눈이 속이지 않는다면,
저것은 로마인의 걸음이도다.

테베레 강의 아들이여, 자네는 어디에서 오는 길인가?
일곱 언덕의 도시가 아직도 존재하는가?
카이사르를 잃은
고아들을 위하여 내 얼마나 자주 눈물을 흘렸던가.

브루투스

아하, 스물세 번 상처 입은 그대여!
죽은 그대를 누가 빛으로 불러내었는가?
도로 물러갈지니라, 오르쿠스의 심연으로.
도도하게 눈물을 흘리는 자여! 승리를 노래하지 말라!
필리피의 무정한 제단 위에서,
자유를 위한 마지막 희생의 피에서 김이 오른다.
로마는 브루투스의 관 위에서 최후의 숨을 몰아쉬고,
브루투스는 미노스를 향해 간다. 네 물속으로 사라지거라!

카이사르

오, 브루투스의 칼날이 죽음을 불러오다니!
너마저…… 브루투스…… 네가?
아들아, 그 사람은 네 아버지가 아니었더냐…… 아들아……
네가
물려받을 세상이 아니었더냐.
가거라…… 네 철검이 아버지의 가슴에 꽂혔으니,
너 이제 로마의 제 일인자가 되지 않았느냐.
가거라…… 그리고 집집마다 들리도록 울부짖어라.

브루투스의 철검이 아버지의 가슴에 꽂혔으니,
브루투스 이제 로마의 제 일인자가 되었노라고.
가거라…… 레테의 강변을 떠나지 못하도록 무엇이 나를
붙잡고 있는지
너 이제 알리라.
저승의 사공아, 배를 띄워라!

브루투스

아버지, 잠깐 멈추소서! 이 넓은 태양의 제국 안에서,
위대한 카이사르와 견줄 만한 이
단 하나밖에 없었습니다.
당신은 그 한 사람을 아들이라 부르셨습니다.
오로지 카이사르만이 로마를 멸망시킬 수 있었고,
그 카이사르가 오로지 브루투스만은 이길 수 없었습니다.
브루투스가 사는 곳에서 카이사르는 죽어야 합니다.
아버지는 왼쪽으로 가시고, 저는 오른쪽으로 가게 하소서.

카를, 라우테를 내려놓고 깊이 생각에 잠겨 이리저리 오간다.

카를 누가 나서서 나를 위해 보증해 줄 것인가? 주변이 온통 암흑에 싸여 있고, 미로처럼 얽히고설켜 있구나. 여기에서 벗어날 길도 보이지 않고, 앞을 이끌어 줄 별빛도 보이지 않는다. 이 최후의 숨결과 함께 모든 것이 끝장난다면 어떨 것인가? 공허한 꼭두각시 연극처럼 끝장이 난다면? 그런데

이 행복을 향한 뜨거운 갈망은 무엇을 위한 것이냐? 또 이루지 못한 완벽함의 이상(理想)은 무엇을 위한 것이냐? 어째서 실현하지 못한 계획은 자꾸 뒤로 미루는 것이냐? 이 시시한 물건을 시시하게 살짝 누르는 것으로, (권총을 얼굴에 갖다 댄다) 현명한 자와 어리석은 자, 비겁한 자와 용감한 자, 고매한 자와 비열한 자 사이의 구별이 없어지지 않느냐? 영혼 없는 자연에도 신적인 조화가 깃들어 있지 않느냐. 그런데 어째서 이성적인 존재가 이런 불협화음을 안고 있단 말이냐? 아니, 아니다! 나는 아직 행복을 맛보지 못했고, 그러니 분명 뭔가가 더 있을 것이다.

내 손에 죽은 자들의 혼백들아! 내가 무서워 벌벌 떨 것이라고 생각하느냐? 나는 떨지 않을 것이다! (부르르 몸을 떤다) 너희들이 죽음을 앞두고서 겁에 질려 내뱉은 신음 소리, 목 졸려 검게 질린 얼굴, 끔찍하게 벌어진 상처들은 끈질기게 이어지는 운명의 고리일 뿐이며, 결국 내 한가로운 시간, 내 유모와 가정교사의 기분, 우리 아버지의 성격, 우리 어머니의 천성에 좌우되는 것이다. (몸서리친다) 어째서 페릴루스[2]는 나를 황소로 만들어, 뱃속의 뜨거운 불로 사람들을 불태우게 만들었단 말인가.

(권총을 장전한다) 시간과 영원은 단 한순간을 통해 연결되

---

2 Perillus. 고대 그리스의 예술가. 뱃속에 사람을 집어넣어 서서히 태워 죽일 수 있는 청동 황소를 아크라가스의 폭군 팔라리스를 위해 제작하였다. 황소 뱃속의 사람이 고통의 비명을 지르면 황소의 울부짖음처럼 들렸는데, 페릴루스 자신이 그 청동 황소의 첫 희생양이 되었다고 한다.

어 있다! 내 뒤에서 삶의 감옥 문을 잠그고 내 앞에서 영원한 밤의 안식처 문을 여는 잔인한 열쇠여, 나에게 말해 다오! 오, 어디로, 어디로 나를 데려갈 것인지 제발 말해 다오! 지금껏 한 번도 가 보지 못한 낯선 곳으로 데려갈 것이냐! 자, 보아라! 그 광경 앞에서 인간의 정신은 축 늘어지고, 유한한 것의 활기는 사그라지고, 감각의 경박한 원숭이, 즉 환상은 쉽게 남의 말을 믿는 우리에게 기이한 허깨비를 보여 준다. 아니, 아니다! 사나이 대장부가 흔들려서는 안 된다. 이름 없는 내세여! 네가 원하는 대로 하거라. 나는 다만 나 자신에게 충실하고 싶을 뿐이다. 내가 내 자아를 데려갈 수만 있다면, 네가 원하는 대로 하거라. 외부의 사물들은 다만 겉치레에 지나지 않는다. 나 자신이 내 하늘이고 내 지옥이다.

네가 외면한 곳, 삭막한 잿더미에 뒤덮이고 고독한 밤과 영원한 황야만이 펼쳐지는 곳을 나에게 남겨 줄 것이냐? 그러면 나는 침묵의 황무지를 환상으로 채우고, 혼란스러운 비참한 광경을 분석하는 여유를 영원히 누릴 것이다. 아니면 끊임없는 새로운 생명의 탄생과 새로운 불행의 현장을 통해서 나를 한 단계 한 단계 파괴할 것이냐? 내세에서 엮어지는 생명의 끈은 현세의 것처럼 쉽게 자를 수 없는 것이더냐? 너는 나를 그 무엇으로도 만들 수 없다. 나에게서 이 자유를 앗아 갈 수 없다. (권총을 장전하던 손길을 문득 멈춘다) 지금의 고통스러운 삶이 무서워서 이 세상을 떠나야 한단 말이냐? 불행에게 승리를 넘겨주어야 한단 말이냐? 아니! 나는 참고 견디련다! (권총을 훌쩍 내던진다) 내 자존심이

고통을 이겨 내리라! 기어이 뜻을 이루고 말리라.

점점 더 어두워진다.
헤르만이 숲을 뚫고 나온다.

헤르만 조용! 조용! 올빼미가 소름 끼치게 울고 있어. 저 너머 마을에서 시계가 열두시를 알리는구나. 그래, 그래. 나쁜 짓거리들도 잠을 잘 시간인데, 설마 이런 삭막한 곳에서 엿듣는 사람이 있겠는가. (성에 다가가 문을 두드린다) 이리 올라오시오, 감옥 속의 불쌍한 양반! 여기 식사를 가져왔소.

카를 (가만히 뒤로 물러난다) 저게 무슨 소리지?

목소리 (성 안에서) 거기 누구요? 이보시오! 내 까마귀, 헤르만 자네인가?

헤르만 그렇소이다, 댁의 까마귀 헤르만이오. 여기 창살문으로 올라와서 이것을 드시오. (올빼미들이 크게 운다) 노인장의 잠동무들이 끔찍하게 울어대는구려. 음식이 맛있소?

목소리 배가 몹시 고팠다네. 이런 황량한 곳에 빵을 가져다 주는 까마귀 양반, 고맙소! 그런데 내 아들은 어떻게 지내는가, 헤르만?

헤르만 쉿, 조용히 하시오! 코 고는 소리가 들리는 것 같은데! 무슨 소리가 들리지 않소?

목소리 뭐라고? 무슨 소리가 들리는가?

헤르만 탑의 갈라진 틈새로 바람이 탄식하는 소린가 보오. 이 밤의 노래를 듣고 있자니, 이빨이 덜덜 떨리고 손톱이 새파래

지는 것만 같소. 쉿, 또 들리는데…… 이거 분명 코 고는 소리가 맞는데. 노인장, 거기 친구라도 있소? 으으, 으스스하군!

목소리 뭐가 눈에 보이는가?

헤르만 그러면 잘 계시오. 이곳은 등골이 오싹한단 말이오. 이제 밑으로 내려가시오. 노인장을 도와주고 노인장을 대신해서 응징하실 분은 저 위에 계신다오. 저주받을 아들놈! (그곳을 얼른 벗어나려 한다)

카를 (별안간 앞으로 나서며 헤르만을 놀라게 한다) 게 섰거라!

헤르만 (비명을 지른다) 어이구머니!

카를 거기 서 있으라고 하지 않았느냐!

헤르만 이런, 이런, 이 일을 어쩔 것인가! 이제 모든 것이 들통 났구나!

카를 게 섰거라! 내 말에 답하거라! 너는 누구냐? 여기에서 뭘 하고 있느냐? 어서 말하라!

헤르만 나리, 제발, 제발 살려 주십시오. 저를 죽이시기 전에 단 한마디만 들어주십시오.

카를 (단검을 빼어 들며) 그래, 하고 싶은 말이 무엇이냐?

헤르만 나리께서는 절대로 이런 짓을 하지 말라고 엄하게 분부하셨습니다. 하지만 저로서는 어쩔 수가 없었습니다. 어쩔 도리가 없었답니다. 오, 하느님! 저분은 나리를 낳아 주신 나리의 아버님이 아닙니까! 저분이 참으로 불쌍했습니다. 이제 저를 찌르십시오!

카를 여기에 무슨 비밀이 숨어 있는 것이 분명하다. 어서 숨김없이 말하라! 내가 모든 사실을 알아야겠다.

목소리 (성 안에서) 이런, 이런! 거기 밖에 헤르만 자네인가? 자네, 도대체 누구하고 이야기를 하는 겐가?

카를 저 아래에 누군가 있지 않은가! 이게 무슨 일이지? (탑을 향해 달려간다) 사람들에게 버림받은 죄인인가……. 내가 사슬을 풀어 주어야겠다. 이보시오! 한번 더 말해 보시오! 문이 어디 있소?

헤르만 나리, 제발 온정을 베풀어 주십시오. 더 이상 가지 마십시오. 나리, 불쌍히 여기시고 못 본 척해 주십시오. (카를의 앞을 가로막는다)

카를 자물쇠를 네 개나 채웠구나! 저리 비켜라. 저 사람을 꺼내 주어야 한다. 도둑질이 이제 처음으로 쓸모가 있구나! (커다란 망치를 들어 창살문을 열자, 해골처럼 뼈만 앙상한 노인이 땅굴 속에서 나온다)

노인 이 불쌍한 사람에게 자비를 베풀어 주게! 자비를!

카를 (자지러지게 놀라며 뒤로 펄쩍 물러난다) 아버님의 목소리다!

모어 백작 오, 하느님, 감사합니다! 드디어 구원의 시간이 왔구나!

카를 모어 백작의 유령이다! 무엇이 무덤 속에서 편히 쉬지 못하도록 백작님을 방해했단 말입니까? 지상에서 지은 죄가 내세에까지 이어져 천국의 문을 막아 버렸단 말입니까? 그렇다면 미사를 올리게 해서, 방황하는 영혼을 안식처로 돌려보내 드리겠습니다. 백작께서 이 한밤중에 울부짖으며 방황하는 것은, 과부와 고아들의 황금을 빼앗아 땅속에 묻어 두었기 때문입니까? 그렇다면 제가 마법의 용의 발톱에서 그 지하의 보물을 빼앗아 오겠습니다. 용이 시뻘건 불꽃을 내뿜으며 뾰족한 이빨로 제 단검을 향해 달려든다 해도 망설이지 않겠습니다. 아니면 제 물음에 대해 영겁의 수수께끼를 펼쳐 보이려고 오셨습니까? 자, 어서 말씀해 주십시오! 저는 겁에 질려 벌벌 떠는 겁쟁이가 아닙니다.

모어 백작 나는 유령이 아니오. 나를 한번 만져 보시오. 나는 살아 있소. 아, 이 가련하고 불쌍한 인생이여!

카를 뭐라고요? 땅속에 묻히지 않으셨다고요?

모어 백작 땅속에 묻히긴 묻혔지요. 그러나 사실은 나 대신 죽은 개가 조상들의 납골실에 누워 있다오. 나는 햇빛도 비치지 않고 따스한 바람도 한 점 불지 않고 친구들도 찾아오지 않는 저 어두컴컴한 지하 감방에서 석 달이나 갇혀 있었소. 들까마귀만 까악까악 울고 한밤중이면 부엉이들이 우는 이곳에서 말이오.

카를 이런 세상에! 누가 그런 짓을 했단 말입니까?

모어 백작 그 아이를 저주하지 마시오! 내 아들 프란츠가 한 짓이라오.

카를 프란츠? 프란츠라고요? 아, 이럴 수가!

모어 백작 나를 구해 주신 댁이 누구신지는 모르겠으나 사람이고 또 사람의 따뜻한 마음을 가지고 있다면, 아들들 때문에 겪는 이 아비의 비통한 이야기를 좀 들어주시오. 나는 석 달 동안이나 귀 먼 암벽에게 하소연을 했지만, 공허한 메아리만이 내 한탄에 대답했을 뿐이오. 그러니 댁이 사람이고 또 사람의 따뜻한 마음을 가지고 있다면…….

카를 그런 사연이라면, 사나운 짐승들도 굴 밖으로 뛰쳐나와 들을 것입니다.

모어 백작 나는 한동안 중병에 걸려서 병상에 누워 있었다오. 그러다 간신히 기운을 차려 갈 무렵, 웬 남자가 찾아와 내 장남이 전쟁터에서 죽었다고 말하지 뭐요. 그 남자는 내 아들의 마지막 인사말을 전하고 내 아들의 피 묻은 칼까지 내보였다오. 내 저주를 받고서 절망한 나머지 전쟁터에 뛰어들어서 결국 죽음을 맞이했다는 것이었소.

카를 (격렬하게 몸을 돌려 모어 백작을 외면한다) 이제 모든 사실이 명명백백하구나!

모어 백작 내 이야기를 더 들어 보시오! 나는 그 소식을 듣는 자리에서 그만 까무러쳤다오. 그러자 다들 내가 죽은 줄 알았던 모양이오. 정신을 차리고 깨어났을 때는, 이미 죽은 사람처럼 수의에 싸여 관 속에 누워 있지 뭐요. 관 뚜껑을 손으로 긁었더니 뚜껑이 열렸소. 칠흑같이 어두운 밤이었고, 내 아들 프란츠가 앞에 서 있었다오. 뭐요? 언제까지 한없이 살겠다는 거요? 프란츠가 기겁하여 이렇게 외치는 것과 동시에 관 뚜껑이 도로 닫혔다오. 나는 청천 하늘의 날벼락 같은 이 말에 너무 놀라서 다시 실신을 하고 말았소. 재차 정신이 들었을 때는, 관이 마차에 실려서 어디론가 반 시간 정도 가는 것 같았소. 마침내 관 뚜껑이 열렸는데, 바로 이 지하실 문 앞이었다오. 내 아들 카를의 피 묻은 칼을 가져왔던 남자하고 프란츠가 바로 앞에 서 있었소. 나는 수없이 아들의 무릎을 부둥켜안고서 애원하고 간청했다오. 무릎을 부둥켜안고 간절히 애원했지만, 이 아비의 간청은 아들의 마음을 움직이지 못했소. 저 화상을 밑으로 내려보내라! 이제 충분히 살 만큼 살았다. 아들의 입에서 이런 날벼락 같은 소리가 나왔다오. 나는 인정사정없이 밑으로 떠밀렸고, 내 아들 프란츠가 등 뒤에서 문을 걸어 잠갔소.

카를 그럴 리가! 그럴 리가! 혹시 잘못 아신 것이 아닙니까?

모어 백작 내가 잘못 안 것일지도 모르지요. 내 이야기를 좀 더 들어 보시오. 그렇지만 화를 내지는 마시오! 그래서 나는 이곳에 스무 시간이나 드러누워 있었는데, 내가 설마 이리 곤경에 처한 줄은 아무도 모르는 모양이었소. 게다가 우리 조상들의 유령이 이 폐허에서 쩔그렁쩔그렁 쇠사슬을 끌고 다니며 한밤중에 죽음의 노래를 속삭인다는 소문이 나도는 바람에, 원래 이 황량한 곳에는 발길 들여놓은 사람이 아무도 없었소. 그러다 마침내 문 열리는 소리가 들리더니, 이 남자가 빵하고 물을 가져왔다오. 그러고는 나를 굶어 죽게 내버려 두라는 명령이 내렸으며, 음식을 가져다 준 사실이 발각 나면 자신의 목숨이 위태롭다고 털어놓았다오. 그래서 이렇듯 모진 목숨을 근근히 이어 왔지만, 끊임없이 추위가 괴롭히고 내 오물 썩는 냄새가 진동하는 데다가 수심이 한없이 이어지는 탓에 점점 기력이 쇠하고 몸뚱이가 시들어 가고 있소. 눈물을 흘리며, 제발 죽음을 내려 주십사고 하느님께 수없이 기도했지만, 내 죄 값을 아직 다 치르지 못한 모양이오. 아니면 이렇듯 기적적으로 모질게 목숨이 붙어 있는 것은, 무슨 기쁜 일이 날 기다리고 있기 때문이 아닌가 싶기도 하오. 내 이리 고생하는 것은 당연하지만, 내 아들 카를! 카를! 그 아이는 아직 새파랗게 젊은 나이라오.

카를 이제 충분히 들었습니다! (카를, 부하들 있는 곳으로 가며) 이 통나무 같은 놈들, 얼음 덩어리 같은 놈들아! 어서 일어나거라! 이 게으르고 무정한 잠꾸러기들아! 어서 일어나란 말이다! 아무도 깨어나지 않는단 말이냐? (잠자고 있는 도적들의 머리 위로 권총을 발사한다)

도적들 (벌떡 일어나며) 이런, 어렵쇼! 무슨 일이야?

카를 이런 이야기를 듣고도 잠에서 벌떡 깨어 일어나지 않는단 말이냐? 죽음조차 깨어났을 판이다! 여길 봐라! 여기를! 이 세상의 법이 주사위 놀음으로 전락했고, 자연이 맺어 준 인연은 두 동강 났으며, 옛날의 싸움이 다시 벌어졌다. 아들이 아버지를 때려죽였다.

도적들 두목이 지금 무슨 말을 하는 게야?

카를 아니다! 때려죽인 것이 아니다! 때려죽였다는 말은 미화시켜 표현한 것이다! 자식이 아버지를 수천 번이나 수레에 매달고 꼬챙이로 찌르고 고문하고 학대하였다! 아득한 옛날부터 사탄도 미처 생각하지 못했을 이런 말들을 들으면, 죄악도 얼굴 붉히고 식인종도 몸서리칠 테지만, 그 악행을 표현하기에는 너무도 부드러운 말들이다. 아들이 자신을 낳아 준 친아버지를…… 아, 여기를 보아라! 여기를! 이 아버지가 얼마나 쇠약해졌는지를……. 아들이 자신의 친아버지를 이 땅굴 속에 가두다니…… 추위에 떨고 헐벗고 굶주림과 갈증에 시달리고……. 아, 여기를 봐라! 여기를! 내가 너희들에게 고백하나니, 이분이 바로 내 아버지시다.

도적들 (얼른 달려들어 노인을 에워싼다) 두목의 아버님이시라고? 두목의 아버님이시란 말이지?

슈바이처 (공손하게 다가와 노인 앞에 무릎 꿇는다) 우리 두목의 아버님! 아버님 발에 입 맞춥니다! 제 단검에 명령만 내려 주십시오!

카를 내가 너에게 복수, 복수, 복수하리라! 잔혹하게 모욕당하고 수모당한 노인의 복수를 하리라! 이제 너와 나 사이에 형제로서의 인연을 영원히 끊으리라! (자신의 옷을 위에서 아래까지 쭉 잡아 찢는다) 하늘이 내려다보는 가운데, 너와 형제로서 나눈 피의 마지막 한 방울까지 저주하노라! 달과 별들아, 내 말을 들어라! 파렴치한 악행을 내려다보는 한밤중의 하늘아, 내 말을 들어라! 저 달 위에서 세상을 다스리시고 별들 위에서 징벌과 저주를 내리시고 밤하늘 위로 불꽃을 날리시는 세 배나 무서운 하느님, 제 말을 들으소서! 저는 여기에 무릎 꿇고서, 밤의 전율을 향해 세 손가락 높이 쳐들고 맹세합니다. 제가 이 맹세를 저버리는 날에는, 극악한 괴수처럼 이 세상에서 쫓겨날 것입니다. 아버지를 살해한 놈의 피가 이 바위 앞에 흘러 햇빛에 증발하기 전까지는 결코 밝은 빛을 보지 않겠다고 맹세합니다. (일어선다)

도적들 그런 극악무도한 짓을 저지르다니! 우리들더러 악당이라고 말하는 놈이 있는데, 그것은 맹세코 사실이 아니다! 우리는 결코 그런 파렴치한 짓은 저지르지 않았다!

카를 그렇다! 지금까지 내가 지른 불꽃의 먹이가 되고 내가 쓰러뜨린 탑에 깔려 죽은 자들과 너희들의 단검에 목숨을 잃은 자들이 끔찍하게 신음 소리를 내뱉었어도, 그것은 사실이다. 너희들의 옷이 그 극악무도한 놈의 피에 시뻘겋게 물들기 전까지는, 살인이나 약탈할 생각은 추호도 하지 말아라! 너희들이 저 하늘 높으신 분의 팔이 되어 일하리라고는 꿈도 꾸지 않았을 것이다. 우리 운명의 헝클어진 실타래가 이제야 풀리게 되었다! 오늘, 바로 오늘, 보이지 않는 권능이 우리의 일을 고매하게 드높여 주었다! 너희들을 이리로 인도하셔서 너희들에게 무서운 법정의 섬뜩한 천사 역할을 맡기시고 이런 숭고한 운명을 부여하신 분을 높이 받들어 모셔라! 모자를 벗어라! 땅바닥에 무릎을 꿇어라! 그리고 거룩한 마음으로 일어나거라! (모두들 무릎을 꿇는다)

슈바이처 두목, 명령을 내리게! 우리가 뭘 해야 하는가?

카를 슈바이처, 일어서서 이 성스러운 머리카락에 손을 대게. (슈바이처를 자신의 아버지에게 데리고 가서, 머리카락 한 가닥을 손에 쥐어 준다) 내가 언젠가 싸우다 지쳐서 숨을 헉헉거리며 주저앉았을 때, 보헤미아 기병의 칼날이 내 위에서 번득이지 않았는가! 그때 자네가 그 기병의 머리를 박살낸 것을 아직도 기억하겠지? 그 자리에서 나는 자네에게 근사한 보답을 해주겠다고 약속했는데, 아직까지 그 빚을 갚지 못했네.

슈바이처 그때 두목이 그런 약속을 한 것은 사실일세. 하지만 자네가 나한테 영원히 빚진 사람으로 남았으면 좋겠네!

카를 아니, 이제 그 빚을 갚으려네. 슈바이처, 지금 자네에게

인간으로서 최고의 영광을 누리게 해주겠네! 우리 아버지를 위해 복수하게! (슈바이처 일어난다)

슈바이처 우리의 위대한 두목! 두목은 나한테 처음으로 자부심을 느끼게 해주었네! 언제 어디서 어떻게 그놈을 때려죽일지, 어서 명령만 내리게.

카를 한시가 급하다. 어서 서둘러 가게. 우리 패거리 가운데서 제일 쓸 만한 녀석들로 골라 곧장 그 귀족 놈의 성으로 가게! 그놈이 잠을 자고 있거나 환락의 품에 취해 있으면 침대에서 끌어내고, 술에 취해 있으면 식탁에서 잡아채고, 십자가 상 앞에서 무릎 꿇고 기도하고 있으면 십자가 상 앞에서 끌어내게! 하지만 내 분명히 말하는데, 절대로 죽여서는 안 되네! 이 말 단단히 명심하게. 그놈의 살갗에 조금이라도 생채기를 내거나 머리카락 하나라도 다치게 하는 놈이 있으면, 내 손으로 갈기갈기 찢어서 굶주린 독수리 밥으로 던져 줄 것이다! 그놈을 통째로 온전하게 내 앞에 데려와야 한다. 자네가 그놈을 산 채로 온전하게 끌고 오면, 내 백만금의 포상을 내리겠네. 내 목숨을 걸고서 어느 왕에게서든 그 돈을 훔쳐 내겠네. 그러면 자네는 광활한 바람처럼 자유롭게 어디로든 가게. 무슨 말인지 알아들었는가? 그럼 어서 서둘러 떠나게!

슈바이처 알았네, 두목. 두 사람이 살아 돌아오든지 아니면 한 사람도 돌아오지 않을 것을 내 맹세하겠네. 슈바이처의 죽음의 천사들아, 어서 가자! (도적들 한 무리를 데리고 퇴장한다)

카를 나머지는 숲 속으로 흩어져라. 나는 이곳에 남겠다.

제5막

제1장

무대 뒤편으로 많은 방들이 보인다. 캄캄한 밤.
다니엘, 등불과 짐 보따리를 들고 나타난다.

다니엘 잘 있거라, 내 살던 정든 집아! 돌아가신 나리가 살아 계셨을 때에는, 이 집에서 기쁜 일 즐거운 일도 많이 겪었건만, 이제 오래 전에 썩어 문드러진 육신과 백골 앞에서 눈물만이 흐르는구나! 옛날에는 고아들의 안식처요, 버림받은 사람들의 피난처였는데, 이제 그 아들이 살인의 소굴로 만들어 버리다니……. 잘 있거라, 착한 마루야! 늙은 다니엘이 얼마나 자주 너를 쓸었더냐. 잘 있거라, 사랑스러운 난로야! 늙은 다니엘이 너한테 가슴 아픈 이별을 고하는구나. 모든 것이 깊이 정들어서, 이 늙은 엘리저[1]의 가슴이 참으로 아프구나. 하지만 하느님이 은총을 베푸셔서 사악한 인간의 술수와 간계로부터 나를 지켜 주실 것이다. 나는 이곳

---

1 Elieser. 구약 성서에 나오는 아브라함의 늙은 하인.

에 빈손으로 왔다가 이제 다시 빈손으로 이곳을 떠나지만 내 영혼은 구원받을 것이다.

> 다니엘이 막 그곳을 떠나려 하는데,
> 프란츠가 잠옷 바람으로 뛰어든다.

다니엘 아이고, 하느님 도와주소서! 맙소사! (등불을 끈다)

프란츠 모든 것이 발각 났다! 발각 났어! 유령들이 무덤에서 뛰쳐나오고, 황천이 영원한 잠에서 깨어나 나를 향해 살인자, 살인자라고 울부짖는다! 거기 누구냐?

다니엘 (겁에 질려) 오, 성모 마리아님, 도와주소서! 나리 아니십니까? 집안이 쩌렁쩌렁 울리도록 무섭게 소리를 지르시다니, 잠자던 사람들이 모두 놀라 깨어나겠습니다.

프란츠 잠을 자다니? 누가 너희들더러 잠을 자라고 했느냐? 어서 가서 불을 밝혀라! (다니엘은 물러나고, 다른 하인이 들어온다) 지금 눈을 붙이는 사람이 있어서는 안 된다. 내 말 들었느냐? 모두들 깨어 있어야 한다. 무장을 갖추고, 총을 전부 장전하라. 저기 복도에서 어른거리는 것들을 보았느냐?

하인 나리, 누구를 말씀하시는 겁니까?

프란츠 누구냐고? 이런 멍청한 놈, 누구냐니? 그렇게 아무 생각 없이 얼빠지게 물을 수 있다더냐. 누구냐니? 그럼 내가 헛것을 보았단 말이냐! 누구냐니, 이런 얼간이! 누구냐고? 유령들과 사탄들이다. 지금 밤이 얼마나 깊었느냐?

하인 방금 야경꾼이 두시를 외쳤습니다.

프란츠 뭐라고? 이 밤이 최후의 심판의 날까지 계속된단 말이냐? 성 주변에서 무슨 소란스러운 소리를 듣지 못했느냐? 승리의 함성이나 말발굽 소리를 듣지 못했느냐? 카를, 아니 그 백작은 어디에 있느냐?

하인 저는 잘 모르겠습니다, 나리.

프란츠 네놈은 모른다고? 네놈도 한패가 아니냐? 감히 내 앞에서 모른다고 말하다니, 네놈의 심장을 꺼내어 발로 짓이겨 버리겠다! 냉큼 가서 목사를 데려오너라!

하인 나리!

프란츠 뭘 우물거리느냐? 뭘 망설이느냐? (하인, 서둘러 퇴장한다) 뭐라고? 저런 비렁뱅이 녀석도 나한테 반항한단 말이냐? 제기랄, 모두 나한테 반기를 든단 말이냐?

다니엘 (등불을 들고 나타난다) 나리.

프란츠 아니야! 나는 벌벌 떨지 않아! 그것은 다만 꿈이었어. 죽은 자들은 아직 살아나지 않았어. 내가 창백하게 질려서 벌벌 떤다고 누가 말하더냐? 나는 지금 심신이 가뿐하고 상쾌하다.

다니엘 나리의 안색은 백짓장처럼 창백하고, 목소리는 떨려서 도무지 무슨 말씀을 하시는지 못 알아듣겠습니다.

프란츠 내 몸에 열이 난다. 목사가 오거든 내 몸에 열이 심하다고 말하게. 내일 피를 뽑을 생각이라고 전하게나.

다니엘 설탕에 강장제를 몇 방울 떨어뜨려 가져올까요?

프란츠 그래, 그걸 가져오게나! 목사가 금방 도착하지는 않을 걸세. 내 목소리가 떨리고 혀가 꼬부라지는 것만 같네. 얼른 설탕에 강장제를 몇 방울 떨어뜨려 가져오게나!

다니엘 그러면 저한테 열쇠를 주십시오. 제가 얼른 아래에서 가져오겠습니다.

프란츠 아니, 아닐세! 그냥 이곳에 있게나! 아니면 나하고 함께 가세. 자네가 보다시피, 내가 지금 혼자 있을 수가 없네! 날 보게나, 혼자 있으면 금방이라도 쓰러질 것 같지 않은가. 그냥 두게! 그냥 두어! 곧 괜찮아질 걸세. 여기 이대로 있게.

다니엘 어이쿠, 나리께서 많이 아프신 듯 보입니다.

프란츠 그렇다네, 많이 아프다네! 원래 질병이란 놈은 머릿속을 헤집어 놓고, 황당무계한 별난 꿈을 만들어 내기 일쑤일세. 꿈은 전혀 의미 없는 것일세. 안 그런가, 다니엘? 꿈은 뱃속에서 생겨나는 것이라서 아무런 의미가 없다네. 내가 방금 재미나는 꿈을 꾸었네. (정신을 잃고 쓰러진다)

다니엘 맙소사! 이게 무슨 일이람? 게오르크, 콘라트, 바스티안, 마르틴! 나리, 제발 살아 계신다는 표시라도 좀 하십시오! (프란츠를 잡아 흔든다) 아이고, 맙소사! 제발 정신 좀 차리십시오! 이러다가는 내가 죽였다는 소리를 듣지 않겠는가. 하느님, 저를 불쌍히 여기소서!

프란츠 (정신이 혼미하여) 비켜라, 저리 비켜! 이 흉측한 해골바가지가 어째서 나를 잡아 흔드는 게냐? 죽은 자들은 아직 살아나지 않았다……

다니엘 이런 세상에! 제 정신이 아니구나.

프란츠 (겨우 몸을 일으킨다) 여기가 어디냐? 자네 다니엘인가? 내가 뭐라고 말하던가? 그 말에 신경 쓰지 말게! 내가 뭐라고 했는지는 모르지만, 그것은 거짓말이었네. 이리 와서 나를 부축하게! 잠을 제대로 못 잤더니 잠깐…… 잠깐 현기증이 일었을 뿐일세.

다니엘 요한이 있었으면 좋았을 텐데! 제가 얼른 가서 사람들을 불러오겠습니다. 의사들을 데려오겠습니다.

프란츠 그냥 여기 있게! 이리 소파에 와서 내 옆에 앉게나. 그래, 자네는 착하고 분별 있는 사람일세. 내 이야기를 좀 들어 보게나!

다니엘 나중에 듣겠습니다! 우선 나리를 침대로 모셔다 드리겠습니다. 지금은 안정을 취하시는 편이 더 낫습니다.

프란츠 아닐세, 제발 내 이야기를 들어 보게나. 그런 다음 나를 실컷 비웃게! 이보게, 내가 진수성찬을 배불리 먹고서 기분 좋게 정원의 잔디밭에 누워 있는 듯 보였다네. 정오 무렵이었는데, 갑자기…… 갑자기…… 나를 실컷 비웃게나!

다니엘 갑자기 어떻게 되었습니까?

프란츠 내가 꾸벅꾸벅 졸고 있는데, 갑자기 무시무시한 천둥 소리가 귀청을 때리지 뭔가. 벌벌 떨면서 간신히 몸을 일으켜 보니, 지평선이 온통 시뻘건 화염에 휩싸인 듯 보였네. 마치 난로 속의 밀랍이 녹듯 산과 도시와 숲이 불타고, 회오리바람이 울부짖으며 바다와 하늘과 땅을 휩쓸었네. 대지여, 네 죽은 자들을 내놓아라! 바다여, 네 죽은 자들을 내놓아라! 이렇게 호령하는 소리가 청동 나팔 소리처럼 쩌렁쩌렁 울려 퍼졌네. 그러자 헐벗은 들판이 산고의 신음 소리를 내뱉으며 두개골, 갈비뼈, 턱뼈, 다리뼈를 내뿜기 시작하였다네. 뼈다귀들은 사람의 형체를 이루어, 살아 있는 폭풍처럼 어마어마하게 물밀듯이 몰려왔네. 그때 나는 위를 올려다보았네. 그런데 이보게, 내가 천둥 치는 시나이 산의 발치에 서 있지 뭔가. 내 머리 위에도 내 발밑에도 온통 사람들이 우글거렸고, 높은 산꼭대기에 연기를 내뿜는 의자가 세 개 있고 거기에 세 남자가 앉아 있었는데, 그들의 눈길 앞에서 온갖 생물이 도망을 쳤다네.

다니엘   그것은 최후의 심판의 날을 나타내는 생생한 광경이 아닙니까!

프란츠   그렇지? 굉장하지? 그때 별이 빛나는 밤처럼 보이는 자가 앞으로 나섰는데, 쇠로 만든 도장 반지를 손에 들고 있었다네. 그자는 해가 뜨고 지는 사이로 반지를 높이 쳐들고 말하였네. 영원하고 거룩하고 정의롭고 순수하도다! 이것만이 진실이며 이것만이 미덕이로다! 의심하는 미물들은 큰 화를 입으리라! 그러자 번쩍이는 거울을 손에 든 자가 앞으로 나서서, 해가 뜨고 지는 사이로 거울을 높이 쳐들고 말하였네. 이 거울은 진실이며, 이 앞에서 위선과 가면은 배겨나지 못하리라! 그 섬뜩한 거울에 뱀과 호랑이와 표범의 얼굴이 비쳤기 때문에, 나만이 아니라 그 자리에 있던 모든 사람들이 경악하였네. 그런 다음 세 번째로 청동 저울을 손에 든 자가 앞으로 나서서, 해가 뜨고 지는 사이로 저울을 높이 쳐들고 말하였다네. 아담의 자손들이여, 이리 가까이 오라. 내가 너희들의 생각을 내 노여움의 저울판에 재고, 너희들의 소행을 내 분노의 추로 가늠하리라!

다니엘 하느님, 저를 불쌍히 여기소서!

프란츠 모두들 겁에 질려서 백짓장처럼 창백한 얼굴로 가슴 조이며 기다렸다네. 그때 천둥번개 몰아치는 산에서 맨 먼저 내 이름을 부르는 듯하지 뭔가. 뼛속까지 오싹하고 이빨이 덜덜 떨렸다네. 곧이어 저울이 덜그럭거리고 바위에서 천둥소리가 울리기 시작하더니, 시간이 왼쪽에 매달린 저울판을 지나며 죽을 죄를 하나씩 던져 넣었네.

다니엘 오, 하느님, 나리를 용서해 주소서!

프란츠 하느님은 용서하지 않으셨네! 죄업이 저울판에 산처럼 쌓였고, 속죄의 피가 담긴 저울판은 높이 올라가 있었다네. 마지막으로 원한에 사무쳐 꼬부라지고 굶주림에 시달려 자신의 팔을 물어뜯은 노인이 나타났네. 모두들 겁을 집어먹고 노인에게서 눈을 돌렸다네. 나는 그 노인이 누구인지 알아보았네. 노인은 허연 백발 한 가닥을 잘라서 죄악의 저울판에 던져 넣었네. 이보게, 저울판이 별안간 심연 깊숙이, 깊숙이 내려앉고, 속죄의 저울판은 하늘 높이 치솟았다네! 그때 바위를 에워싼 연기 속에서 이렇게 말하는 소리가 들려왔네. 이 지상과 깊은 나락 속의 모든 죄인에게 자비를, 자비를 베풀리라! 너만은 영겁의 벌을 받으리라! (깊은 정적이 감돈다) 그런데 자네, 왜 웃지 않나?

다니엘 온 몸에 오싹 소름이 끼치는데 어찌 웃을 수 있겠습니까? 꿈들은 하느님의 뜻을 알려 줍니다.

프란츠 아니, 아닐세! 그런 말 하지 말게! 나를 바보라고, 황당무계하고 어처구니없는 바보라고 부르게나! 다니엘, 그렇게 해주게나! 제발 나를 실컷 비웃게나!

다니엘 꿈들은 하느님의 뜻을 알려 줍니다. 나리를 위해 하느님께 기도드리겠습니다.

프란츠 자네는 지금 거짓말하고 있어. 목사가 어디 있는지 당장 가서 알아보게. 냉큼 달려가게. 그리고 목사더러 서두르라고, 어서 서두르라고 이르게나. 하지만 자네가 방금 한 말은 거짓말일세.

다니엘 (그곳을 떠나며) 하느님이 나리에게 자비를 베풀어 주시기를!

프란츠 전부 어리석은 백성들이 겁을 집어먹고서, 잘난 척하며 지어낸 소리일 뿐이다! 과거는 사라지지 않는다, 저 별들 위에 지켜보는 눈이 있다, 이런 등등의 말들은 모두 사실이 아니다. 에헴, 에헴! 누가 그런 말들을 내 귀에 속삭였느냐? 저 별들 위에 응징하는 자가 있단 말이냐? 아니, 아니다! …… 그럼, 그렇고말고! 저기 천상에 심판하시는 분이 계신다! 오늘 밤이 천상의 응징하시는 분을 향해 나아간다! …… 이런 끔찍한 말들을 누군가가 내 귀에 속삭인 것이다! 그렇지 않다. 내 똑똑히 말하는데, 그것은 네 비겁한 마음이 숨으려 드는 추레한 은신처에 지나지 않는다. 저기 별들 위는 황량하고 고독하고 공허할 뿐이다…… 하지만 그게 전부가 아니라면? 아니, 아니! 그럴 리가 없다! 그럴 리가 없다고 내가 명령한다! 하지만 정말 그게 전부가 아니라면? 이미 모든 것을 계산했으며, 오늘 밤 그 계산 결과를 나한테 불러

준다면 어쩔 것인가? 어째서 이렇듯 뼛골까지 오들오들 떨린단 말인가? 죽음! 어째서 이 말이 가슴 깊이 와 닿는 것일까? 저기 별들 위의 응징하시는 분에게 변명을 해야 한단 말인가? 고아들과 과부들, 억눌린 자들과 핍박받은 자들의 울부짖는 소리가 그분의 귀에까지 들리고, 그분이 과연 정의롭다면 어쩔 것인가? 하지만 그분이 정말 정의롭다면, 왜 그들이 고통을 당하고 내가 승리를 거두었단 말인가?

모저 목사, 등장한다.

모저 목사 나리께서 저를 찾으셨다고요! 제 평생 처음 있는 일이라서 깜짝 놀랐습니다! 지금 종교를 조롱하실 생각이십니까 아니면 혹시 종교가 무서워지기 시작하셨습니까?
프란츠 내가 종교를 조롱하는가 아니면 무서워하는가는 자네의 대답 여부에 달려 있네. 이보게, 모저! 자네가 바보인지 아니면 이 세상을 바보로 여기려는 것인지, 내가 자네한테 분명히 보여 주겠네. 그러니 나한테 대답을 하게. 내 말 들었는가? 자네 목숨을 걸고서 대답하란 말일세.
모저 목사 나리께서는 지금 우리보다 높으신 분을 나리의 심판대 앞으로 불러내고 계십니다. 그 높으신 분이 장차 나리에게 대답하실 것입니다.
프란츠 나는 지금 대답을 듣고 싶네. 궁지에 몰려서 우매한 백성들의 우상에게 도움을 요청하는 치욕적인 실수를 저지르지 않으려면, 지금 당장 대답을 들어야 한단 말일세. 전에 종종 술을 마시는 자리에서, 나는 하느님이 존재하지 않는다고 자네를 조롱하였네. 나는 지금 진지하게 이야기하는 걸세. 내가 하느님은 존재하지 않는다고 말할 테니, 자네가 사용할 수 있는 모든 무기를 동원하여 내 말을 반박해 보게. 하지만 나는 그것들을 입김으로 단숨에 날려 버리겠네.

모저 목사 설사 당신이 당신의 그 오만한 영혼을 수백 만 파운드의 무게로 짓누르는 우레를 단숨에 날려 버릴 수 있다고 칩시다! 하느님이 창조하신 이 세상에서 당신처럼 어리석고 사악한 인간이 아무리 하느님을 파괴하려 든다 할지라도, 전지하신 하느님께서는 먼지 같은 입을 통해 변명을 하실 필요가 없소. 하느님은 의기양양한 미덕의 미소 속에서처럼 당신의 악행 속에서도 위대하십니다.

프란츠 말 한번 잘했네, 목사 양반! 내 마음에 들었네.

모저 목사 나는 이 자리에서 위대하신 주님에 대해 나처럼 미물에 지나지 않는 인간과 이야기하고 있소. 나는 그 인간의 마음에 들고 싶은 생각이 추호도 없소. 내가 기적을 행하지 않는 한, 당신은 물론 당신의 끈질긴 악행을 절대로 나한테 자백하지 않을 것이오. 그런데 당신의 신념이 그렇듯 확고하다면, 무엇 때문에 나를 부르셨소? 무슨 이유로 한밤중에 나를 불렀는지 말해 보시오.

프란츠 마침 장기판에 싫증이 난 데다가 다른 심심풀이가 없었기 때문일세. 그래, 목사를 물어뜯는 재미를 좀 맛보고 싶었지. 자네가 허황되게 나를 겁주어서 내 기를 죽일 수는 없을 걸세. 이 지상에서 별로 재미를 못 본 인간이 영생을 바라기 마련인데, 그것은 거짓말에 호되게 속아 넘어간 것이라네. 우리의 존재는 결국 피가 돌고 도는 것에 지나지 않으며, 최후의 핏방울과 더불어 우리의 정신과 생각도 사라진다는 글을 여기저기서 읽었네. 정신과 생각이 육신의 모든 약점을 함께 나누는데, 육신이 파괴되는 순간에 살아남을 것 같은가? 육신이 썩어 문드러지는 순간에 증발하지 않을 것 같은가? 자네의 뇌 속에 물 한 방울을 잘못 떨어뜨리면, 자네의 삶이 돌연히 중지하네. 그것은 처음엔 공백 같은 것이지만, 계속되면 바로 죽음이라네. 감각은 몇 개의 현(絃)이 진동하는 것과 같은데, 망가진 피아노는 더 이상 소리를 내지 않는 법일세. 내가 일곱 개의 성을 부수어 버리거나 비너스 상을 때려 부수면, 그 조화와 아름다움은 과거의 것일세. 자 보게나! 자네의 불멸의 영혼이 바로 그런 것일세!

모저 목사 그것은 당신이 풀어놓은 절망의 철학일 뿐이오. 하지만 그런 말을 하면서 겁에 질려 갈비뼈를 쿵쿵 울리는 당신의 심장이 바로 당신의 거짓말을 벌하고 있소. 〈너는 죽음을 면할 수 없다!〉는 한마디 말이 당신의 논리를 거미줄처럼 찢어 버릴 게요. 우리 한번 시험해 보도록 합시다. 당신이 죽음을 앞에 두고서 당신의 믿음을 고수한다면, 당신의 신념이 당신을 저버리지 않는다면, 당신이 이긴 것이오. 당신이 죽음을 앞에 두고서 조금이라도 두려움을 느낀다면, 안됐지만 당신이 잘못 생각한 것이오.

프란츠 (당황하여) 내가 죽음을 앞에 두고서 두려움을 느낀다면 말이오?

모저 목사 완강하게 끝까지 진실을 거부하다가 죽음을 앞에 두고서야 착각에서 깨어나는 가련한 사람들을 나는 많이 보았소. 나는 당신의 임종을 지켜보겠소. 포악한 인간이 숨을 거두는 모습을 지켜보고 싶소. 의사가 당신의 차갑게 식은 축축한 손을 잡고서 꺼져 가는 맥박을 감지하려고 애쓰다가, 결국 끔찍하게 어깨를 으쓱하고는 당신을 올려다보며, 이제 인간의 힘으로는 어쩔 수 없다고 말하는 순간, 당신 옆에 서서 당신 눈을 똑바로 바라보겠소. 조심하시오! 리처드[2]나 네로처럼 되지 않도록 부디 조심하시오!

프란츠 아니, 아니오!

모저 목사 이 〈아니오!〉라는 말도 결국 내 말을 긍정하는 울부짖음으로 바뀔 것이오. 당신이 아무리 의심을 해도 결코 흔들리지 않을 마음속의 재판정이 깨어나서 당신을 심판할 것이오. 그러나 그것은 교회 묘지에 산 채로 매장된 사람의 깨어남과 같을 것이며, 스스로 치명적인 상처를 입히고서 후회하는 자살자의 불만과도 같을 것이오. 그것은 한밤중에 당신의 삶을 불태우는 번개일 것이며, 한순간일 것이오. 그런데도 당신이 흔들리지 않으면, 당신이 이긴 것이오!

프란츠 (불안하게 방 안을 이리저리 오락가락한다) 전부 목사가 지껄이는 객쩍은 소리에 지나지 않아, 객쩍은 소리에 지나지 않는다고!

모저 목사 그때 처음으로 영겁의 칼이 당신의 영혼을 가를 것

---

2 셰익스피어의 희곡 「리처드 3세 Richard III」의 리처드를 가리킨다.

이오. 처음으로 가르는 것이겠지만, 이미 때는 늦을 것이오. 하느님을 생각하자마자, 하느님의 이름은 바로 재판관이라는 섬뜩한 생각이 떠오를 것이오. 이보시오, 모어! 당신은 천 명의 목숨을 손가락 끝에 가지고 놀았으며, 그 가운데 구백구십구 명을 불행하게 만들었소. 당신은 로마 제국 없는 네로이고, 페루 없는 피사로요. 하느님의 세상에서 한 인간이 폭군처럼 행패를 부리고 최고의 것을 최하의 것으로 끌어내리는데도 하느님께서 그냥 두고 보실 것 같소? 그 구백구십구 명이 오로지 몰락하기 위해서, 오로지 당신의 흉악한 유희에 꼭두각시처럼 놀아나기 위해서 존재한다고 믿는 게요? 아니, 그렇게 믿지 마시오! 당신이 그들에게서 빼앗은 일 분 일 초, 당신이 망가뜨린 그들의 모든 기쁨, 당신이 가로막은 그들의 모든 완벽함을 하느님이 장차 당신에게 요구할 것이오. 모어, 당신이 거기에 답변을 한다면 당신이 이긴 것이오.

프란츠 그만하게! 더 이상 한마디도 말하지 말게! 내가 자네의 그 염세적인 생각에 넘어가기를 바라는 겐가?

모저 목사 이보시오, 인간의 운명은 그 자체로 정말 아름답게 균형을 유지한다오. 이 세상의 저울판이 내려가면 저 세상의 것이 올라가고, 이 세상의 저울판이 올라가면 저 세상의 것이 바닥으로 기운다오. 그러나 이 세상에서 일시적인 고난이었던 것은 저 세상에서 영원한 승리가 되고, 이 세상에서 유한한 승리였던 것은 저 세상에서 한없는 영원한 절망이 될 것이오.

프란츠 (목사를 향해 거칠게 덤벼든다) 이 거짓말쟁이, 네 입에 벼락을 내려서 영원히 뻥긋도 하지 못하게 하리라! 네 저주받은 혀를 뽑아 버리리라!

모저 목사 이렇듯 빨리 진실의 무게를 느끼는 게요? 그것을 증거하는 말들은 아직 꺼내지도 않았소. 이제부터 내가 증거하는 말을 하리다…….

프란츠 입 다물라. 그 따위 증거는 집어치워라! 내 똑똑히 말하지만, 영혼은 파괴되어 사라지는 것이 분명하다. 그것에 대해서는 답변할 필요 없다!

모저 목사 그래서 저 깊은 심연 속의 혼백들도 애원을 하고 있소. 하지만 하늘에 계신 분은 고개를 저을 뿐이오. 당신은 무(無)의 황량한 제국에서 응징하시는 분으로부터 벗어날 수 있다고 믿는 게요? 당신이 하늘로 가면 그분은 하늘에 계시고, 당신이 지옥을 떠돌면 그분은 지옥에 계실 것이오! 당신이 밤에게 숨겨 달라고 말하고 어둠에게 품어 달라고 부탁하면, 어둠은 당신 주변을 환하게 비출 것이오. 저주받은 자의 주변에서는 한밤중에도 날이 밝기 마련이오. 그러나 당신의 불멸의 정신은 그런 말에 반항하여, 눈먼 생각을 누르고서 승리를 거둘 것이오.

프란츠 그러나 나는 불멸의 존재이고 싶지 않다. 누구든 불멸의 존재이고 싶은 놈이 있다면, 나는 방해하지 않을 것이다. 다만 네 하느님이 나를 파괴하도록 몰아세우련다. 네 하느님의 화를 돋우어 나를 파괴하도록 만들 것이다. 네 하느님을 가장 분노하게 하는 제일 큰 죄가 무엇인지 말해 보아라!

모저 목사 내가 알기로는, 두 가지 죄밖에 없소. 하지만 그것은 사람으로서 차마 저지르지 못할 죄이고, 또 사람들은 그런 죄가 있는 줄도 모르오.

프란츠 두 가지가 있단 말이지!

모저 목사 (매우 의미심장한 말투로) 하나는 제 아비를 죽이는 것이고, 또 하나는 제 형제를 죽이는 것이오. 왜 그리 별안간 얼굴이 창백해지는 게요?

프란츠 뭐라고, 이 늙은이야? 네놈은 하늘과 지옥, 대체 어느 쪽과 한패더냐? 누가 너한테 그런 말을 하더냐?

모저 목사 이 두 가지 죄를 마음속에 품고 있는 자는 참으로 불행하다오! 그런 자는 차라리 태어나지 않았던 편이 더 좋았을 것이오! 하지만 당신한테는 이제 아버지도 형제도 없으니 마음 푹 놓으시지요!

프란츠 흥! 뭐야, 그것보다 더한 죄는 모른단 말이냐? 다시 한 번 잘 생각해 보아라! 죽음, 천국, 영생, 저주, 이런 말들이 네 입 안에서 맴돌지 않느냐! 그것보다 더한 죄는 없단 말이냐?

모저 목사 그것보다 더한 죄는 결단코 없소.

프란츠 (의자에 털썩 주저앉는다) 이제 끝장이구나! 끝장이야!

모저 목사 하지만 기뻐하시오! 다행인 줄 아시오! 당신이 아무리 악독한 짓을 많이 저질렀어도, 제 아비를 살해한 자에 비하면 성자라고 할 수 있소. 당신이 받을 천벌은 제 아비를 죽인 자를 기다리고 있는 천벌에 비하면 사랑의 노래지요……응징은…….

프란츠 (펄쩍 뛴다) 이 올빼미 같은 놈, 무덤 속으로 꺼지거라! 누가 네놈을 여기로 불렀단 말이냐? 어서 가라고 말하지 않았느냐. 아니면 네놈을 밀어내란 말이냐!

모저 목사 목사가 주절대는 객쩍은 소리에 당신 같은 철학자가 화를 내다니요? 당신의 입김으로 단숨에 불어 버리면 될 거 아니오! (퇴장한다)

프란츠 (소파에서 소름 끼치게 몸부림친다. 깊은 정적이 흐른다)

하인, 허둥지둥 등장한다.

하인 아말리아 아가씨께서 보이지 않고 백작님도 행방이 묘연합니다.

다니엘, 겁에 질려 나타난다.

다니엘 나리, 말을 탄 사람들 무리가 살인이다! 살인이다! 하고 외치며 산길을 달려 내려오고 있습니다. 온 마을이 소란스럽습니다.

프란츠 어서 가서 모든 종을 울리도록 해라. 모두들 교회에 모여서 나를 위해 무릎 꿇고 기도하도록 일러라. 갇혀 있는 자들을 모조리 자유롭게 풀어 주어라. 가난한 자들에게 모든 것을 두 배, 세 배로 갚아 주겠다. 내 죄를 사하도록 어서 고해 신부를 불러라. 냉큼 가거라. 어째서 가지 않고 그러고 있는가? (수선스러운 소리가 차츰 귀에 들려온다)

다니엘 하느님, 제 크나큰 죄를 용서해 주십시오! 이 일을 어떻게 수습한단 말입니까? 나리께서는 항상 기도서를 멀리 내다 버리셨으며, 제가 기도드리는 것을 보기만 하면 설교집과 성경을 제 머리에 내던지셨습니다.

프란츠 이제 그런 말은 하지 말아라. 잘못하면 죽는다! 알아들었느냐? 죽는다고 하지 않느냐! 너무 늦을지도 모른다. (슈바이처의 무섭게 호령하는 소리가 들려온다) 어서 기도를 하거라! 어서 기도하라지 않느냐!

다니엘 제가 늘 이렇게 말씀드리지 않았습니까. 〈나리께서는 기도를 너무 소홀히 여기십니다. 제발 조심하십시오! 조심하십시오! 고난이 닥치고 나리께서 위기에 처하시게 되면, 이 세상의 온갖 보배를 주고서라도 기독교인의 작은 한숨 하나를 얻으려고 애쓰실 겁니다.〉 이렇게 말씀드리지 않았습니까? 그러면 나리께서는 저를 크게 나무라시고 꾸짖으셨습니다! 그러시지 않으셨습니까! 이제 아시겠습니까?

프란츠 (다니엘을 격렬하게 부둥켜안는다) 나를 용서해 주게! 착하고 소중하고 귀중한 다니엘, 제발 날 용서해 주게! 자네를 발끝까지 치장시켜 주겠네. 그러니 기도해 주게…… 자네를 새신랑으로 만들어 주겠네. 제발 기도만 해주게…… 내 이렇게 애원하네…… 무릎 꿇고 애원하네……. 이런 빌어먹을! 어서 기도를 하란 말이다! (길에서 비명 소리와 고함 소리, 소란스러운 소리가 들려온다)

슈바이처 (골목에서) 돌격하라! 때려죽여라! 문을 부수고 들어가라! 저기 불빛이 보인다! 그놈이 틀림없이 저기에 있을 것이다.

프란츠 (무릎을 꿇는다) 하느님, 제 기도를 들어주십시오! 이것은 생전 처음으로 하는 기도입니다. 그리고 두 번 다시 기도하는 일도 없을 겁니다. 하느님, 제 기도를 들어주십시오!

다니엘 어이쿠, 맙소사! 대체 뭐 하시는 겁니까? 그런 불경한 기도가 어디 있습니까?

마을 사람들이 몰려온다.

마을 사람들 도둑이다! 살인이다! 웬 놈들이 한밤중에 난리를 친단 말이냐?

슈바이처 (여전히 골목에서) 이보게들, 저놈들을 쫓아 버리게! 사탄이 네놈들의 주인을 데려가려고 왔다. 슈바르츠 패거리는 어디에 있느냐? 그림, 자네는 성을 포위하게. 성벽을 향해 돌격하라!

그림 불쏘시개를 가져와라! 우리가 올라가든지 그놈이 내려오든지 해야 한다. 그놈의 홀에 불을 질러야겠다.

프란츠 (기도한다) 하느님, 저는 시시한 살인자가 아니었습니다...... 하느님, 저는 결코 하찮은 것으로 만족하지 않았습니다…….

다니엘 하느님, 저희에게 자비를 베푸소서! 저분의 기도는 죄를 더할 뿐입니다. (돌과 횃불이 날아들고, 유리창이 깨지고, 성이 불탄다)

프란츠 도저히 기도를 할 수가 없다! 여기, 여기가! (가슴과 이마를 두들긴다) 너무 메마르고 삭막하다. (일어선다) 아니, 기도하지 않으련다…… 하늘이 이런 승리를 거두어서도 안 되고, 지옥이 나를 이렇게 조롱해서도 안 된다…….

다니엘 성모 마리아님! 저희를 도와주소서, 저희를 구해 주소서! 온 성 안이 불바다가 되었습니다.

프란츠 여기 이 칼을 받게. 얼른 받게. 저놈들이 와서 나를 조롱하기 전에, 이 칼로 등 뒤에서 나를 찌르게. (불길이 더욱 거세어진다)

다니엘 안 됩니다, 절대로 안 됩니다. 그 누구도 때가 되기 전에 일찍 하늘로 보낼 수 없습니다. 더구나……. (도망친다)

프란츠 (다니엘의 뒷모습을 잠시 매섭게 노려본 후에) 지옥으로는 더욱 보낼 수 없다는 말을 하고 싶었겠지? 그래! 나도 그 정도는 눈치로 안다……. (미친 듯이) 저들의 날카롭게 외치는 소리가 들려오는가? 지옥의 독사들이여, 이것은 너희들이 혀를 날름거리는 소리냐? 저들이 밀고 올라온다…… 문 앞을 포위했구나…… 그런데 왜 내가 이 날카로운 칼끝 앞에서 망설인단 말이냐? 문이 부서진다…… 저들이 몰려온다…… 끝장이다! 아, 나를 불쌍히 여기소서! (황금빛 모자끈을 떼어 내어 목을 조른다)

슈바이처, 도적들을 데리고 등장한다.

슈바이처 네 이놈 살인마, 어디에 있느냐? 그놈이 도망치는 것을 보았느냐? 그놈한테는 친구도 별로 없지 않겠느냐?

이 짐승 같은 놈이 어디로 숨었단 말이냐?

그림 (시신에 발이 부딪친다) 잠깐, 여기 뭐가 발에 거치적거리는 게야? 여기 불을 밝혀 보아라.

슈바르츠 이놈이 선수를 치지 않았느냐. 모두들 칼을 거두어라. 이놈이 여기 고양이처럼 나자빠져 있다.

슈바이처 그놈이 죽었다고! 뭐야? 나를 기다리지 않고 죽었단 말이냐? 속임수가 분명하다. 이놈이 벌떡 일어날지 모르니, 다들 조심해라! (시신을 잡아 흔든다) 야, 이놈아! 아직 살해할 아비가 남아 있지 않느냐!

그림 괜스레 헛수고하지 말라고. 완전히 뻗었어.

슈바이처 (시신에서 비켜선다) 그렇구먼! 전혀 반기지 않는구먼…… 완전히 뻗어 버렸어. 다들 두목에게 가서 이놈이 완전히 뻗어 버렸다고 전하게. 내 다시는 두목 얼굴을 보지 못할 걸세. (자신의 이마에 총을 쏜다)

제2장

4막의 5장과 같은 장소.
모어 백작, 돌 위에 앉아 있다.
도적 카를이 모어 백작과 마주 앉아 있으며,
나머지 도적들은 숲 여기저기에 흩어져 있다.

도적 카를 아직도 오지 않았느냐? (불똥이 튈 정도로 거세게 단검을 돌에 내리친다)
모어 백작 용서해 주는 것이 그놈에게는 오히려 징벌이 될 게요. 내 복수는 곱절로 사랑해 주는 것이오.
도적 카를 아닙니다, 제 분노한 영혼을 걸고서 절대로 그렇게 할 수 없습니다. 그렇게 하지 않겠습니다. 그놈은 극악무도한 죄악을 영원히 끌고 다녀야 합니다! 그렇지 않다면 왜 제가 그놈을 죽이게 했겠습니까?
모어 백작 (눈물을 쏟는다) 오, 내 아들아!
도적 카를 뭐라고요? 그놈을 위해 우신단 말입니까? 이 탑 옆에서?

모어 백작 자비를 베풀어 주게! 제발 자비를! (간절하게 두 손을 마주 비빈다) 이제, 이제 내 아들이 심판을 받게 되다니!

도적 카를 (깜짝 놀란다) 어떤 아들을 말씀하시는 겁니까?

모어 백작 아니, 무슨 그런 물음이 있소?

도적 카를 아닙니다, 아무것도 아닙니다.

모어 백작 댁은 내 불행을 비웃으러 온 게요?

도적 카를 양심이 자신도 모르게 속마음을 드러내는 법이지요! 제 말에 개의하지 마십시오.

모어 백작 그렇소, 나는 한 아들을 괴롭혔소. 그러니 다른 아들이 나를 괴롭히는 게 당연하지 않겠소. 이것이 하느님의 섭리라오. 오, 내 아들 카를! 카를! 네가 평화의 옷을 입고서 내 곁에 온다면 얼마나 좋겠느냐! 나를 용서해 다오! 오, 제발 나를 용서해 다오!

도적 카를 (얼른 대답한다) 틀림없이 용서해 드릴 것입니다. (당황하여) 노인장의 아들이라고 불릴 만한 가치가 있는 사람이라면, 틀림없이 노인장을 용서해 드릴 것입니다.

모어 백작 아! 그 아이는 나한테 참으로 과분한 아들이었소. 내 눈물과 잠 못 이루는 밤들과 고통스러운 꿈을 안고서 그 아이를 찾아가, 그 아이의 무릎을 부둥켜안고 이렇게 큰소리로 외치고 싶소. 나는 하늘과 너한테 죄를 지었다. 나는 아버지라 불릴 자격이 없다.

도적 카를 (깊이 감동하여) 노인장은 그 다른 아들을 사랑하셨습니까?

모어 백작 오, 그것은 하늘이 아신다오! 어째서 내가 왜 그 못

된 아들 녀석의 술수에 넘어갔는지? 이 세상에서 나만큼 칭송받는 아비도 없었을 것이오. 내 곁에서 자식들이 앞날 창창하게 꽃피었다오. 그런데 그만 불행한 시간이 닥쳤지 뭐요! 둘째 아들 녀석이 마귀에 씌웠고, 나는 그만 그 뱀의 꼬임에 넘어갔소. 그러다 결국 두 아들을 모두 잃고 말았다오. (얼굴을 두 손에 묻는다)

도적 카를 (노인 곁에서 멀찌감치 떨어진다) 영원히 잃으셨군요!

모어 백작 아, 아말리아가 했던 말이 이제 가슴 깊이 사무치는구나. 복수의 정령이 그 아이의 입을 빌려서 말한 것이었어. 아버님께서 숨을 거두시면서 아무리 손을 뻗어 아들을 찾으셔도 소용없을 거예요. 아무리 카를의 따뜻한 손을 잡는다고 상상하셔도 소용없고말고요. 카를이 아버님의 침대 곁에 서는 일은 두 번 다시 없을 거예요······.

도적 카를 (고개를 외면한 채 노인에게 손을 내민다)

모어 백작 이것이 내 아들 카를의 손이라면! ······ 하지만 그 아이는 지금 어딘가 멀리 누추한 집에서 고단한 잠을 자고 있겠지. 이 아비의 비탄하는 소리를 두 번 다시 듣지 못하겠지. 아, 애통하구나! 낯선 이의 팔에 안겨 세상을 떠나야 하다니······ 내 눈을 감겨 줄 아들이, 아들이 이제는 아무도 없다니······.

도적 카를 (마음의 동요를 이기지 못한다) 이제는, 이제는 다른 수가 없어. (도적들을 향해) 너희들이 내 곁을 떠나다오! 이제라도 아버님에게 아들을 돌려 드릴 수 있지 않을까? ······ 아니 이제는 돌려 드릴 수 없어. 아니! 그렇게 할 수 없어······.

모어 백작 친구라니? 이보시오, 방금 뭐라고 중얼거렸소?

도적 카를 아드님은…… 그렇습니다, 노인장…… (더듬거린다) 노인장의 아드님은 영원히 파멸하였습니다.

모어 백작 영원히 파멸하였다고?

도적 카를 (답답한 마음을 이기지 못하고서 하늘을 올려다본다) 아, 제발 이번 한 번만…… 기운을 차리게 해주십시오…… 제발 이번 한 번만 저를 지켜 주십시오.

모어 백작 지금 〈영원히〉라고 말했소?

도적 카를 더 이상 묻지 마십시오. 네, 〈영원히〉라고 말했습니다.

모어 백작 이보시오, 낯선 양반! 왜 나를 탑에서 꺼내 주셨소?

도적 카를 이제 어찌 한단 말인가? 아버님의 축복을 도둑처럼 낚아채어서, 그 거룩한 노획물을 가지고 슬쩍 도망을 칠 것인가…… 아버지의 축복은 절대로 없어지지 않는다고 말하지 않던가…….

모어 백작 내 아들 프란츠도 파멸하였소.

도적 카를 (노인 앞에 무릎을 꿇는다) 제가 탑의 빗장을 부수었습니다. 그러니 제게 축복을 내려 주십시오!

모어 백작 (괴로운 표정으로) 그대는 아비를 구하기 위해서 아들을 죽일 수밖에 없었소! 보시오, 하느님은 지칠 줄 모르고 자비를 베푸시는데, 우리 하찮은 미물들은 앙심을 품고서 잠자리에 든다오. (도적 카를의 머리 위에 한 손을 얹는다) 그대가 다른 이들을 측은히 여기는 만큼 행복하시오!

도적 카를 (온유한 얼굴로 일어선다) 아! 내 사나이로서의 기백은 어디로 갔단 말인가? 근육의 힘이 풀리고 손에서 단검이 빠져나가는구나.

모어 백작 형제들이 헤르몬 산에서 시온 산으로 떨어지는 이슬방울처럼 화목하게 모여 산다면 얼마나 행복하겠는가. 젊은이, 이런 기쁨을 누리는 법을 배우게. 그러면 하늘의 천사들이 자네의 영광을 함께 즐길 걸세. 자네의 지혜는 백발노인의 지혜지만, 자네의 마음은 순진무구한 어린아이의 마음이길 비네.

도적 카를 아, 이런 환희를 맛보게 해주시다니. 훌륭하신 어르신네, 저에게 입 맞춰 주십시오!

모어 백작 (카를에게 입 맞춘다) 이것을 아버지의 입맞춤으로 생각하시오. 나는 내 아들에게 입 맞추는 것으로 생각할 것이오. 당신도 눈물을 흘릴 줄 아오?

도적 카를 저도 아버지의 입맞춤이라고 생각했습니다! 지금 그놈을 이리 데려온다면 어쩐단 말인가!

슈바이처를 따라갔던 패거리가 얼굴을 복면으로 가리고서
고개를 떨어뜨린 채 묵묵히 시신을 날라 온다.

도적 카를 맙소사! (뒷걸음질 쳐 몸을 숨기려 한다. 도적들은 카를의 옆을 지나가고, 카를은 그들을 외면한다. 깊은 정적이 흐르는 가운데, 도적들 걸음을 멈춘다)

그림 (목소리를 낮추어) 두목. (도적 카를은 대답하지 않고 더 뒷걸음친다)

슈바르츠 친애하는 두목. (도적 카를, 더욱 뒤로 물러난다)

그림 두목, 우리의 잘못이 아니었네.

도적 카를 (그쪽을 바라보지 않는다) 너희들은 누구냐?

그림 우리를 쳐다보지도 않는 겐가. 두목의 충직한 부하들일세.

도적 카를 나한테 충성을 바치다니, 이런 불쌍한 인간들!

그림 두목의 충복 슈바이처의 마지막 인사말을 전하네. 그 친구는 다시 돌아오지 않을 걸세.

도적 카를 (펄쩍 뛴다) 그렇다면 그놈을 찾아내지 못했단 말이냐?

슈바르츠 이미 죽어 있었다네.

도적 카를 (겅중 뛰며 기뻐한다) 만물을 다스리시는 분이시여, 고맙습니다. 이보게들, 이리 와서 나를 부둥켜안게나. 지금부터는 자비가 우리의 구호일세. 이번 일도 무사히 넘긴 것이나 다름없으니, 모든 것이 잘될 걸세.

다른 도적들과 아말리아가 나타난다.

도적들 으샤, 으샤! 우리가 굉장한 것을 잡았다네!

아말리아 (머리를 풀어헤치고 있다) 죽은 자들이 그의 목소리를 듣고서 살아났다고들 외치는데…… 우리 외숙께서 살아 계신다는 말일까? 이 숲 속에…… 어디 계시는 것일까? 카를! 외숙부님! 어머나! (노인을 향해 달려간다)

모어 백작 아말리아! 내 딸아! 아말리아! (아말리아를 꼭 껴안

는다)

도적 카를 (펄쩍 뛰어 뒤로 물러난다) 누가 내 눈앞에 이런 일을 벌어지게 했느냐?

아말리아 (노인에게서 벗어나 도적 카를에게 달려가, 기쁨에 넘쳐 카를을 와락 껴안는다) 오, 하늘의 별들아! 이 사람을 찾았단다, 이 사람을 찾았어!

도적 카를 (아말리아를 뿌리치며 도적들에게 말한다) 지금 당장 출발한다! 어떤 불구대천의 원수가 나를 배반했단 말이냐!

아말리아 오, 내 신랑, 내 신랑이여! 어찌 이리 흥분하시나요! 어머! 너무 기뻐서 그러시나요! 이렇듯 아찔한 환희에 취했는데, 내 마음이 어찌 이리 무감각하고 냉정한 것일까요?

모어 백작 (벌떡 몸을 일으킨다) 신랑이라니? 애야! 애야! 신랑이라니?

아말리아 저는 영원히 이 사람의 것이고, 이 사람은 영원히, 영원히 제 것이에요! 오, 하늘이시여! 제가 이 벅찬 환희에 눌려 스러지지 않도록, 이 환희를 덜어 주소서!

도적 카를 어서 이 여자를 떼어 내어라! 이 여자를 죽여라! 저 노인을 죽여라, 나를 죽여라! 너희들을! 모조리 죽여라! 온 세상이 몰락한다! (그곳을 벗어나려 한다)

아말리아 어디로 가시나요? 무슨 일이지요? 이 영원한 사랑과 이 무한한 환희를 두고서, 어디로 멀리 가시나요?

도적 카를 비키시오, 저리 비키시오! 당신은 이 세상에서 가장 불행한 신부요! 당신 자신의 모습을 보고, 당신 자신에게 물어보시오! 이 세상에서 가장 불행한 아버님! 저를 영원히 도망치게 해주십시오!

아말리아 나를 붙잡아 주세요! 제발 날 붙잡아 주세요! 눈앞이 캄캄해요. 이 사람이 멀리 가려 하고 있어요!

도적 카를 이제 너무 늦었다! 모든 것이 허사다! 아버님, 아버님의 저주가……. 저에게 아무것도 묻지 마십시오! 저는…… 저는…… 아버님의 저주…… 아버님이 저를 저주하신 줄 알고…… 누가 나를 이곳으로 유혹했느냐? (단검을 뽑아들고 도적들에게 달려든다) 이 지옥에 떨어질 놈들아, 누가 나를 이곳으로 유인했느냔 말이다? 아말리아, 이제 당신은 살 수 없소! 아버님도 눈을 감으실 것입니다! 아버님은 저 때문에 세 번 눈을 감으실 겁니다! 아버님을 구해 준 이자들은 도적들이고 살인자들입니다! 아버님의 아들 카를이 도적 떼의 두목입니다!

(모어 백작은 숨을 거두고, 아말리아는 석상처럼 망연자실하여 서 있다. 섬뜩한 침묵이 도적 떼 주위를 감돈다)

도적 카를 (떡갈나무에 몸을 부딪친다) 사랑의 환희를 누리다가 내 손에 목 졸린 자들의 영혼들아…… 단잠을 자다가 내 손에 박살난 자들의 영혼들아……. 하하하! 너희들은 아기를 낳는 산모 위에서 화약고가 폭발하는 소리를 듣느냐? 갓난아기의 요람 옆에서 화염이 치솟는 것을 보느냐? 그것은 혼례를 밝히는 횃불이고, 혼인식에 울려 퍼지는 음악이다. 아, 하느님은 그 어느 것도 잊지 않으시고 운명의 줄을 엮으신다. 그래서 내게서 사랑의 환희를 앗아 가시고, 그래서 나를 사랑의 고문대로 보내시는 것이다! 이것은 천벌이다!

아말리아 맞아요! 하늘에서 세상을 다스리시는 분이시여! 그것은 맞는 말입니다. 그런데 제가 무슨 짓을 저질렀지요? 저는 하느님의 죄 없는 양입니다. 저는 이 사람을 사랑했어요!

도적 카를 사나이로서 도저히 더 이상 견딜 수 없구나. 나는 수천 개의 총구에서 죽음이 날아오는 소리를 들으면서도, 한 발자국도 피하지 않았다. 그런데 이제 아낙네처럼 무서워 벌벌 떠는 것을 배워야 한단 말이냐? 여자 앞에서 벌벌 떨어야 한단 말이냐? 아니다, 한낱 여자 때문에 내 사나이로서의 기백이 흔들릴 리가 없다. 피, 피가 어디 있느냐! 이것은 다만 여자의 공격일 뿐이다. 어서 피를 마셔야 한다. 그러면 무사히 지나갈 것이다. (그곳에서 도망치려 한다)

아말리아 (카를의 품에 몸을 던진다) 당신이 살인자라 해도 좋고 악마라 해도 좋아요! 나는 당신을 천사에게 넘겨줄 수 없어요.

카를 (아말리아를 힘껏 밀어낸다) 저리 비켜라, 이 요사스러운 여인아! 네가 미쳐 날뛰는 사람을 조롱할 생각이더냐. 하지만 나는 운명의 폭정에 반기를 든다. 뭐야, 눈물을 흘리는 것이냐? 아, 음흉하고 심술궂은 별들아! 이 여인이 우는 척하는구나! 나를 위해서 이 여인의 영혼이 우는 척한다! (아말리아, 카를의 목에 매달린다) 아, 이것이 무엇이냐? 나한테 침을 뱉지 않고, 나를 밀어내지 않다니……. 아말리아! 당신은 잊었단 말이오? 아말리아, 당신이 어떤 사람을 부둥켜안고 있는지 알고 있소?

아말리아 나한테 오직 하나밖에 없는 사람, 절대로 헤어질 수 없는 사람이지요!

카를 (환희에 넘쳐 밝게 빛난다) 이 여인은 나를 용서하고 나를 사랑한다! 나는 창공의 정기처럼 순수하다. 이 여인이 나를 사랑하다니……. 자비로우신 하느님, 제 감사의 눈물을 받아 주십시오! (무릎 꿇고 격렬하게 흐느껴 운다) 내 영혼이 평온을 되찾고, 고통이 사라지고, 지옥이 자취를 감추었도다! 보라! 오, 보아라! 빛의 자녀들이 울고 있는 사탄의 목에 매달려 눈물을 흘리지 않느냐! (몸을 일으켜 도적들을 향해 말한다) 그러니 너희들도 눈물을 흘려라! 눈물을, 눈물을 흘리란 말이다. 너희들도 행복하지 않느냐. 오, 아말리아! 아말리아! 아말리아! (아말리아의 입에 오래오래 입 맞춘다. 두 사람은 말없이 껴안고 있다)

도적 1 (격분하여 앞으로 나선다) 그만두지 못할까, 이 배반자야! 당장 그 팔을 풀어라! 그렇지 않으면 내 한마디가 네 귀청을 쩌렁쩌렁 울리게 하고, 네 이빨이 겁에 질려 덜덜 떨리게 만들 것이다. (두 사람 사이에 칼을 들이민다)

늙은 도적 보헤미아의 숲을 생각하라! 내 말이 들리느냐? 뭘 주저하느냐? 네놈은 보헤미아의 숲을 기억해야 할 것이다! 이 의리 없는 놈아! 네 맹세는 어디로 갔느냐? 네 몸에 났던 상처를 이리 쉽게 잊을 수 있단 말이냐? 그때 우리는 너를 위해서 우리의 행복과 명예, 목숨을 모두 걸지 않았더냐? 또 우리는 성벽이 되어 너를 지켜 주었고, 방패가 되어 너를 노리는 칼날들을 막아 주었다. 그때 너는 우리가 네놈 곁을 떠나지 않는 한, 절대로 우리 곁을 떠나지 않겠다고 손을 들어 굳게 맹세하지 않았더냐? 이런 비열한 놈! 신의 없는 놈! 하찮은 계집 하나가 질질 짠다고 우리에게 등을 돌린단 말이냐?

도적 3 퉤, 그까짓 거짓 맹세! 네놈이 증인을 세우려고 강제로 저승에서 불러낸 죽은 롤러의 혼백이 네놈의 비겁함에 낯을 붉힐 것이다. 네놈을 응징하려고 무덤에서 칼을 들고 뛰쳐나올 것이다.

도적들 (웅성거리며 각자 옷을 찢는다) 여길 보아라, 똑똑히 보아라! 네놈도 이 흉터를 잘 알지 않느냐? 너는 우리와 한패이다! 우리가 심장의 피를 주고서 너를 노예로 샀다. 그러니 대천사 미카엘이 몰록하고 격투를 벌인다 해도, 너는 우리와 한패이다! 우리와 함께 가야 한다. 희생에 희생으로 보답하라! 도적 떼를 위해 아말리아를 희생하라!

도적 카를 (아말리아의 손을 놓는다) 이제 모든 것이 끝장이다! 나는 마음을 고쳐먹고 아버지에게 돌아가려 했지만, 하늘에 계신 분이 그러지 말라고 말씀하신다. (냉정하게) 마음을 돌려먹으려고 하다니, 이런 어리석은 바보가 있단 말인가? 중죄인이 어떻게 돌아설 수 있겠는가. 중죄인은 결코 돌아설 수 없다는 사실을 벌써 오래 전에 알았어야 했다……. 조용히 하시오, 제발 조용하시오! 이래야 마땅하오. 하느님이 나를 찾으셨을 때는 내가 원하지 않았고, 내가 하느님을 찾을 때는 하느님이 원하시지 않는구려. 이보다 더 당연한 일이 어디 있겠소? 그렇게 눈을 굴리지 마오. 하느님한테는 내가 필요 없는 존재요. 하느님에게는 피조물이 넘치게 많

지 않소? 하나 정도 없어도 아무렇지 않을 것인데, 그 하나
가 바로 나요. 이보게들, 가세!

아말리아 (도적 카를을 붙잡는다) 잠깐, 잠깐만 기다려요! 나를
죽여 줘요! 또다시 나를 버리느니, 차라리 나를 단칼에 죽
여 줘요. 나를 불쌍히 여기고 어서 칼을 휘둘러요!

도적 카를 차라리 곰을 동정하고 말지, 내 손으로 너를 죽이지
는 않을 것이다!

아말리아 (카를의 무릎을 부둥켜안는다) 아, 제발, 제발 내 말
을 들어줘요! 나는 더 이상 사랑을 원하지 않아요. 저 위에
서 우리의 별들이 원수처럼 서로에게서 도망치는 것을 잘
알아요. 내가 원하는 것은 오로지 죽음뿐이에요. 버림받다
니, 또 버림받다니! 이것이 얼마나 끔찍한지 한번 생각해
봐요! 나는 더 이상 견딜 수 없어요. 당신도 여자들이 버림
받는 걸 견디지 못하는 사실을 잘 알잖아요. 나는 오로지 죽
음만을 원해요! 자, 봐요, 내 손이 떨리고 있어요! 나는 칼
로 찌를 용기가 없어요. 번득이는 칼날이 무서워요. 당신에
게는 손쉬운, 아주 손쉬운 일이지 않겠어요. 당신은 살인의
대가잖아요. 어서 칼을 빼요. 그러면 나는 행복할 거예요!

도적 카를 너 혼자만 행복하겠다는 것이냐? 저리 비켜라. 나
는 여자들은 죽이지 않는다!

아말리아 이런, 살인자 양반! 당신은 행복한 사람들만 죽이고,
살고 싶지 않은 사람들은 그냥 스쳐 지나간다는 소린가요.
(도적들에게로 기어간다) 그렇다면 망나니의 제자인 당신들
이 나한테 자비를 베풀어 줘요! 당신들의 눈빛에 서린 잔혹

한 동정심이 불행한 사람에게 위로가 되는군요. 당신들 스승은 큰소리만 뻥뻥 치는 비겁한 허풍선이랍니다.

도적 카를 이 계집이 뭐라고 말하는 게냐? (도적들, 외면한다)

아말리아 나를 도와줄 사람이 아무도 없나요? 이 가운데는 나를 도와줄 사람이 아무도 없단 말인가요? (일어선다) 그렇다면 디도[3]의 본보기를 따라야겠군요! (그곳을 떠나려 한다. 한 도적이 총을 겨눈다)

도적 카를 잠깐! 내가 해결하겠다. 모어의 연인은 모어의 손에 죽어야 한다! (아말리아를 죽인다)

도적들 두목, 두목! 이게 무슨 짓이오? 정신 나갔소?

카를 (시신을 멍하니 응시한다) 한 방에 명중했다! 아직은 움찔하지만, 곧 지나갈 것이다. 자, 보아라! 아직도 나한테 요구할 것이 남아 있느냐? 너희들은 이미 너희 것이 아닌 목숨, 추악과 치욕으로 가득 찬 목숨을 나를 위해 희생했고, 나는 너희들을 위해 천사를 제물로 바쳤다. 어떠냐, 여기를 보아라! 이제 만족하느냐?

그림 자네는 이자를 높이 쳐서 빚을 갚았네. 자신의 명예를 지키기 위해서 그 누구도 감히 하지 못할 일을 했어. 이제 이곳을 떠나세!

카를 자네는 그렇게 말하는가? 천사 같은 여인의 목숨과 악당들의 목숨을 맞바꾸다니, 불공평하다고 생각하지 않나? 내가 너희들에게 분명히 말한다. 이다음에 너희들이 단두

---

3 Dido. 신화에서 카르타고를 세운 여왕. 트로이의 영웅 아이네이아스를 사랑하지만, 아이네이아스가 이탈리아로 떠나 버리자 스스로 목숨을 끊는다.

대에 끌려가, 뜨겁게 달군 집게에 한 조각 한 조각 살점이 찢겨 나간다 할지라도, 그 고문이 더운 여름에 열하루 동안 계속된다 할지라도, 내가 지금 흘리는 눈물에는 미치지 못할 것이다. (비통하게 웃음을 터뜨린다) 흉터, 보헤미아의 숲! 그래, 그렇고말고! 물론 그 빚을 갚아야지.

슈바르츠 두목, 진정하게! 우리와 함께 가세. 자네한테 이것은 차마 못 볼 광경이네. 앞으로 계속 우리를 이끌어 주게.

도적 카를 잠깐, 우리가 이곳을 떠나기 전에, 내가 한마디 할 말이 있다. 너희들은 그동안 내 야만스러운 신호에 맞추어 나쁜 짓을 하면서 통쾌한 기쁨을 맛보았다. 내 말을 잘 듣거라. 나는 지금 이 시각부터 너희들 두목의 자리에서 물러난다. 수치심과 두려움을 느끼며 이 피 묻은 지휘봉을 내려놓는다. 이 지휘봉 아래서 너희들은 사악한 짓으로 천상의 빛을 모독하고 행패를 부릴 권리가 있다고 착각하였다. 이제 각자 갈 데로 가거라. 우리가 손을 맞잡는 일은 영원히 두 번 다시 없을 것이다.

도적들 이런 겁쟁이! 네 웅대한 계획은 모두 어디 갔느냐? 한낱 여자의 입김에 터져 버리는 비눗방울이었단 말이냐?

도적 카를 아, 잔학한 만행으로 세상을 아름답게 만들고 무법으로 법을 수호한다고 착각하다니, 이런 바보가 또 있을까. 나는 그것을 징벌과 정의라고 불렀다. 오, 하늘의 섭리여, 나는 감히 네 잘못을 바로잡고 네 불공평함을 개선하려고 들었다. 그 얼마나 어린아이 같은 허황된 짓이었는가. 나는 이제 끔찍한 삶의 가장자리에 서서 이빨을 덜덜 떨고 울부짖으며, 나 같은 놈 둘만 있어도 도덕적인 세상이 송두리째 몰락할 수 있음을 깨닫는다. 하느님, 감히 당신을 앞지르려던 이 어린아이를 용서하소서. 응징은 오로지 하느님 혼자만의 일이며, 인간의 도움을 필요로 하지 않습니다. 물론 제 힘으로는 지난 일을 돌이킬 수 없습니다. 이미 썩어 버린 것을 살려 낼 수는 없고, 제가 무너뜨린 것은 영원히 다시 일어설 수 없습니다. 하지만 저한테는 더럽혀진 법을 다시 바로잡고 짓밟힌 질서를 다시 일으켜 세울 수 있는 가능성이 남아 있습니다. 누구도 넘볼 수 없는 질서의 존엄함을 만천하에 내보일 희생이 필요합니다. 바로 저 자신을 희생해야 합니다. 질서를 수호하기 위해 제가 죽어야 합니다.

도적들 저놈에게서 칼을 빼앗아라! 저놈이 자살하려는 것이다.

도적 카를 이런 어리석은 자들! 영원히 눈뜨지 못할 인간들! 너희들은 한 가지 대죄가 여러 개의 대죄를 보상할 수 있다고 생각하느냐? 그 불경한 짓을 통해서 세상의 조화를 얻을 수 있다고 믿느냐? (경멸하듯 도적들의 발 앞에 무기를 내던진다) 나는 생포당할 것이다. 자진하여 법 앞에 나설 것이다.

도적들 저놈을 묶어라! 저놈이 미쳤다!

도적 카를 하늘이 원하면 법이 언제든 나를 찾아낼 것을 의심하는 것은 아니다. 그러나 법이 잠자고 있는 나를 덮치거나 도피하는 나를 기습하거나 무력을 이용하여 강압적으로 나를 포박할 수도 있다. 그러면 내가 그들을 위해 죽는다는 약간의 공덕마저 수포로 돌아갈 것이다. 천상의 파수꾼들이 이미 오래 전에 죽은 것으로 여긴 생명을 내가 도둑처럼 조금 더 숨겨야겠느냐?

도적들 저놈을 가게 내버려 두세! 과대망상에 빠졌어. 허황된 감탄을 받으려고 제 목숨을 내놓겠다니.

도적 카를 그 때문에 감탄받을 수도 있지 않겠는가. (잠시 생각에 잠긴다) 이리로 오는 도중에 만났던 가난뱅이가 생각나는구나. 자식이 열한 명인데, 하루 벌어 근근히 먹고산다고 하지 않았던가. 큰 도둑을 산 채로 잡아오는 자에게 금화 천 냥을 준다고 했으니, 그 사람을 도와주어야겠다. (퇴장한다)

역자 해설
자유와 반항

 독일의 대문호 프리드리히 폰 실러Friedrich von Schiller (1759~1805)는 볼프강 폰 괴테와 어깨를 나란히 하는 시인, 극작가, 철학자, 역사가로 이름을 날렸으며, 괴테와 더불어 독일 언어 예술의 황금시대라 일컬어지는 고전주의를 꽃피웠다. 실러는 현재까지도 독일의 가장 중요한 극작가로 평가받으며, 그의 희곡들은 독일 극장의 기본 레퍼토리를 이룬다.

 무엇보다도 프리드리히 폰 실러는 평생 문학을 통해 〈자유〉의 이념을 추구한 〈자유의 시인〉, 〈자유의 선구자〉로 불린다. 사회의 모든 억압과 질곡에서 벗어난 자유로운 인간, 자유의 이상을 구현하고 널리 알리려 노력했기 때문이다. 실러의 처녀작이라 할 수 있는 「도적 떼」는 당시 아주 파격적이고 급진적인 작품으로서, 이런 〈자유〉의 이념을 분명하고 단호하게 선포하였다. 1782년 1월 13일 만하임의 국립 극장에서 「도적 떼」가 처음 무대에 올랐을 때, 관객들은 그야말로 열광과 환호로 답하였다고 전해진다.

 〈극장 안은 마치 정신 병원 같았다. 관객들은 눈알을 구르고 주먹을 굳게 쥐고 목쉰 소리로 크게 외쳤다. 서로 모르는 사람들이 눈물을 흘리며 부둥켜안았고, 여인들은 쓰러질 듯 비틀비틀 문을 향해 걸었다. 혼돈의 안개 속에서 세상이 처음 창조되던 때처럼, 모든 것이 해체되었다.〉

특히 젊은이들이 「도적 떼」에 열광하였으며, 일부 젊은이들은 남독일에서 자유를 찾아 직접 도적단을 결성하는 사태까지 빚었다고 한다. 「도적 떼」는 만하임의 초연 이후, 함부르크에서 라이프치히에 이르기까지 독일 각지에서 무대에 올랐으며, 1792년에는 파리에서 상연되어 대성공을 거두었다. 결국 이 성공에 힘입어, 실러는 프랑스 혁명 정부에 의해 프랑스 명예시민으로 추대된다.

이러한 열광적인 반응은 물론 당시의 시대적·사회적인 상황과 깊게 맞물려 있다. 당시는 절대주의 왕정 치하에서 시민 사회와 프랑스 혁명으로 넘어가는 격변의 시대였다. 시민 계급은 기존 사회 체제의 멍에에 눌려 정치적으로 뜻을 이룰 수 없었을 뿐 아니라, 정신적으로는 지나치게 이성을 강조하고 감정을 무시하던 계몽주의 경향의 사회 풍조에 짓눌려 있었다. 그러다 18세기 후반에 이르러, 문학이 시민적인 자의식의 표출 수단으로서 크게 부각되었다. 특히 1765년에서 1785년 사이, 괴테를 비롯한 시민 계급 출신의 젊은 지식인들을 중심으로 독일 문단을 휩쓴 문학 운동 〈질풍노도Sturm und Drang〉는 당시의 사회에 대한 문학적인 항의와 반항의 표출이었다. 그들은 자유로운 감정의 발산을 예찬하고, 사회적인 한계에 얽매이지 않는 천재적인 개성을 찬미하며, 기존의 세계 질서를 부정하고 인간의 자유로운 정신을 추구하였다. 이 시대를 대표하는 작품이 바로 실러의 「도적 떼」와 괴테의 『젊은 베르테르의 슬픔』이다. 후자가 사회적 인습과 이성의 굴레에 억눌린 감정의 자유로운 해방을 부르짖었다면, 전자는 정치적 억압과 폭정에 대항하여 반란의 깃발을 높이 들었다.

「도적 떼」는 당시 무명의 실러 작품을 출판하려는 출판사가 없었기 때문에, 1781년에 익명으로 자비 출판되었다. 그리고 일 년 후, 우여곡절 끝에 만하임에서 초연되어 센세이셔널한 큰 성공을 거두었지만, 실러는 허가받지 않고서 만하임에 여행했다는 이유로, 당시 뷔르템베르크 공국의 영주 카를 오이겐 공작에게서 이 주일의 금고형과 저술 금지령을 선고받는다. 실러는 자유롭게 창작 활동에 전념할 수 있기를 바라며 국경을 넘어 만하임으로 도망친다. 이후 경제적인 곤란과 질병 등 많은 역경과 싸우며 파란만장한 삶을 헤쳐 나간다. 그러나 1784년 『라이니셰 탈리아』에 〈나는 그 어떤 제후도 섬기지 않는 세계시민으로서 글을 쓴다〉라고 밝혔듯이, 말년의 대표작 「발렌슈타인」에 이르기까지 자유를 향한 실러의 열정은 평생 한시도 누그러지지 않았다

「도적 떼」에서 실러는 특히 〈형제의 반목〉이라는 모티프를 이용하여 자유와 반항을 더욱 설득력 있게 묘사한다. 두 형제 카를과 프란츠는 카인과 아벨처럼 서로 판이한 성격의 소유자이다. 카를은 플루타르크 영웅전과 알렉산드로스 대왕에 열광하고 열정과 의욕에 넘치는 활동가이면서, 자유와 정의를 꿈꾸는 이상주의자이다. 그는 봉건 제도의 폭정과 사회적

인 불의에 맞써 싸우고 억압받는 자들을 도와주고 자유를 쟁취하기 위한 방편으로서 도적의 길을 선택한다. 그러나 현실은 그리 간단하지 않아서, 사회 정의를 실현한다는 명분하에 많은 선량한 양민들이 학살당한다. 과연 목적이 수단을 정당화할 수 있는가? 카를은 인류의 이 영원한 이율배반 앞에서 깊은 내적인 갈등에 휘말리며, 잔학한 만행과 무법으로는 세상을 결코 아름답게 만들 수 없는 사실을 뼈저리게 깨닫는다.

동생 프란츠는 냉정하게 계산하는 이기적인 합리주의자이고, 정열의 감성 세계를 부인하는 유물론자이며, 절대주의의 폭군을 대표하는 냉혹한 지배자이다. 실러는 자연의 혜택도 입지 못하고 아버지의 사랑도 받지 못한 프란츠의 독백을 통해, 인간이 어떻게 환경에 지배당하고 또 계산이나 합리적인 것에 의해 좌우될 수 있는지 실감나게 펼쳐 보이면서 악인의 모습을 인간적으로 절실하게 그려 낸다.

카를과 프란츠는 당시의 세계 질서와 주어진 운명에 각자의 방식으로 반항한다. 카를은 사회적 불의와 정치적 억압에 맞서 투쟁하며 스스로의 운명을 개척하려 드는 반면, 프란츠는 책략과 술수의 악의적인 방법을 이용한다. 그러나 결국 두 사람 모두 실패한다. 여기에서 실러는 상황에 몰리고 양심에 부딪혀 어쩔 수 없이 스스로 목숨을 끊는 프란츠와 자신의 잘못을 인식하고서 스스로를 희생하기로 결심하는 카를을 대비시켜 진정으로 자유로운 불멸의 인간상을 보여 준다. 카를은 모든 불의와 핍박에 대항하여 자유를 추구하면서도, 스스로의 행동에 책임을 지고 스스로의 운명을 끝까지 자유 의지로 결정하는 자유로운 인간이다. 실러는 카를을 가리켜, 무절제한 열정에 휩싸여 많은 만행을 저지르며 심연 깊숙이 추락하지만, 깊은 절망과 불행을 딛고 일어서서 다시 고매한 천성을 되찾는 〈방황하는 위대한 영혼〉이라고 말한다.

스무 살 혈기왕성한 젊은 실러의 자유를 향한 강렬한 열정과 힘찬 기개는 「도적 떼」의 형식과 언어에도 그대로 표출된다. 실러는 고전 드라마를 지배하던 아리스토텔레스의 삼일치 원칙 같은 문학의 규범에 얽매이지 않고 자유롭게 드라마의 형식을 전개한다. 또한 당시로서는 이례적으로 욕설과 거친 표현을 풍성하게 섞어 가며 박진감 넘치는 힘찬 언어로 독자들을 「도적 떼」의 세계 깊숙이 빨아들인다.

실러는 결코 길지 않은 이 한 편의 비극에 자유의 이념과 더불어, 질서를 추구하는 법과 개인의 갈등, 인도주의 정신, 정의와 불의, 간계와 오해, 사랑과 폭력, 형제 반목, 부자 갈등, 남녀의 지순한 사랑 등 인류의 영원한 과제이며 수수께끼인 주요한 테마들을 더없이 절절하고 생생하게 엮어 넣었다. 등장인물들의 분명한 성격과 정곡을 찌르는 대사, 인간의 본성에 대한 심오한 인식, 작품을 꿰뚫고 흐르는 강렬한 언어의 힘은 이백 년 이상이 지난 오늘날까지도 독자들의 심금을 울리고 공감을 자아내며 인도주의 정신과 자유의 이상을 일깨운다.

김인순

프리드리히 폰 실러 연보

1759년 출생 11월 10일 네카 강변의 마르바흐에서 군의관 요한 카스파 실러와 엘리자베트 도로테아 실러의 장남으로 출생.

1764~1766년 5~7세 가족과 함께 로르히로 이사. 초등학교를 다니면서 모저 목사에게서 라틴어 수학.

1766년 7세 루트비히스부르크로 다시 이사.

1767년 8세 라틴어 학교에 입학.

1772년 13세 처음으로 희곡 「기독교인들Die Christen」과 「압살론 Absalon」 집필. 이 원고들은 현재 남아 있지 않음.

1773년 14세 뷔르템베르크 공국의 카를 오이겐 공작의 명령에 의해 사관학교에 입학. 처음에는 법학을 공부.

1775년 16세 독일 질풍노도 시인들의 작품과 클로프슈토크의 시 탐독. 희곡 「나사우의 대학생Der Student von Nassau」 집필. 이 작품 역시 현재 남아 있지 않음.

1776년 17세 의학 공부 시작. 셰익스피어, 루소, 볼테르, 괴테의 작품들과 「플루타르크 영웅전」을 읽음. 최초로 시 「저녁Der Abend」 발표.

1777년 18세 「도적 떼Die Räuber」 집필 시작. 시 「정복자Der Eroberer」 발표.

1779년 20세 　졸업 논문「생리학의 철학Philosophie der Physiol-ogie」이 통과되지 않음.

1780년 21세 　두 번째 졸업 논문「인간의 동물적 천성과 정신적 천성의 관계über den Zusammenhang der tierischen Natur des Menschen mit seiner geistigen」가 통과되고, 군의관에 임명됨.「도적 떼」 탈고.

1781년 22세 　슈투트가르트에서 군의관으로 활동.「도적 떼」를 익명으로 자비 출판.

1782년 23세 　1월 13일「도적 떼」가 만하임 국립 극장에서 초연되어 대성공을 거둔 뒤를 이어 독일 각지에서 상연됨. 허가받지 않고서「도적 떼」관람차 만하임으로 두 번 여행하여, 카를 오이겐 공작에게서 14일 금고형과 저술 금지령을 선고받음. 9월 친구 안드레아스 슈트라이허와 함께 슈투트가르트를 탈출하여 만하임, 프랑크푸르트암마인, 오게르스하임 등지로 도피.「피에스코의 모반Die Verschwörung des Fiesko zu Genua」집필.『1782년의 시가선Anthologie auf das Jahr 1782』출판.

1782~1783년 23~24세 　헨리에테 폰 볼초겐 부인의 초대로 튀링겐의 바우어바흐에 머무름.

1783년 24세 　샬로테 폰 볼초겐을 연모. 만하임으로 돌아감.「간계와 사랑Kabale und Liebe」탈고,「돈 카를로스Don Carlos」집필 시작.

1783~1785년 24~26세 　만하임 극장의 전속 작가로 활동.

1784년 25세 　작센 바이마르 공국의 카를 아우구스트 공작에게서 고문관의 칭호를 받음.「민중에게 미치는 무대의 영향Vom Wirken der Schaubühne auf das Volk」강연.「피에스코의 모반」및「간계와 사랑」초연.

1785년 26세 　샬로테 폰 칼브를 향한 불행한 사랑. 문학 잡지『라이니셰 탈리아Rheinische Thalia』창간호 발간. 송가「기쁨An die Freude」집필.

1785~1787년 26~28세 크리스티안 고트프리트 쾨르너의 초대를 받아 라이프치히와 드레스덴에 체류.

1786년 27세 역사 연구 시작. 『라이니셰 탈리아』 제2호에 단편 소설 「명예를 잃어버린 범인Der Verbrecher aus verlorener Ehre」 발표.

1787년 28세 헨리에테 폰 아르님을 사랑. 『돈 카를로스』 출간.

1787~1788년 28~29세 바이마르 체류. 헤르더, 빌란트 등과 교류.

1788년 29세 이탈리아 여행에서 돌아온 괴테와 첫 만남. 예나 대학 역사학과의 무급 교수로 초빙받음. 『네덜란드 독립사 *Geschichte des Abfalls der Vereinigten Niederlande von der spanischen Regierung*』 출간. 시 「그리스의 신들Die Götter Griechenlands」 발표.

1789년 30세 예나로 이사. 특히 「도적 떼」를 통해 많은 인기를 누리던 실러의 강의 소식은 예나의 젊은 대학생들을 열광시켰고, 실러의 유명한 취임 강의 「세계사는 무엇이고 세계사를 무엇 때문에 연구하는가 Was heißt und zu welchem Ende studiert man Universalgeschichte?」에 수많은 학생들이 몰림. 8월 샬로테 폰 렝에펠트와 약혼. 12월 빌헬름 폰 훔볼트와 친교. 『메르쿠어Merkur』에 시 「예술가들Die Künstler」 발표. 단편 소설 「환시자Der Geisterseher」 출간.

1790년 31세 작센 바이마르 공국의 궁정 고문관 칭호를 받음. 샬로테 폰 렝에펠트와 결혼. 『삼십년 전쟁사 *Geschichte des Dreißigjärigen Krieges*』 집필.

1791년 32세 중병에 걸려 앓아누움. 병명이 결핵이었던 것으로 추정되며, 평생 이 질병에서 헤어나지 못함. 칸트 연구 시작. 베르길리우스의 『아이네이스』 번역.

1792년 33세 질병에 시달리며 칸트 연구 계속. 「도적 떼」에 힙입어 프랑스 공화국의 명예시민으로 추대됨. 처음에는 프랑스 혁명에 우호적이었지만, 나중에는 대량 학살을 불러온 테러 정치에 깊은 혐오감을 느낌.

1793년 34세　첫 아들 카를 프리드리히 루트비히 출생. 미학 논문「우미와 품위über Anmut und Würde」발표.

1794년 35세　원형 식물에 대한 대화를 계기로 괴테와 우정 어린 서신 왕래 시작. 9월 바이마르의 괴테 방문.

1795년 36세　월간지『호렌*Die Horen*』창간. 미학 논문「소박 문학과 감상 문학에 대하여Über naive und sentimentalische Dichtung」및 「인간의 미적인 교육에 대하여Über die ästhetische Erziehung des Menschen」집필.

1796년 37세　차남 에른스트 프리드리히 빌헬름 출생. 문학 잡지『문학 연감*Musenalmanach*』창간(1800년까지 발행). 괴테와 함께 문학의 폐해를 비판하는 풍자시「크세니엔Xenien」집필.「발렌슈타인Wallenstein」집필.

1797년 38세　「잠수부Der Taucher」,「장갑Der Handschuh」,「폴리크라테스의 반지Der Ring des Polykrates」,「이비쿠스의 두루미Die Kraniche des Ibykus」등 많은 주옥같은 발라드 집필. 실러의 〈발라드의 해〉라 불림.

1798년 39세　발라드「보증Die Bürgschaft」,「용과의 싸움Der Kampf mit dem Drachen」등 집필.

1799년 40세　장녀 카롤리네 헨리에테 루이제 출생. 12월 가족과 함께 바이마르로 이사.「발렌슈타인」탈고. 시「종의 노래Das Lied von der Glocke」집필.

1800년 41세　「마리아 슈투아르트Maria Stuart」탈고 및 초연.

1801년 42세　「오를레앙의 처녀Die Jungfrau von Orleans」탈고 및 초연. 카를로 고치의「투란도트Turandot」번안. 시「새로운 세기의 시작Der Antritt des neuen Jahrhunderts」발표.

1802년 43세　귀족의 작위를 받음.

1803년 44세 「메시나의 신부Die Braut von Messina」 완성 및 초연.

1804년 45세 차녀 에밀리 프리데리케 헨리에테 출생. 「빌헬름 텔 Wilhelm Tell」 탈고. 「데메트리우스Demetrius」 집필 시작.

1805년 46세 라신의 「페드르Phèdre」 번안. 5월 9일 사망(결핵에 의한 급성 폐렴이 사망 원인으로 추정됨). 5월 11~12일 밤, 바이마르의 야콥스 공동 묘지에 안장됨.

열린책들 세계문학 055 도적 떼

옮긴이 김인순 고려대학교 독어독문학과를 졸업하고 독일 칼스루에 대학에서 수학했으며 고려대학교 대학원 독어독문학과에서 문학 박사 학위를 받았다. 독일에서 박사 후 과정을 밟은 뒤 함부르크에서 연구를 계속하다가 현재는 한국으로 돌아와 고려대학교에 출강하며 번역 활동을 하고 있다. 논문으로 「로베르트 무질 소설에 있어서 비유의 기능」 등 다수가 있으며, 옮긴 책으로는 요한 볼프강 폰 괴테의 『파우스트』, 『젊은 베르테르의 슬픔』, 클라우스 바겐바흐의 『카프카의 프라하』, 지그문트 프로이트의 『꿈의 해석』, 파트리크 쥐스킨트의 『깊이에의 강요』, 알렉산더 폰 쇤부르크의 『우아하게 가난해지는 방법』, 프리드리히 뒤렌마트의 『벌』, 크리스타 볼프의 『메데아』, 산도르 마라이의 『섬』 등이 있다.

지은이 프리드리히 폰 실러 **옮긴이** 김인순 **발행인** 홍지웅·홍예빈
발행처 주식회사 열린책들 **주소** 경기도 파주시 문발로 253 파주출판도시
전화 031-955-4000 **팩스** 031-955-4004 **홈페이지** www.openbooks.co.kr
Copyright (C) 주식회사 열린책들, 2007, *Printed in Korea.*
ISBN 978-89-329-0972-1 04850 ISBN 978-89-329-1499-2 (세트)
발행일 2007년 6월 20일 초판 1쇄 2009년 11월 30일 세계문학판 1쇄 2018년 2월 28일 세계문학판 2쇄

이 도서의 국립중앙도서관 출판예정도서목록(CIP)은 서지정보유통지원시스템 홈페이지(http://seoji.nl.go.kr)와 국가자료공동목록시스템(http://www.nl.go.kr/kolisnet)에서 이용하실 수 있습니다.(CIP제어번호 : CIP2009003372)

열린책들 세계문학
Open Books World Literature

001 **죄와 벌** 표도르 도스또예프스끼 장편소설 | 홍대화 옮김 | 전2권 | 각 408, 504면

003 **최초의 인간** 알베르 카뮈 장편소설 | 김화영 옮김 | 392면

004 **소설** 제임스 미치너 장편소설 | 윤희기 옮김 | 전2권 | 각 280, 368면

006 **개를 데리고 다니는 부인** 안똔 체호프 소설선집 | 오종우 옮김 | 368면

007 **우주 만화** 이탈로 칼비노 장편소설 | 김운찬 옮김 | 416면

008 **댈러웨이 부인** 버지니아 울프 장편소설 | 최애리 옮김 | 296면

009 **어머니** 막심 고리끼 장편소설 | 최윤락 옮김 | 544면

010 **변신** 프란츠 카프카 중단편집 | 홍성광 옮김 | 464면

011 **전도서에 바치는 장미** 로저 젤라즈니 중단편집 | 김상훈 옮김 | 432면

012 **대위의 딸** 알렉산드르 뿌쉬낀 장편소설 | 석영중 옮김 | 240면

013 **바다의 침묵** 베르코르 소설선집 | 이상해 옮김 | 256면

014 **원수들, 사랑 이야기** 아이작 싱어 장편소설 | 김진준 옮김 | 320면

015 **백치** 표도르 도스또예프스끼 장편소설 | 김근식 옮김 | 전2권 | 각 500, 528면

017 **1984년** 조지 오웰 장편소설 | 박경서 옮김 | 392면

018 **수용소군도** 알렉산드르 솔제니찐 기록문학 | 김학수 옮김 | 480면

019 **이상한 나라의 앨리스** 루이스 캐럴 환상동화 | 머빈 피크 그림 | 최용준 옮김 | 336면

020 **베네치아에서의 죽음** 토마스 만 중단편집 | 홍성광 옮김 | 432면

021 **그리스인 조르바** 니코스 카잔차키스 장편소설 | 이윤기 옮김 | 488면

022 **벚꽃 동산** 안똔 체호프 희곡선집 | 오종우 옮김 | 336면

023 **연애 소설 읽는 노인** 루이스 세풀베다 장편소설 | 정창 옮김 | 192면

024 **젊은 사자들** 어윈 쇼 장편소설 | 정영문 옮김 | 전2권 | 각 416, 408면

026 **젊은 베르테르의 슬픔** 요한 볼프강 폰 괴테 장편소설 | 김인순 옮김 | 240면

027 **시라노** 에드몽 로스탕 희곡 | 이상해 옮김 | 256면

028 **전망 좋은 방** E. M. 포스터 장편소설 | 고정아 옮김 | 352면

029 **까라마조프 씨네 형제들** 표도르 도스또예프스끼 장편소설 | 이대우 옮김 | 전3권 | 각 496, 496, 460면

032 **프랑스 중위의 여자** 존 파울즈 장편소설 | 김석희 옮김 | 전2권 | 각 344면

034 **소립자** 미셸 우엘벡 장편소설 | 이세욱 옮김 | 448면

035 **영혼의 자서전** 니코스 카잔차키스 자서전 | 안정효 옮김 | 전2권 | 각 352, 408면

037 **우리들** 예브게니 자먀찐 장편소설 | 석영중 옮김 | 320면
038 **뉴욕 3부작** 폴 오스터 장편소설 | 황보석 옮김 | 480면
039 **닥터 지바고** 보리스 빠스쩨르나크 장편소설 | 박형규 옮김 | 전2권 | 각 400, 512면
041 **고리오 영감** 오노레 드 발자크 장편소설 | 임희근 옮김 | 456면
042 **뿌리** 알렉스 헤일리 장편소설 | 안정효 옮김 | 전2권 | 각 400, 448면
044 **백년보다 긴 하루** 친기즈 아이뜨마또프 장편소설 | 황보석 옮김 | 560면
045 **최후의 세계** 크리스토프 란스마이어 장편소설 | 장희권 옮김 | 264면
046 **추운 나라에서 돌아온 스파이** 존 르카레 장편소설 | 김석희 옮김 | 368면
047 **산도칸 ─ 몸프라쳄의 호랑이** 에밀리오 살가리 장편소설 | 유향란 옮김 | 428면
048 **기적의 시대** 보리슬라프 페키치 장편소설 | 이윤기 옮김 | 416면
049 **그리고 죽음** 짐 크레이스 장편소설 | 김석희 옮김 | 224면
050 **세설** 다니자키 준이치로 장편소설 | 송태욱 옮김 | 전2권 | 각 480면
052 **세상이 끝날 때까지 아직 10억 년** 스뜨루가츠끼 형제 장편소설 | 석영중 옮김 | 224면
053 **동물 농장** 조지 오웰 장편소설 | 박경서 옮김 | 208면
054 **캉디드 혹은 낙관주의** 볼테르 장편소설 | 이봉지 옮김 | 232면
055 **도적 떼** 프리드리히 폰 실러 희곡 | 김인순 옮김 | 256면
056 **플로베르의 앵무새** 줄리언 반스 장편소설 | 신재실 옮김 | 320면
057 **악령** 표도르 도스또예프스끼 장편소설 | 김연경 옮김 | 전3권 | 각 324, 396, 496면
060 **의심스러운 싸움** 존 스타인벡 장편소설 | 윤희기 옮김 | 340면
061 **몽유병자들** 헤르만 브로흐 장편소설 | 김경연 옮김 | 전2권 | 각 568, 544면
063 **몰타의 매** 대실 해밋 장편소설 | 고정아 옮김 | 304면
064 **마야꼬프스끼 선집** 블라지미르 마야꼬프스끼 선집 | 석영중 옮김 | 320면
065 **드라큘라** 브램 스토커 장편소설 | 이세욱 옮김 | 전2권 | 각 340, 344면
067 **서부 전선 이상 없다** 에리히 마리아 레마르크 장편소설 | 홍성광 옮김 | 336면
068 **적과 흑** 스탕달 장편소설 | 임미경 옮김 | 전2권 | 각 376, 368면
070 **지상에서 영원으로** 제임스 존스 장편소설 | 이종인 옮김 | 전3권 | 각 396, 380, 388면
073 **파우스트** 요한 볼프강 폰 괴테 희곡 | 김인순 옮김 | 568면
074 **쾌걸 조로** 존스턴 매컬리 장편소설 | 김훈 옮김 | 316면
075 **거장과 마르가리따** 미하일 불가꼬프 장편소설 | 홍대화 옮김 | 전2권 | 각 364, 328면
077 **순수의 시대** 이디스 워튼 장편소설 | 고정아 옮김 | 448면
078 **검의 대가** 아르투로 페레스 레베르테 장편소설 | 김수진 옮김 | 376면
079 **예브게니 오네긴** 알렉산드르 뿌쉬낀 운문소설 | 석영중 옮김 | 328면

080 **장미의 이름** 움베르토 에코 장편소설 | 이윤기 옮김 | 전2권 | 각 440, 448면

082 **향수** 파트리크 쥐스킨트 장편소설 | 강명순 옮김 | 384면

083 **여자를 안다는 것** 아모스 오즈 장편소설 | 최창모 옮김 | 280면

084 **나는 고양이로소이다** 나쓰메 소세키 장편소설 | 김난주 옮김 | 544면

085 **웃는 남자** 빅토르 위고 장편소설 | 이형식 옮김 | 전2권 | 각 472, 496면

087 **아웃 오브 아프리카** 카렌 블릭센 장편소설 | 민승남 옮김 | 480면

088 **무엇을 할 것인가** 니꼴라이 체르니셰프스끼 장편소설 | 서정록 옮김 | 전2권 | 각 360, 404면

090 **도나 플로르와 그녀의 두 남편** 조르지 아마두 장편소설 | 오숙은 옮김 | 전2권 | 각 328, 308면

092 **미사고의 숲** 로버트 홀드스톡 장편소설 | 김상훈 옮김 | 416면

093 **신곡** 단테 알리기에리 장편서사시 | 김운찬 옮김 | 전3권 | 각 292, 296, 328면

096 **교수** 샬럿 브론테 장편소설 | 배미영 옮김 | 368면

097 **노름꾼** 표도르 도스또예프스끼 장편소설 | 이재필 옮김 | 320면

098 **하워즈 엔드** E. M. 포스터 장편소설 | 고정아 옮김 | 508면

099 **최후의 유혹** 니코스 카잔차키스 장편소설 | 안정효 옮김 | 전2권 | 각 408면

101 **키리냐가** 마이크 레스닉 장편소설 | 최용준 옮김 | 464면

102 **바스커빌가의 개** 아서 코넌 도일 장편소설 | 조영학 옮김 | 264면

103 **버마 시절** 조지 오웰 장편소설 | 박경서 옮김 | 400면

104 **10 1/2장으로 쓴 세계 역사** 줄리언 반스 장편소설 | 신재실 옮김 | 464면

105 **죽음의 집의 기록** 표도르 도스또예프스끼 장편소설 | 이덕형 옮김 | 528면

106 **소유** 앤토니어 수전 바이어트 장편소설 | 윤희기 옮김 | 전2권 | 각 440, 480면

108 **미성년** 표도르 도스또예프스끼 장편소설 | 이상룡 옮김 | 전2권 | 각 512, 544면

110 **성 앙투안느의 유혹** 귀스타브 플로베르 희곡소설 | 김용은 옮김 | 584면

111 **밤으로의 긴 여로** 유진 오닐 희곡 | 강유나 옮김 | 240면

112 **마법사** 존 파울즈 장편소설 | 정영문 옮김 | 전2권 | 각 512, 544면

114 **스쩨빤치꼬보 마을 사람들** 표도르 도스또예프스끼 장편소설 | 변현태 옮김 | 416면

115 **플랑드르 거장의 그림** 아르투로 페레스 레베르테 장편소설 | 정창 옮김 | 512면

116 **분신** 표도르 도스또예프스끼 장편소설 | 석영중 옮김 | 288면

117 **가난한 사람들** 표도르 도스또예프스끼 장편소설 | 석영중 옮김 | 256면

118 **인형의 집** 헨리크 입센 희곡 | 김창화 옮김 | 272면

119 **영원한 남편** 표도르 도스또예프스끼 장편소설 | 정명자 외 옮김 | 448면

120 **알코올** 기욤 아폴리네르 시집 | 황현산 옮김 | 352면

121 **지하로부터의 수기** 표도르 도스또예프스끼 장편소설 | 계동준 옮김 | 256면

122 **어느 작가의 오후** 페터 한트케 중편소설 | 홍성광 옮김 | 160면

123 **아저씨의 꿈** 표도르 도스또예프스끼 장편소설 | 박종소 옮김 | 304면

124 **네또츠까 네즈바노바** 표도르 도스또예프스끼 장편소설 | 박재만 옮김 | 316면

125 **곤두박질** 마이클 프레인 장편소설 | 최용준 옮김 | 528면

126 **백야 외** 표도르 도스또예프스끼 소설선집 | 석영중 외 옮김 | 408면

127 **살라미나의 병사들** 하비에르 세르카스 장편소설 | 김창민 옮김 | 296면

128 **뻬쩨르부르그 연대기 외** 표도르 도스또예프스끼 소설선집 | 이항재 옮김 | 296면

129 **상처받은 사람들** 표도르 도스또예프스끼 장편소설 | 윤우섭 옮김 | 전2권 | 각 296, 392면

131 **악어 외** 표도르 도스또예프스끼 소설선집 | 박혜경 외 옮김 | 312면

132 **허클베리 핀의 모험** 마크 트웨인 장편소설 | 윤교찬 옮김 | 416면

133 **부활** 레프 똘스또이 장편소설 | 이대우 옮김 | 전2권 | 각 308, 416면

135 **보물섬** 로버트 루이스 스티븐슨 장편소설 | 머빈 피크 그림 | 최용준 옮김 | 360면

136 **천일야화** 앙투안 갈랑 엮음 | 임호경 옮김 | 전6권 | 각 336, 328, 372, 392, 344, 320면

142 **아버지와 아들** 이반 뚜르게네프 장편소설 | 이상원 옮김 | 328면

143 **오만과 편견** 제인 오스틴 장편소설 | 원유경 옮김 | 480면

144 **천로 역정** 존 버니언 우화소설 | 이동일 옮김 | 432면

145 **대주교에게 죽음이 오다** 윌라 캐더 장편소설 | 윤명옥 옮김 | 352면

146 **권력과 영광** 그레이엄 그린 장편소설 | 김연수 옮김 | 384면

147 **80일간의 세계 일주** 쥘 베른 장편소설 | 고정아 옮김 | 352면

148 **바람과 함께 사라지다** 마거릿 미첼 장편소설 | 안정효 옮김 | 전3권 | 각 616, 640, 640면

151 **기탄잘리** 라빈드라나트 타고르 시집 | 장경렬 옮김 | 224면

152 **도리언 그레이의 초상** 오스카 와일드 장편소설 | 윤희기 옮김 | 384면

153 **레우코와의 대화** 체사레 파베세 희곡소설 | 김운찬 옮김 | 280면

154 **햄릿** 윌리엄 셰익스피어 희곡 | 박우수 옮김 | 256면

155 **맥베스** 윌리엄 셰익스피어 희곡 | 권오숙 옮김 | 176면

156 **아들과 연인** 데이비드 허버트 로런스 장편소설 | 최희섭 옮김 | 전2권 | 464, 432면

158 **그리고 아무 말도 하지 않았다** 하인리히 뵐 장편소설 | 홍성광 옮김 | 272면

159 **미덕의 불운** 싸드 장편소설 | 이형식 옮김 | 248면

160 **프랑켄슈타인** 메리 W. 셸리 장편소설 | 오숙은 옮김 | 320면

161 **위대한 개츠비** 프랜시스 스콧 피츠제럴드 장편소설 | 한애경 옮김 | 280면

162 **아Q정전** 루쉰 중단편집 | 김태성 옮김 | 320면

163 **로빈슨 크루소** 대니얼 디포 장편소설 | 류경희 옮김 | 456면

164 **타임머신** 허버트 조지 웰스 소설선집 | 김석희 옮김 | 304면

165 **제인 에어** 샬럿 브론테 장편소설 | 이미선 옮김 | 전2권 | 각 392, 384면

167 **풀잎** 월트 휘트먼 시집 | 허현숙 옮김 | 280면

168 **표류자들의 집** 기예르모 로살레스 장편소설 | 최유정 옮김 | 216면

169 **배빗** 싱클레어 루이스 장편소설 | 이종인 옮김 | 520면

170 **이토록 긴 편지** 마리아마 바 장편소설 | 백선희 옮김 | 192면

171 **느릅나무 아래 욕망** 유진 오닐 희곡 | 손동호 옮김 | 168면

172 **이방인** 알베르 카뮈 장편소설 | 김예령 옮김 | 208면

173 **미라마르** 나기브 마푸즈 장편소설 | 허진 옮김 | 288면

174 **지킬 박사와 하이드 씨** 로버트 루이스 스티븐슨 소설선집 | 조영학 옮김 | 320면

175 **루진** 이반 뚜르게네프 장편소설 | 이항재 옮김 | 264면

176 **피그말리온** 조지 버나드 쇼 희곡 | 김소임 옮김 | 256면

177 **목로주점** 에밀 졸라 장편소설 | 유기환 옮김 | 전2권 | 각 336면

179 **엠마** 제인 오스틴 장편소설 | 이미애 옮김 | 전2권 | 각 336, 360면

181 **비숍 살인 사건** S. S. 밴 다인 장편소설 | 최인자 옮김 | 464면

182 **우신예찬** 에라스무스 풍자문 | 김남우 옮김 | 296면

183 **하자르 사전** 밀로라드 파비치 장편소설 | 신현철 옮김 | 488면

184 **테스** 토머스 하디 장편소설 | 김문숙 옮김 | 전2권 | 각 392, 336면

186 **투명 인간** 허버트 조지 웰스 장편소설 | 김석희 옮김 | 288면

187 **93년** 빅토르 위고 장편소설 | 이형식 옮김 | 전2권 | 각 288, 360면

189 **젊은 예술가의 초상** 제임스 조이스 장편소설 | 성은애 옮김 | 384면

190 **소네트집** 윌리엄 셰익스피어 연작시집 | 박우수 옮김 | 200면

191 **메뚜기의 날** 너새니얼 웨스트 장편소설 | 김진준 옮김 | 280면

192 **나사의 회전** 헨리 제임스 중편소설 | 이승은 옮김 | 256면

193 **오셀로** 윌리엄 셰익스피어 희곡 | 권오숙 옮김 | 216면

194 **소송** 프란츠 카프카 장편소설 | 김재혁 옮김 | 376면

195 **나의 안토니아** 윌라 캐더 장편소설 | 전경자 옮김 | 368면

196 **자성록** 마르쿠스 아우렐리우스 명상록 | 박민수 옮김 | 240면

197 **오레스테이아** 아이스킬로스 비극 | 두행숙 옮김 | 336면

198 **노인과 바다** 어니스트 헤밍웨이 소설선집 | 이종인 옮김 | 320면

199 **무기여 잘 있거라** 어니스트 헤밍웨이 장편소설 | 이종인 옮김 | 464면

200 **서푼짜리 오페라** 베르톨트 브레히트 희곡선집 | 이은희 옮김 | 320면

- 201 **리어 왕** 윌리엄 셰익스피어 희곡 | 박우수 옮김 | 224면
- 202 **주홍 글자** 너대니얼 호손 장편소설 | 곽영미 옮김 | 360면
- 203 **모히칸족의 최후** 제임스 페니모어 쿠퍼 장편소설 | 이나경 옮김 | 512면
- 204 **곤충 극장** 카렐 차페크 희곡선집 | 김선형 옮김 | 360면
- 205 **누구를 위하여 종은 울리나** 어니스트 헤밍웨이 장편소설 | 이종인 옮김 | 전2권 | 각 416, 400면
- 207 **타르튀프** 몰리에르 희곡선집 | 신은영 옮김 | 416면
- 208 **유토피아** 토머스 모어 소설 | 전경자 옮김 | 288면
- 209 **인간과 초인** 조지 버나드 쇼 희곡 | 이후지 옮김 | 320면
- 210 **페드르와 이폴리트** 장 라신 희곡 | 신정아 옮김 | 200면
- 211 **말테의 수기** 라이너 마리아 릴케 장편소설 | 안문영 옮김 | 320면
- 212 **등대로** 버지니아 울프 장편소설 | 최애리 옮김 | 328면
- 213 **개의 심장** 미하일 불가코프 중편소설집 | 정연호 옮김 | 352면
- 214 **모비 딕** 허먼 멜빌 장편소설 | 강수정 옮김 | 전2권 | 각 464, 488면
- 216 **더블린 사람들** 제임스 조이스 단편소설집 | 이강훈 옮김 | 336면
- 217 **마의 산** 토마스 만 장편소설 | 윤순식 옮김 | 전3권 | 각 496, 488, 512면
- 220 **비극의 탄생** 프리드리히 니체 | 김남우 옮김 | 304면
- 221 **위대한 유산** 찰스 디킨스 장편소설 | 류경희 옮김 | 전2권 | 각 432, 448면
- 223 **사람은 무엇으로 사는가** 레프 똘스또이 소설선집 | 윤새라 옮김 | 464면
- 224 **자살 클럽** 로버트 루이스 스티븐슨 소설선집 | 임종기 옮김 | 280면
- 225 **채털리 부인의 연인** 데이비드 허버트 로런스 장편소설 | 이미선 옮김 | 전2권 | 각 336, 328면
- 227 **데미안** 헤르만 헤세 장편소설 | 김인순 옮김 | 272면
- 228 **두이노의 비가** 라이너 마리아 릴케 시 선집 | 손재준 옮김 | 504면
- 229 **페스트** 알베르 카뮈 장편소설 | 최윤주 옮김 | 432면
- 230 **여인의 초상** 헨리 제임스 장편소설 | 정상준 옮김 | 전2권 | 각 520, 544면
- 232 **성** 프란츠 카프카 장편소설 | 이재황 옮김 | 560면
- 233 **차라투스트라는 이렇게 말했다** 프리드리히 니체 산문시 | 김인순 옮김 | 464면
- 234 **노래의 책** 하인리히 하이네 시집 | 이재영 옮김 | 384면

각 권 8,800~13,800원

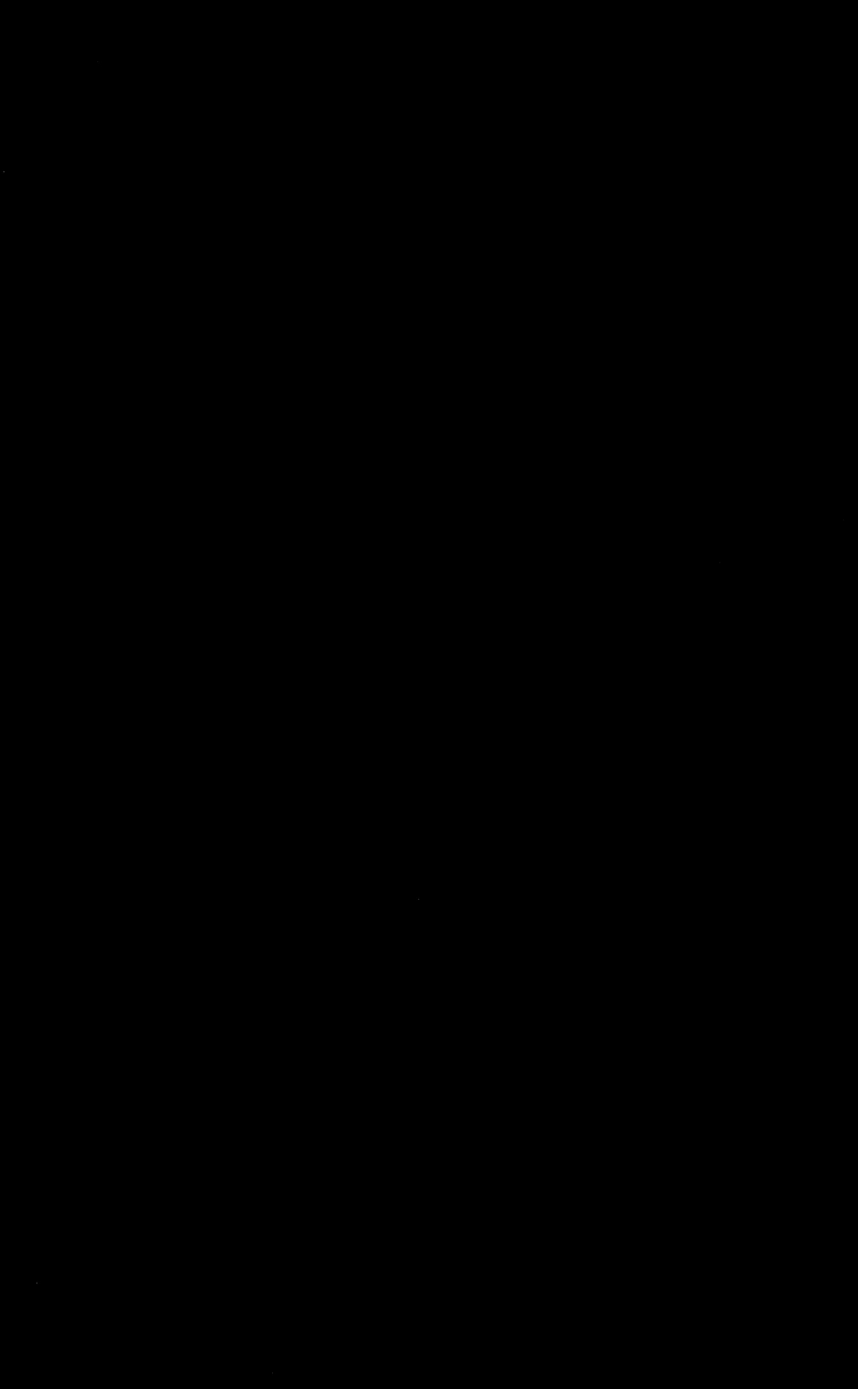

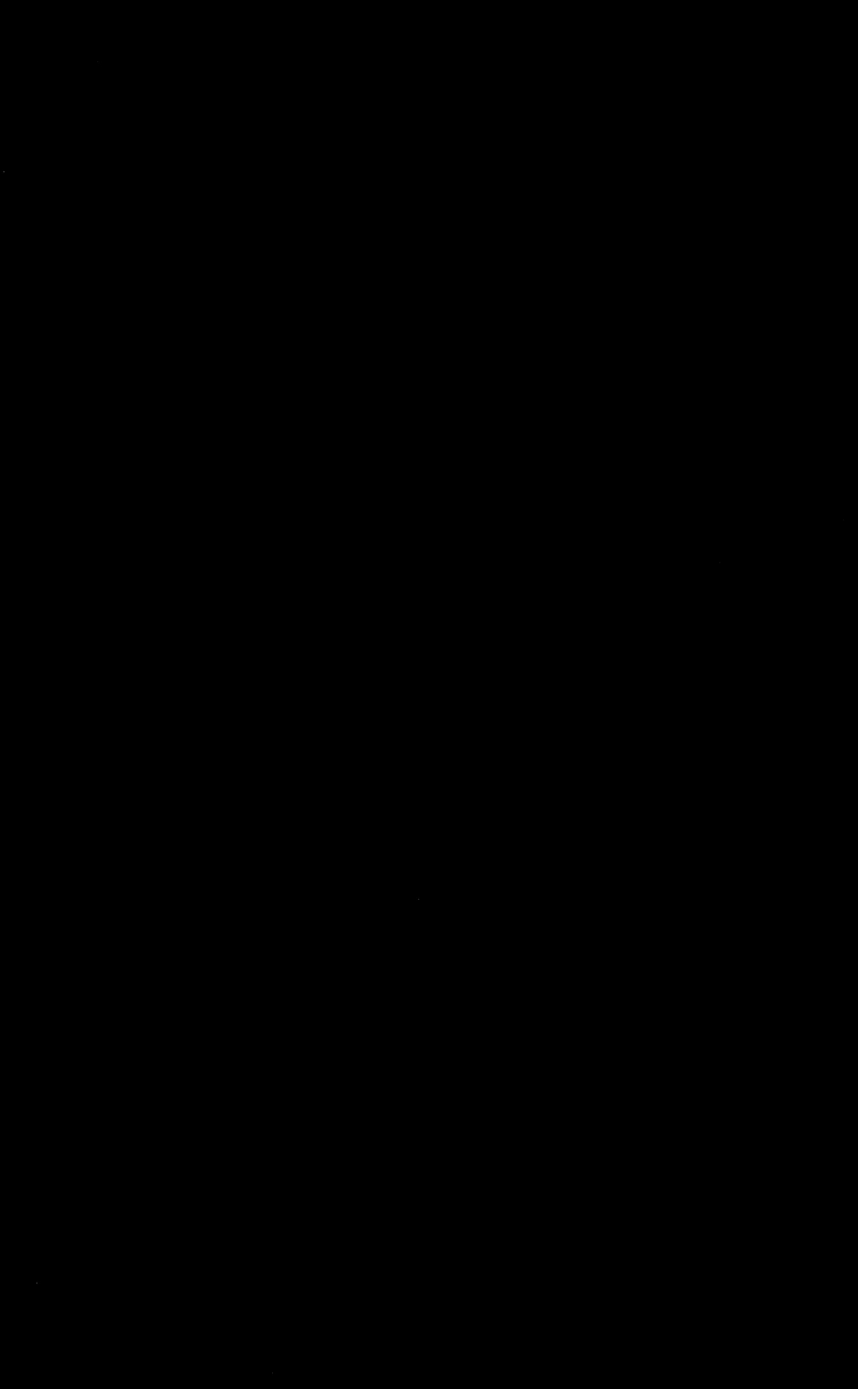